Lisa Burstein
BACKSTAGE · Mia auf Tournee

Foto: © Lisa Burstein

DIE AUTORIN

Lisa Burstein verkauft tagsüber Tee und schreibt bei Nacht. Sie hat Kreatives Schreiben an der Eastern Washington University studiert und lebt in Portland, Oregon mit ihrem sehr geduldigen Ehemann, einem neurotischen Hund und zwei Katzen.

Bei cbt ist außerdem erschienen:

BACKSTAGE – Ein Song für Aimee
(Band 1, 31188)

Mehr über cbj/cbt auf Instagram
unter @hey_reader

LISA BURSTEIN

BACKSTAGE
Mia auf Tournee

Aus dem Englischen
von Michaela Link

Sollte diese Publikation Links auf Webseiten Dritter
enthalten, so übernehmen wir für deren Inhalte keine
Haftung, da wir uns diese nicht zu eigen machen,
sondern lediglich auf deren Stand zum Zeitpunkt
der Erstveröffentlichung verweisen.

Dieses Buch ist auch als E-Book erhältlich.

Verlagsgruppe Random House FSC® N001967

1. Auflage 2019
Deutsche Erstausgabe Juli 2019
Copyright © 2015 by Lisa Burstein
Die Originalausgabe erschien 2015 unter dem Titel
»Mia and the Bad Boy. A Backstage Pass Novel«
bei Crush, an imprint of Entangled Publishing LLC,
Fort Collins, USA.
© 2019 für die deutschsprachige Ausgabe
cbj Kinder- und Jugendbuchverlag
in der Verlagsgruppe Random House GmbH,
Neumarkter Straße 28, 81673 München.
Aus dem Englischen von Michaela Link
Umschlaggestaltung: Suse Kopp, Hamburg,
unter Verwendung mehrerer Motive von
Gettyimages/oxygen; Plainpicture/LPF
he · Herstellung: eR
Satz: KompetenzCenter, Mönchengladbach
Druck und Bindung: GGP Media GmbH, Pößneck
ISBN 978-3-570-31189-9
Printed in Germany

www.cbj-verlag.de

*Für Donnie von NKOTB, den ersten Bad Boy,
in den ich mich verliebt habe*

Ryder Brooks

Alter: *Siebzehn*
Haarfarbe: *Dunkelblond*
Augenfarbe: *Haselnussbraun*
Heimatstadt: *NYC*
Lieblingssong auf dem Debütalbum:
Kiss This
Steht auf:
Selbstbewusstsein, weiche Haut, Mädchen, die mit einem Instrument umgehen können
Sein Traumdate:
Alles, was nach dem Date passiert
Motto:
»Ohne Musik wäre das Leben ein Irrtum.«
(Friedrich Nietzsche)

Kapitel 1

*E*s gab so einiges, das Ryder Brooks an *Seconds to Juliet* hasste.

1. Er durfte nicht seine eigene Musik spielen.
2. Die Musik, die er machen durfte, war übersteuerter, widerlich süßer Teenie-Pop.
3. Den anderen Jungs in der Band schien das alles vollkommen egal zu sein.

Aber das absolut Allerschlimmste waren die Pressekonferenzen.

Im Tourbus – den sie stolz *The One* nannten, nach ihrer ersten Hit-Single, die er geschrieben hatte – war es einfach, sich die Kopfhörer aufzusetzen und *Coldplay* oder *Nirvana* aufzudrehen, um die Jungs zu übertönen. Sich vor Shows in seiner Garderobe zu verstecken, war ebenfalls einfach. Auch mit heißen Groupies abzuhängen und sich nach den Shows mit ihnen zu vergnügen, war leicht. Aber bei Pressekonferenzen musste er präsent sein, musste mitmachen, mit hechelnder Zunge, wie ein Schoßhund.

Er musste sich benehmen, als wäre *Seconds to Juliet* das Blut, das durch seine Adern strömte. Als würde er die Band atmen und sogar pissen. *Scheiße* durfte er ja nicht sagen.

Sie waren zwei Wochen zuvor zu ihrer ersten großen Hallen-Tournee aufgebrochen, und Ryder begriff allmählich: Größere Konzerte bedeuteten auch mehr Publicity-Scheiß – Publicity-*Mist*.

»Ryder«, rief eine junge Journalistin mit blondem Pferdeschwanz, die von einem dieser Online-Teenie-Gossip-Kanäle kam. »Erzähl uns, warum du *Kiss This* geschrieben hast.«

Sie hatte ein süßes Lächeln und einen netten Körper, aber das lenkte ihn nicht davon ab, dass bei jeder Pressekonferenz mindestens ein Journalist genau diese Frage stellte.

Hatten die denn noch nie was von Google gehört?

Natürlich durfte er auch keine ehrliche Antwort geben: *Weil jeder, der hinter dieser Sucht-den-Superstar-generierten-Band-von-einer-Geldmaschine steckt, hinter diesem Affront gegen jeden guten Musikgeschmack, hinter diesem Promi-Fake, mir buchstäblich meinen schneeweißen Arsch küsst.* Er durfte wahrscheinlich auch nicht *Arsch* sagen. Und heute schon gar nicht.

Er blickte von der Bühne hinunter auf Lester »LJ« Pearl – Manager, Zuchtmeister, Aufseher. Seinen Bierbauch hinter einer Aktenmappe versteckt, den kahlen Kopf mit einer *S2J*-Baseballkappe getarnt, verfolgte er das Interview wie immer wachsam, damit Ryder auch ja den Jungen spielte, den seine Fans haben wollten.

Ryder wusste, was sein Blick bedeutete: *Sei der Ryder, mit dem ich Geld machen kann.*

Bedauerlicherweise hatte LJ an diesem Tag etwas, das Ryder wirklich haben wollte, sodass der Anreiz diesmal größer war, die Rolle gut zu spielen.

Ryder räusperte sich und schluckte. Sein dunkelblondes Haar fiel ihm über die Augen, als er sich über das Mikro beugte. Seine Oberarme spannten sich unter den Ärmeln des weißen T-Shirts und ließen sein Tattoo hervorblitzen, ein Tribal, das seinen Bizeps umschloss. »Es soll jemandem sagen: ›Geh weg, das hier ist mein Leben‹. Jemandem, der einen ...« Er hielt inne. Selbst in seiner Rolle als »Bad Boy« konnte er nicht *beschissen* sagen. Die Moms der Fangirls unter dreizehn kauften keine Alben und Poster und verdammten Action-Figuren von Typen, die *beschissen* sagten oder *Kacke* oder *Arsch* oder irgendeins der anderen Wörter, die er den ganzen Tag lang sagen wollte. »Jemandem, der einen gelinkt hat«, beendete er seinen Satz schließlich und bedachte den blonden Pferdeschwanz mit dem Lächeln, das alle Mädchen verrückt machte.

Er war sicher, LJ vor Erleichterung seufzen zu hören.

Die anderen Jungs in der Band nickten. Ryder glaubte, dass er ihnen Angst machte, oder zumindest wollte er das gern glauben. Das wäre besser als die mögliche Alternative. Dass sie ihn duldeten wie einen Bruder, den man eigentlich nicht besonders mochte. Dass sie fanden, auf ihn passten eigentlich so ziemlich alle Ausdrücke, die sie nie laut aussprechen durften.

Er kämpfte gegen das Gefühl an, dass sein Magen sich umdrehte. Was scherte es ihn überhaupt, was diese Typen dachten? Er war schließlich nicht freiwillig mit ihnen in einer Band. Sie waren während der Realityshow *Rockstars Live* zusammengewürfelt worden. Er hatte vorgespielt, in der Hoffnung auf eine Solokarriere, auf eine Chance, seine alkoholabhängige Mutter endgültig hinter sich zu lassen.

Aber das war eine ganz andere Geschichte.

Der blonde Pferdeschwanz quiekte, obwohl Ryder dieselbe Antwort schon x-mal gegeben hatte. Wie immer würde das iPhone der Reporterin seine Worte aufzeichnen und sie dann über seine Fans ausgießen, die sie auswendig lernten wie ein Gebet, das sie vor dem Schlafengehen aufsagen mussten.

»Sie können das abspielen, wann immer Sie wollen, wenn Sie« – er hielt inne – »eine Inspiration brauchen«, ergänzte Ryder mit heiserer Stimme.

Von der anderen Seite des langen Tisches aus bemerkte Ryder, dass Miles die Augen verdrehte, aber so, dass nur sein bester Freund Trevin es sehen konnte. Miles war talentiert, aber er trug für seine Fans viel zu dick auf. Ryder nahm an, dass es Sinn machte, immerhin war Miles derjenige, den alle Mädchen wollten. Und LJ erwartete, dass alle anderen in der Band es genauso machten wie er.

Ryder war anormal, der Außenseiter.

Die Reporterin wandte sich an Miles und fragte ihn, wie er es schaffe, in so großartiger Form zu bleiben. Ryder warf wieder einen verstohlenen Blick in seine Richtung. Miles strahlte eine derartige Zufriedenheit aus, dass Ryder fast schlecht wurde. Miles wirkte immer glücklich, aber seit er verliebt war, benahm er sich, als wäre er auf Drogen.

Auch das hielt Ryder für eine riesige Täuschung – Liebe.

»Wer ist jetzt dran?«, fragte Trevin, lehnte sich zurück und beäugte die hungrige Menge.

Trevin war ein ganz anständiger Typ. Mit seinen achtzehn Jahren schien er zu verstehen, was für ein Zirkus das alles war. Der große, dunkle Koreaner war der Liebling der älteren Mädchen. Von den meisten hielt er sich jedoch fern, sodass Ryder die Auswahl unter den Fangirls von Miles und Trevin hatte.

»Erzählt mehr über die Welttournee«, brüllte eine andere junge Journalistin, während die Blitzlichter der Kameras aufleuchteten.

Die Welttournee.

LJ Pearl redete über nichts anderes mehr. *Wir haben Amerika erobert und jetzt erobern wir die Welt.* Ryder wollte definitiv die Welt erobern, aber mit seiner eigenen Musik. Nicht mit der Musik, die er für *S2J* schreiben und spielen musste.

Nicht, dass er eine Wahl gehabt hätte.

»Drei Monate, dreißig Länder, in Australien endet die Tour«, sagte Trevin.

Die Journalistin runzelte leicht die Stirn. Trevins Reife konnte ihn manchmal etwas hölzern wirken lassen. Ryder dachte darüber nach, ihn zu retten, aber er hatte bereits eine Frage beantwortet, genau wie Miles. Jetzt war einer der anderen Jungs an der Reihe.

»Ich freue mich am meisten auf Japan«, plapperte Nathan los, ließ sein Babyface-Lächeln aufblitzen und hielt inne, damit die Kameras seine großen braunen Augen möglichst gut einfangen konnten. »Mangas mag ich am liebsten.«

Nathan war gerade sechzehn geworden – er sollte wahrscheinlich nach neun Uhr abends nicht mehr draußen sein, geschweige denn mit einer Band auf Tour gehen.

»Was ist mit dir, Will?«, rief eine andere Journalistin.

»Ich bin aufgeregt«, antwortete dieser, den Blick auf seine Hände geheftet, die er im Schoß gefaltet hatte.

Wow, ganze drei Wörter. Das war mehr, als die Leute sonst aus ihm herausbekamen.

Ryder fragte sich, warum LJ Will nicht so nervte wie ihn. Vielleicht, weil Wills zusammengepresste Lippen und die gesenkten Lider seine Rolle als »der Schüchterne« noch unterstrichen.

Aber warum musste dann Ryder überhaupt so tun, als wäre ihm das alles so wichtig? Er war der Bad Boy, da musste er doch wohl der Rebell sein?

Ja, hörte er LJs Stimme in seinem Kopf, *aber ein mit-*

fühlender Rebell. LJ predigte ihm immer, dass seine arrogante Haltung es den Fans schwer mache, sich mit ihm zu identifizieren.

Warum sollten seine Fans auch anders sein als alle anderen?

Aber so war es eben. Das war das Blatt, das ihm das Schicksal ausgeteilt hatte. Er war in einer verfluchten Boyband. Einer sehr erfolgreichen Boyband. Einer, die mit Nummer-eins-Hits die Charts stürmte, deren Konzerte ausverkauft waren und deren Bilder die Cover aller Zeitschriften zierten.

Er hatte gedacht, er könne den Zirkus eine Zeit lang aushalten, aber je länger er dabei war, desto mehr erwartete man von ihm, dass es ihm tatsächlich gefiel, und die Jungs verließen sich immer stärker auf ihn. Und nachdem er sein Leben lang im Stich gelassen worden war, wollte er das umso weniger jemand anderem antun.

Ryder sah zu LJ hinüber. Er hatte irgendwann doch um Hilfe gebeten, und LJ hatte sich reingehängt, indem er ihm eine Nachhilfelehrerin besorgt hatte, die garantiert diskret war und nicht schreiend und weinend davonlief wie die anderen davor. Ryder verschliss Nachhilfelehrerinnen wie manch anderer Mädchen. Zum Teufel, er verschliss Mädchen genauso wie seine Nachhilfelehrerinnen.

Wie er LJ kannte, hatte er wahrscheinlich irgendeine alte Dame gefunden, die quietschende Schuhe mit Keilabsätzen, so dick wie Käseecken, trug.

»Was darf man von eurem nächsten Album erwarten?«, fragte eine andere Journalistin.

Ryder lehnte sich zurück und unterdrückte ein Grinsen. Sollten die anderen Jungs doch bei dieser Antwort schwitzen. Das nächste Album existierte noch gar nicht. Sie hätten daran arbeiten sollen, aber da die Chemie zwischen ihnen am Labortisch hergestellt worden war, klappte es nicht so richtig. Aber das war egal. Nach der Welttournee würde er genug Geld fürs Studium und ein anständiges Polster haben.

Er musste nur durchhalten. Er musste nur seinen Schulabschluss nachmachen, damit er am *Berklee College of Music* aufgenommen wurde und Musik studieren konnte.

Er musste seine »diskrete neue Nachhilfelehrerin« zumindest länger als einen Tag ertragen.

Hoffentlich war sie nicht buchstäblich eine Nonne.

Mia Reyes stieg aus dem Taxi und betrachtete den Palace of Auburn Hills. Dem Namen nach hatte sie eine Burg erwartet, aber es war nur eine Arena, die wie ein riesiges Ufo aussah und draußen vor Detroit lag. Sie hatte bereits ihre Mutter angerufen – mit dem Handy, das ihre Eltern ihr nach zwei Jahren Betteln endlich gekauft hatten –, um ihr zu versichern, dass sie gut angekommen war.

Natürlich hatte sie das Handy nicht dank ihrer Überredungskünste bekommen, sondern weil sie zum ersten

Mal in ihrem Leben von zu Hause weg war. Ohne Eltern. Die das Handy natürlich überwachten, um ganz sicherzugehen, dass sie es auch wirklich nur für die Kommunikation mit ihnen benutzte.

Sie konnte kaum glauben, dass ihre Eltern ihr überhaupt erlaubten, allein mit dem Flugzeug zu reisen, geschweige denn einen Monat lang mit einer Band auf Tour zu gehen. Nur das in Aussicht gestellte Geld konnte sie umgestimmt haben, denn das Lösegeld für Mias Freiheit war ein Betrag in der Höhe ihrer gesamten College-Gebühren der nächsten vier Jahre.

»Sei ein braves Mädchen, Mia«, waren die letzten Worte ihrer Mutter gewesen, bevor sie aufgelegt hatte.

Als ob sie ihr das noch sagen müsste – Mia hatte diese Ermahnung schon ihr ganzes Leben lang gehört. Sie strich sich über die Haare, ein Zeichen ihrer Nervosität. Ihr rabenschwarzes Haar war vollkommen glatt, wie immer – aber Mia war auch immer nervös.

Lester Pearl hatte sie angewiesen, zu Ryder Brooks' Garderobe zu gehen und sich vorzustellen.

Ganz einfach, stimmt's?

Unglücklicherweise war Ryder nicht nur der Junge, den sie einen Monat lang unterrichten sollte, er war außerdem einer der heißesten und begehrtesten Typen des Landes und Mitglied ihrer Lieblingsband, *Seconds to Juliet*. Sie hatte ihn in Zeitschriften, auf Plakatwänden und auf Müslischachteln angehimmelt: seine dunkelblonden Haare, die ihm ins Gesicht fielen, seine haselnussbraunen Augen, die wie Bernstein glühten, und seine Lippen, die seine Fans zum Weinen brachten.

Lippen, bei denen sie ein Ziehen und Pochen in ihrem Bauch spürte, wenn sie sie zu lange ansah. Und genau das machte ein unbefangenes Kennenlernen nicht gerade einfacher.

Sie strich ihr Shirt mit dem *S2J*-Aufdruck glatt, holte tief Luft und ging weiter. Den Riemen ihrer Handtasche über der Schulter, zwang sie sich, ihre freie Hand in die Tasche ihres Jeansrocks zu stecken. Wenn sie ihr Haar noch weiter glättete, würde sie bald so kahl sein wie Lester.

Lester, auch bekannt als LJ Pearl, war der Boss ihrer Mom, Manager von *S2J* und – wenn alles nach Plan lief – ihr Kontaktmann zu Ryder Brooks, ihrem College-Wohltäter. Lester hatte gesagt, er würde in einem Meeting mit der Plattenfirma sein und keine Zeit haben, sie mit Ryder bekannt zu machen. Und wenn man bedachte, was sie ihr bezahlten, konnte sie das ja wohl auch selbst erledigen.

Wie bei allen anderen Dingen, die mit dieser Sache zu tun hatten, blieb ihr keine große Wahl.

Wenn sie genug Geld fürs College zusammenbekommen wollte, musste sie in diese Riesenarena gehen und ihre Nervosität abschalten. Sie musste Ryder Brooks so gut unterrichten, dass er seinen Schulabschluss bekam, und sie musste ihre peinliche Schwärmerei auf ein absolutes Minimum beschränken.

Sie zeigte dem Bodyguard, der vor der Tür stand, ihren Backstage-Pass. Er warf einen Blick darauf und winkte sie durch. Sie trat aus dem Sonnenlicht und machte sich auf den Weg ins Innere der Arena, in deren Eingeweide. Es war kühl drinnen und leer. Sie dachte über die anderen Teile des Gebäudes nach. Wenn sie sich hier in den Eingeweiden befand, machte das die Bühne zum Gehirn? Die Sitze zu Zellen? *S2J* zum Herz?

Dachte sie so etwas nur, weil man ihr seit ihrem fünften Lebensjahr Anatomiebücher vor die Nase gehalten hatte? Sie ging weiter, wich Roadies aus und schlängelte sich an Lautsprechern, Kulissen, Instrumenten und Kisten vorbei; die Vorbereitungen für die Show am Abend waren in vollem Gange.

Sie hatte keine Ahnung, wo sie hinmusste.

»Gehörst du hierher?«

Mia wurde von einem hochgewachsenen, schlanken Mädchen mit Zöpfen, das ein bauchfreies Shirt und enge Jeans trug, aus ihrer Verwirrung gerissen.

»Ich denke, ja«, antwortete Mia und zeigte dem Mädchen ihren Pass.

»Wohin genau?« Das Mädchen lächelte, allerdings nicht besonders freundlich, und Mia bemerkte, dass sie ebenfalls einen Backstage-Pass hatte. Er hing an einer ihrer Gürtelschlaufen und trug die Aufschrift: Paige Curtis, Künstlerin.

»Ich soll nach Ryder Brooks suchen.«

Paige lachte, wieder nicht besonders freundlich, und

zeigte in eine Richtung. »Viel Glück«, sagte sie über ihre Schulter hinweg, während sie davonging.

Mia bog in einen langen Flur ein und fand fünf Türen zu den Garderoben. Sie brauchte erheblich mehr als Glück.

Die fünf begehrtesten Jungen des Landes waren hinter diesen Türen und über jedem ihrer Namen klebte ein goldener Stern. Tausende Mädchen würden töten, um da zu stehen, wo sie gerade stand, aber sie strich sich nur wieder übers Haar. Sie holte noch einmal tief Luft, ihr Zwerchfell ließ den Sauerstoff durch die Alveolen in ihre Lungen, in ihr Blut und ihre pulmonalen Adern zu ihrem Herzen strömen, bevor sie endlich den Mut aufbrachte, an Ryders Tür zu klopfen.

Ryder Brooks, der Junge aus meiner Lieblingsband, ist hinter dieser Tür.

»Hau ab«, brüllte er, ohne sich auch nur die Mühe zu machen, zu öffnen.

Nicht *Wer ist da?* oder auch nur *Was?*, sondern *Hau ab*. Wusste er, dass sie kam?

Sie klopfte noch einmal, nachdrücklicher diesmal.

»Wahnsinn«, schnaubte er.

Sie drückte ein Ohr gegen die Tür, hörte ein Krachen und Stampfen. Dann riss er die Tür auf und sie sprang erschrocken zurück.

Zuerst sagte Ryder gar nichts. Er starrte sie mit seinen berühmten, wunderbaren haselnussbraunen Augen an, als wäre sie der letzte Donut in einer Schachtel und er wollte ihn sich schnappen, bevor ein anderer auf die Idee kam.

Ihr wurde heiß. Endlich sagte er etwas.

»Ich habe gesagt, du sollst abhauen«, wiederholte er. »Ich gebe keine Autogramme.«

Sie war sprachlos. Er war in echt noch heißer; seine Wangen wirkten, als wären sie gemeißelt, er war größer und durchtrainierter als auf den Fotos – und er war schon auf Fotos perfekt, auf den Postern, die überall an ihrer Wand klebten. Aber es war offensichtlich, dass sein Benehmen ebenso schlecht war wie sein Aussehen gut.

»Sprichst du Englisch?«, fragte er, als sie immer noch nicht reagierte.

Sie hatte mit ihren großen braunen Augen wahrscheinlich nicht einmal geblinzelt – zumindest nicht, bis sie seine Frage hörte. Denn eines hasste Mia als Amerikanerin mit mexikanischen Wurzeln richtig: Bis sie den Mund aufmachte, dachten alle, sie sei keine Amerikanerin.

»Wahrscheinlich besser als du«, brachte sie schließlich heraus, obwohl ihr Herz ihr bis zum Hals schlug. Sie kannte seine Noten – es war nicht wahrscheinlich so, es war *definitiv* so.

»Okay.« Er lachte auf und verschränkte die Arme über seiner breiten Brust. »Dann wirst du es ja verdammt gut verstehen, wenn ich dir sage, dass du jemand anderen nerven sollst. Miles signiert, was immer du willst. Er liebt süße kleine Groupies mit großen braunen Augen.«

Ihr Magen verkrampfte sich bei diesen Worten. Sicher,

irgendwie *war* sie ein Groupie, aber so idiotisch, wie er sich gerade benahm, würde sie ihm das auf keinen Fall auf die Nase binden. Natürlich sagte ihr Shirt schon alles.

»Ich bin deine neue Nachhilfelehrerin«, platzte sie heraus. Mia hielt die Arme eng an ihren Körper gepresst und kämpfte gegen den Drang, ihr Haar zu berühren. Sie wünschte, sie könnte zu Miles gehen. Er schien wenigstens nett zu sein.

Ryder trat zurück und musterte sie. Seine Lippen verzogen sich zu einem Lächeln, einem *Oh-mein-Gott-mein-Herz-zerfällt-in-einzelne-Moleküle-und-wird-dann-wieder-komplett-neu-aufgebaut*-Lächeln. »Heilige Scheiße.« Er fuhr mit der Hand durch seine Haare. »Dann solltest du wohl reinkommen.«

»Ich finde, du solltest ein wenig höflicher sein«, erwiderte sie, ohne sich von der Stelle zu rühren. Obwohl Ryder der Bad Boy der Gruppe war, hatte sie nicht erwartet, dass er so schlimm sein würde. Sie versuchte, die wohlig warmen Gefühle, die sie in all diesen Monaten für ihn gehegt hatte, mit dem Typen in Einklang zu bringen, der jetzt vor ihr stand.

Er schüttelte den Kopf, das Lächeln verschwand. »Schätzchen, höflich ist nicht bei mir.«

»Und *Schätzchen* ist nicht bei *mir*.« Sie drehte sich um, als wolle sie wieder gehen. »Also besorgst du dir wohl am besten eine neue Nachhilfelehrerin.« Sie konnte nicht fassen, wie dreist sie war, aber der Umgang mit

Ryder war wie eine Substitutionsreaktion in Chemie. Ihre sonst so zurückhaltende Art wurde plötzlich durch Ryders bühnenfüllendes Ego ersetzt, damit sie mithalten konnte.

»Warte«, sagte er und streckte eine Hand aus, um sie aufzuhalten. Als sie sich nicht umdrehte, fügte er hinzu: »Bitte, lass uns noch mal von vorn anfangen.«

Sie sah sich um. »Ich dachte, höflich ist nicht bei dir.« Sie lächelte; sie konnte einfach nicht anders.

»Ist es auch nicht, aber ich brauche wirklich eine Lehrerin. Also kannst du mir vielleicht beibringen, höflich zu sein«, entgegnete er, und seine Stimme hüllte sie ein wie Rauch.

Sie musste dringend aufhören, in seine Augen zu sehen, aber sie waren hypnotisch, hatten die Farbe von Honig und waren wohl genauso klebrig.

Sie seufzte und kehrte zurück zu seiner Garderobe. »Man hat Affen in einem Experiment beibringen können, Geld zu benutzen. Dann ist wohl alles möglich.«

Er biss sich auf die Lippen, aber sie war nicht sicher, ob er versuchte, ein Lachen zu unterdrücken, oder ob er wütend war. »Möchtest du reinkommen?«

Es machte ihr Angst, dass sie das nach alldem tatsächlich irgendwie wollte.

Sie trat ein und setzte sich auf eine große Ledercouch, während Ryder die Tür schloss. »Ich bin Ryder«, sagte er.

»Ich weiß«, antwortete sie und klang dabei, als würde

sie sagen: *Ach wirklich, das weiß doch jeder,* dann stotterte sie, als ihr klar wurde, dass er ihr nur die Gelegenheit gab, sich selbst vorzustellen. »M-Mia.«

»Hübscher Name«, sagte er und nahm neben ihr auf der Couch Platz.

Sie errötete. Die Blutgefäße in ihrem Hals, ihren Ohren und ihrer Brust weiteten sich, als Adrenalin mehr Blut zu ihrem Herzen schickte, aber selbst mit diesem Wissen gab es nichts, was sie tun konnte, um die Reaktion aufzuhalten. Die Leute sagten ihr ständig, dass sie einen hübschen Namen hätte, aber die sahen nicht aus wie Ryder; sie wurden nicht von Tausenden von Mädchen mit hübschen Namen belagert; sie waren nicht der Junge, den sie anstarrte, bevor sie abends einschlief, und von dem sie nachts träumte.

Sie schob diese Gedanken beiseite. Dieser Ryder war eine Fantasie. Das hier war der echte Ryder, unverschämt, ungeschliffen und ganz anders, als sie es erwartet hatte.

»Hübsches Shirt«, sagte er. Er starrte auf ihre Brust, direkt auf die Stelle, an der das Logo von *S2J* aufgedruckt war. Die Blutgefäße in ihrem Gesicht drehten durch. Sie erfuhr am eigenen Leib, was sie in Büchern gelesen hatte: Man konnte versuchen, seinen Körper mit dem Verstand zu kontrollieren, aber der Versuch war zwecklos.

»LJ hat mir das gegeben«, sagte sie und dachte kurz nach. Die vergangenen Minuten mit Ryder hatten vollkommen ausgereicht, um ihr zu zeigen, dass ihre Situation nur schlimmer würde, wenn sie ihre Schwärmerei für *S2J* zugab. Oder dass sie *ihn* mochte – oder gemocht *hatte*.

Ryder verdrehte die Augen. »Er verteilt die Dinger wie Süßigkeiten.«

Puh, dachte Mia, *gerade noch mal Glück gehabt.*

»Also, wie hat LJ dich überhaupt dazu überredet, das hier zu machen?«, fragte er und legte den Arm auf die Rückenlehne der Couch. Ein Schachzug, den ein Typ machte, wenn er seinen Arm um ein Mädchen legen wollte – zumindest hatte Mia das im Fernsehen und im Kino beobachtet.

Sie versuchte, die Geste zu ignorieren, obwohl ihr Puls sich beschleunigte. »Meine Mom arbeitet für ihn.« Das war alles, was Ryder jemals zu wissen brauchte. Sie wollte ihm nicht erzählen, dass ihre Mom LJs Dienstmädchen war. Sie hasste es, das preiszugeben. Nicht weil sie sich schämte, sondern weil die Menschen sie anschließend anders ansahen.

»Und jetzt arbeitest du wohl für mich«, sagte er, während seine Finger auf dem butterweichen Leder Klavier spielten.

»Ich arbeite für LJ«, entgegnete Mia und hielt seinem Blick stand.

»Der dich für mich eingestellt hat«, erwiderte Ryder. »Ich bezahle dich, schon vergessen?«

Sie reagierte nicht. Ryder war so direkt. Sie war es nicht gewohnt, dass jemand so mit ihr redete, und noch weniger war sie es gewohnt, allein mit ihm oder irgendeinem Jungen hinter einer geschlossenen Tür zu sitzen.

»Okay«, fuhr er fort, lehnte sich zurück und schlug die Füße übereinander, die in schwarzen Lederstiefeln steckten. »Ich weiß nicht, wie viel LJ dir erzählt hat, aber ich bin in allem außer Mathe durchgefallen. Nur weil Mathe und Musik sich ziemlich ähnlich sind, und, na ja, Musik ...« Er hielt inne. »Musik ist mein Leben.«

»Es gibt noch mehr im Leben als Musik«, hörte Mia sich mechanisch sagen. Das sagte ihre Mutter jedes Mal, wenn Mia darum bat, sich in der Schule für den Chor oder die Band anmelden zu dürfen. Sie hasste diesen Spruch, und sie war sich ziemlich sicher, dass Ryder das ähnlich sah.

Er verzog das Gesicht. »Ich sehe schon, wir werden uns großartig verstehen.« Seine Züge veränderten sich und er beugte sich näher zu ihr vor. Die Couch knarrte. »Zumindest könnten wir das lernen.«

Ihr Blutdruck schoss in die Höhe und sie bekam eine Gänsehaut. Zuerst antwortete sie nicht, weil sie sich nicht sicher war, wie. *Flirtet er mit mir?*

Sie räusperte sich, die Situation erforderte einen Themenwechsel, und zwar dringend, sonst würde sie noch in Flammen aufgehen. »Wir sollten einen Unterrichtsplan erstellen.«

»Da wäre vorher noch eine weitere Sache.«

Er sah sie ernst an. »Niemand darf wissen, dass du mich unterrichtest.«

Sie stieß ein nervöses Lachen aus. Sie hatte etwas anderes erwartet, so wie die Dinge sich bisher entwickelt hatten. »Keine Sorge. Ich sage schon nichts.«

Er legte eine Hand auf die Couch, so dicht neben ihrem Knie, dass es kein Versehen sein konnte. Sie spürte förmlich, wie es sich anfühlen würde, wenn er sie berührte. »Nein, es ist komplizierter. Ich meine, *niemand* darf es wissen, ganz besonders nicht die Jungs von der Band. Ich will nicht, dass sie auch nur anfangen zu überlegen, wer du bist. Niemand weiß, dass ich die Highschool nicht geschafft habe. Sie denken alle, ich hätte meinen Abschluss in der Tasche. Und ich möchte, dass das so bleibt.«

»In Ordnung«, antwortete sie. Sie konnte den Blick nicht von seiner Hand lösen; die Hand war wie eine Spinne, vor der sie schreckliche Angst hatte, und gleichzeitig wie ein kleines Häschen, das zu berühren sie sich sehnlichst wünschte. »Wenn ich nicht deine Nachhilfelehrerin bin, wer bin ich dann?«

Sein Blick wanderte umher und fiel auf eine Akustikgitarre, die an einer Kommode lehnte. »Du bist jünger, als ich erwartet habe, deshalb kann ich dich nicht als meine Therapeutin ausgeben, wie ich es eigentlich vorhatte.«

Es wäre ihm lieber, die Leute denken, er braucht eine Therapeutin statt einer Nachhilfelehrerin? Was ist los mit diesem Typen?

»Wer soll ich dann sein?«

Er hielt inne und legte den Kopf schief. »Wir könnten behaupten, dass du meine Freundin bist.«

Mia stockte der Atem und die Muskeln in ihrer Kehle zogen sich vor Schreck zusammen. Wenn er sie *wirklich* fragen würde, ob sie seine Freundin sein wollte, würde sie vielleicht *Ja* sagen. Aber das tat er nicht. Er sagte gerade: *Ich werde niemals mit jemandem wie dir zusammen sein, aber du bist gut genug, um so zu tun, als ob.*

»Du machst Witze.«

Er schüttelte den Kopf.

»Warum sagen wir nicht, ich sei eine deiner Pflegeschwestern oder so was?« Sobald sie das ausgesprochen hatte, bereute sie es. Sie kannte Ryders Vergangenheit, und jetzt wusste er, dass sie es wusste – obwohl das jeder wusste, der *jemals* irgendeine Zeitschrift aufgeschlagen hatte.

Ryder seufzte. »Weil dann einer der anderen Jungs versuchen könnte, etwas mit dir anzufangen. Ich bezweifle, dass du mein Geheimnis für dich behalten kannst, wenn einer der anderen mit dir herumturtelt.«

»Du kannst mir vertrauen«, antwortete Mia. Obwohl noch nie jemand mit ihr geturtelt hatte. Ryder hatte gerade das totale Gegenteil davon getan und sie saß *immer noch* hier.

»Schätz...« Er presste die Lippen aufeinander. »Vertrauen ist bei mir nicht.« Die Worte kamen heiser heraus, als wögen sie zu schwer, um sie auch nur auszusprechen.

»Was *ist* denn dann bei dir?«, antwortete Mia mit einer Stimme, die sie selbst nicht wiedererkannte.

»Das würdest du wohl gern wissen«, sagte Ryder, dessen Fassade wieder saß. Sein undurchsichtiges Lächeln machte das nur zu deutlich.

Mia schaute auf ihre Hände hinab und versuchte, das Schlagen ihres Herzens zu verlangsamen, obwohl ihr klar war, dass es keinen Sinn hatte. Ihr endokrines System hatte jetzt die Führung übernommen. »Ich bekomme längst nicht genug Geld, um mich mit so etwas herumzuschlagen.«

Er beugte sich zu ihr vor, sodass sie sein Rasierwasser riechen konnte – beißend, wie sich Eis auf der Haut anfühlte. »Verlangst du mehr Geld dafür, dich als meine Freundin auszugeben? Das würde dich dann wohl zu einer Prostituierten machen.«

»Wie bitte?« Sie stand so schnell auf, dass ihr schwindlig wurde.

Ryder streckte die Hand nach ihr aus, hielt jedoch inne und strich sich stattdessen übers Haar. »Das ist falsch herausgekommen. Wir brauchen gar nichts zu tun. Du musst nur so tun, als wärst du meine Freundin, wenn andere Leute dabei sind. Dann macht es Sinn, dass wir so viel Zeit miteinander verbringen.«

Sie stand vor ihm. Das hier war viel mehr, als sie sich hatte zumuten wollen, und den Gerüchten über Ryder Brooks nach zu urteilen, hatte sie sich bereits eine ganze Menge zugemutet.

»Wenn es dir so wichtig ist«, sagte er, »kann ich dir mehr bezahlen.«

Mia schaute auf ihre strahlend weißen Tennisschuhe hinab. Sie wollte nicht über Geld reden. Sie wollte über nichts von alledem reden. Jetzt verstand sie, warum ihr Flugzeugticket nur für die Hinreise ausgestellt gewesen war. LJ hatte gesagt, er sei nicht sicher, wie lange man sie brauchen würde, vielleicht länger als einen Monat, aber jetzt wusste sie, dass er keine Ahnung gehabt hatte, wie lange sie durchhalten würde.

Denn die Gerüchte über Ryder kratzten nicht einmal an der Oberfläche dessen, wozu er wirklich fähig war.

»Ich mache das nicht«, sagte sie. Klar, sie hatte sich vorgestellt, wie es mit ihm in echt sein könnte, aber das hier war *nicht* echt.

»Da ist die Tür«, antwortete Ryder und nickte zum Ausgang hinüber.

Sie konnte nicht gehen. Sie wollte es – wollte es wirklich –, aber ihre Beine versagten ihr den Dienst. Es war, als hätte ihr Gehirn dichtgemacht, sobald sie Ryder gesehen hatte.

Sie hatte sich sonst immer im Griff. Aber jetzt konnte sie nur an seine Hände denken, die ihr so nah gewesen waren, und wie sie sich vielleicht anfühlen würden ... Sie schüttelte den Kopf, als vor ihrem inneren Auge ein anderes Bild Gestalt annahm – ihre Eltern, die an ihrem College-Abschlusstag strahlten. Ihr ganzes Leben lang hatte sie sich darum bemüht, ihre Eltern stolz zu machen, und nichts würde sie mit mehr Stolz erfüllen als der Tag, an dem sie zu der ersten Reyes wurde, die ihren Traum verwirklichte.

»Wenn ich zustimme«, sagte sie und versuchte, wenigstens ein bisschen die Kontrolle zurückzugewinnen, »brauchen wir Regeln.«

Er lachte und sah ihr in die Augen. »Zum Beispiel?«

»Keine Küsse.«

»Nur keine Küsse?«, fragte Ryder mit einem durchtriebenen Lächeln.

»Kein gar nichts«, sprudelte es aus Mia heraus. Ihr Blut wurde heißer und ihre Temperatur schien wie Quecksilber in einem Thermometer hochzuklettern.

Ryder verzog die Lippen. »Wir können uns hinter verschlossenen Türen benehmen wie Bruder und Schwester, aber in Gesellschaft wirst du dich wie meine Freundin verhalten müssen.«

»Na schön«, erwiderte Mia, die nicht einmal daran denken konnte, wie es wäre, Ryder so nah zu sein.

»Was immer das bedeuten mag«, gab Ryder zurück.

Mia biss sich auf die Unterlippe.

»Es ist ja nicht echt«, fuhr er fort, »und du brauchst nur so zu tun, bis ich meinen Abschluss habe. Ich bin für die Prüfung in einem Monat angemeldet.«

Konnte Mia einen Monat lang so tun, als würde sie Ryder Brooks mögen? Das hätte sie geschafft, bevor sie ihn kennengelernt hatte, aber jetzt wusste sie, dass sein Aussehen rein gar nichts mit seinem Benehmen zu tun hatte. Ganz zu schweigen von den Gefühlen, die er in ihr auslöste.

Ryder musste ihr Zögern gespürt haben, denn er sprach weiter. »Es geht hauptsächlich um die Jungs in der Band.«

»Warum kümmert es dich so, was die denken?«

»Tut es gar nicht«, antwortete Ryder viel zu schnell. »Ich möchte nur, dass wenigstens ein Bereich meines Lebens privat bleibt.«

Während Ryder auf ihre Antwort wartete, wanderte sein Blick zu ihren Lippen und dann langsam weiter hinab, hielt inne und konzentrierte sich auf ihre Brüste.

Mia errötete und starrte zu Boden, die Stimme ihrer Mutter im Kopf: *Sei ein braves Mädchen, Mia.*

Mia dachte an ihre Mutter. Sicher, sie hatte ihr Okay gegeben, aber sie würde sie umbringen, wenn sie erfuhr, wozu Mia vielleicht gleich ihre Zustimmung gab. Und dann würde sie Mia reanimieren, nur um sie abermals umzubringen, wenn sie auch nur ahnte, dass Mia irgendwie neugierig darauf war, wie es wohl sein würde, Ryder Brooks' Freundin zu sein.

Ryder Brooks' Freundin. Ihr Gehirn schlug Purzelbäume bei dem Gedanken, bis sie sich ins Gedächtnis rief, dass die Beziehung vorgetäuscht sein würde. Außerdem war der Ryder Brooks, den sie aus Zeitschriften zu kennen geglaubt hatte, nicht der, der vor ihr saß und *immer noch* auf ihre Brüste starrte. Sie verschränkte die Arme vor dem Oberkörper und zerstörte damit sowohl seine Aussicht als auch ihre flüchtige, alberne Fantasie.

Sie verspürte den Drang, Ellie anzurufen, ihre beste Freundin, und sie um Rat zu bitten. Sie war die Tochter einer der Familien, für die ihre Mutter putzte, und sie hatten miteinander gespielt, als sie klein gewesen waren. Sie waren Freundinnen geblieben, weil sie beide so behütet erzogen wurden. Ellies Eltern waren genauso anspruchsvoll und streng wie Mias, obwohl Ellie in einer Villa in Beverly Hills lebte, während Mia in einem einfachen Haus im Valley wohnte.

Ellie würde ihr raten zu verschwinden. Darauf beharren, dass ihre Selbstachtung mehr wert sei als Geld. Jemand, der reich war, hatte leicht reden.

»Du bist noch hier, also nehme ich an, das bedeutet *Ja?*«, brach Ryder das Schweigen.

»Du bist nicht gewohnt, dass jemand Nein sagt, hm?«

»Nicht, wenn ich etwas habe, das dieser Jemand will.«

Bedauerlicherweise hatte er das. Sofern sie nicht auf der Stelle im Lotto gewann, würde sie es tun. Sie konnte entweder für den Rest ihres Lebens Darlehen zurückzahlen oder das Geld von Ryder annehmen, der das wahrscheinlich an einem Tag verdiente.

»Moment mal, was ist mit all deinen *Groupies?*«, fragte sie, und das Wort lag wie Säure auf ihrer Zunge. Wenn die Gerüchte über ihn stimmten – und bisher taten sie das –, würde er ihr nie im Leben einen Monat lang treu bleiben können.

»Du bist nicht wirklich meine Freundin, also ist es leicht, den braven Jungen zu spielen«, sagte er.

»Was heißt das, wenn du einen auf braver Junge machst?«

»Bei unserer Vereinbarung bedeutet das, keine Groupies, keine Popsternchen, keine Stripperinnen. Du tust vor den Jungs in der Band so, als wärst du meine Freundin, und ich bin ein vorbildlicher Freund. Langweilig«, gestand er, während er den Blick zu ihrer Taille und noch tiefer wandern ließ, was dazu führte, dass sie keine Luft mehr bekam, »aber vielleicht bist du ja auch interessanter, als du auf den ersten Blick wirkst.«

»Du bist ein totaler Idiot.« Klar hatte sie das gerade gedacht, aber dass sie es ausgesprochen hatte, verwirrte sie. So benahm sie sich sonst nie. Sie war eher zurückhaltend bis total schüchtern – was machte Ryder nur mit ihr? Was würden die nächsten dreißig Tage aus ihr machen?

»Erzähl mir was Neues, Nicht-Schätzchen.«

Kapitel 2

*R*yder war durch die lange Zeit auf Tour daran gewöhnt, aufzustehen, wenn die Sonne ihren Hintern über den Horizont schwang, aber er wachte nicht so früh auf, um zu lernen, und schon gar nicht am Tag nach einer Show. Er hatte nicht gedacht, dass der Tag um sieben Uhr morgens noch schlimmer werden könnte, bis er sich im Bett umdrehte und auf dem Handy eine SMS von seiner Mom aufblinkte.

Ich vermisse dich, Ry.

Er löschte die Nachricht, ohne zu antworten. Ihm war klar, dass sie ihn nicht wirklich vermisste, sie vermisste sein Geld. Vermisste den Ruhm, den er ihr verschaffen konnte. Sicher, die Presse hätte ihre Geschichte verschlungen: eine Alkoholikerin, die kaum über die Runden kam, bis Ryder sie rettete. Das war nicht der schwierige Teil. Der schwierige Teil war, dass er sie nicht im Mindesten interessiert hatte, bevor er zu einem der

Gründungsmitglieder von *S2J* geworden war. Und dass die Lüge, die er während seiner Kindheit in verschiedenen Pflegefamilien erzählt hatte – seine Mutter sei zusammen mit seinem Vater gestorben –, zu seiner Wahrheit geworden war. Und er würde wieder seine Nummer ändern müssen. Wie schaffte sie es immer wieder, ihn zu finden?

Er kroch aus dem Bett, zog Jeans und T-Shirt an, die er am Abend zuvor auf den Boden geworfen hatte, und ging hinunter zum Catering, um sich Kaffee zu holen.

Er hätte wahrscheinlich jemanden bitten können, ihm Kaffee zu bringen, aber dann hätte er mit jemandem reden müssen. Ryder hasste es, überhaupt regelmäßig mit Menschen zu tun haben zu müssen. Und der Umgang mit anderen *vor* einer Dosis Koffein war schlimmer als Folter.

Als er die Verpflegungsstation erreichte, war außer einigen Roadies noch niemand da. Alle schauten von ihren Tassen und Tellern auf und starrten ihn ungläubig an. Sie unterbrachen ihre Gespräche, als er zum Büfett ging und einen Becher mit Kaffee füllte.

Ihm war bewusst, dass sie ihn nicht so ansahen, wie die Leute auf der Straße es taten oder das Publikum bei den Auftritten der Band. Sie starrten ihn verwirrt an und nicht ehrfürchtig. Als Rockstar stand man nicht vor Mittag auf, wenn es nicht sein musste, und bei ihm musste es *bestimmt* nicht sein.

Er nahm einen Sesam-Bagel. Er musste weg, bevor

irgendjemand anfing, die Fragen zu stellen, die ihnen allen ins Gesicht geschrieben standen.

Wieso bist du so früh wach, Ryder?

Er hätte antworten können: *Ich habe noch gar nicht geschlafen.* Aber er würde noch schrecklich viele Lügen erzählen müssen wegen Mia und er wollte sie auf ein Minimum beschränken. Er musste alles auf die Reihe kriegen mit den ganzen anderen Lügen, die er schon erzählt hatte.

Er versuchte, nicht allzu viel darüber nachzudenken. Wie sonst sollte ein Mensch mit einer Vergangenheit wie der seinen überleben, wenn er nicht alles neu erfand?

LJ entdeckte ihn und kam herangewatschelt.

Ryder dachte kurz darüber nach, die Flucht zu ergreifen. *Schnell* war LJ nie, außer vielleicht beim Essen. Aber Ryder blieb, wo er war, und seufzte – er hatte keine andere Wahl. LJ hing auch sonst gerne mit Ryder herum, und jetzt, da er etwas gegen ihn in der Hand hatte, konnte Ryder ihn nicht einfach ignorieren und weggehen, wie er das normalerweise getan hätte.

»Alles klar so weit?«, fragte LJ in einem gezischten Flüstern. Speichel klebte ihm in beiden Mundwinkeln und seine glänzende, unbehaarte Stirn war gerunzelt.

»Falls sie nach letzter Nacht immer noch hier ist, ja.« Ryder zuckte mit den Schultern und versuchte, den winzigen Hoffnungsschimmer zu ignorieren, *dass* sie noch da war.

Er wollte nicht wieder mit der Jagd nach einer Nachhilfelehrerin anfangen, und, na ja, es war kaum zu leugnen, dass ihr Aussehen den Unterricht deutlich erträglicher machen würde. Mia hatte an den richtigen Stellen Kurven, obwohl sie alles in ihrer Macht Stehende zu tun schien, um dies zu verbergen.

Er stand sonst nicht auf klug und bescheiden, aber in Mias Temperament lag eine Kraft, nach der er sich sehnte. Es war ein Feuer in ihren Augen, das sie ständig zu löschen versuchte. Er war neugierig, was geschehen könnte, wenn sie es brennen ließ.

Wenn er sie dazu brachte, es brennen zu lassen.

LJ nickte und in seinem Schatten sah der Teller mit Donuts auf dem Tisch winzig aus. »Wenn sie sich nicht während der Nacht davongestohlen hat, pennt sie bei den Leuten von Kostüm und Maske.«

Kostüm und Maske? Die Klatschblätter waren schon übel, aber diese Frauen waren noch schlimmer. Sie taten nichts anderes, als zu tratschen. Ryder hatte oft gehört, wie sie über ihn oder einen der anderen Jungs redeten.

»Wir müssen sie wahrscheinlich in meinem Zimmer unterbringen«, sagte Ryder.

Es fehlte gerade noch, dass diese Leute anfingen, über Mia zu quatschen. *Wer würde schon seine Freundin bei denen schlafen lassen?* Nicht einmal er.

»Ryder, sie ist hier, um dich zu unterrichten«, sagte LJ und fuhr sich mit der Zunge über die Lippen, »nicht andersherum.«

»Pst«, flüsterte Ryder, »das darf niemand wissen.«

Seine Augen weiteten sich. »Schon vergessen?« Dieser Idiot! Ryder hätte ihn nicht einweihen dürfen. Er hätte sich selbst eine Nachhilfelehrerin suchen sollen, aber vielleicht wäre diejenige dann sofort zur Presse gerannt. *Ryder Brooks ist ein Volltrottel, der nicht mal seinen Highschool-Abschluss geschafft hat.*

Ryder fragte sich manchmal, ob die Sachen, die die Presse immer über sie herausfand, direkt von LJ kamen. Er fragte sich sogar, ob Kostüm und Maske nur wegen LJ Bescheid wussten. Vielleicht tauschte er Geheimnisse gegen ein anständiges Toupet oder so was.

»Ich weiß, ich weiß, ich erzähle niemandem, dass sie deine Lehrerin ist«, beteuerte LJ und tätschelte Ryders Arm.

»Richtig, sie ist meine *Freundin*.«

»Wie bitte?«

Ryder zog ihn vom Büfett weg in den Flur. »Das ist die einzig logische Erklärung. Warum sonst sollten wir so viel Zeit miteinander verbringen?«

»Es gibt eine Regel«, sagte LJ und ballte die Fäuste an seinen Seiten. »Keine festen Freundinnen.«

»Sie ist nicht *wirklich* meine Freundin«, wandte Ryder ein.

»Nein«, erwiderte LJ und schüttelte so heftig den Kopf, dass sein Doppelkinn zitterte. »Nein, nein, nein.«

»Es ist nur für die Band. Irgendetwas müssen wir ihnen erzählen. Andernfalls finden die Jungs raus, dass ich die Highschool geschmissen habe. Was denkst du, wie lange es dauert, bevor die Medien davon Wind bekommen, Leslie?«, fragte Ryder und nannte ihn bei dem Namen, der ihn verrückt machte.

LJ verzog das Gesicht und starrte ihn an. »Was ist, wenn die Medien Wind davon bekommen, dass sie deine Freundin ist?«

»Ich erwähne es nicht außerhalb unseres Tourbusses, und ich sage den Jungs, dass sie ebenfalls die Klappe halten sollen.«

LJ schien nicht überzeugt und Ryder verstand. Er hatte es nicht durchdacht, war zu sehr darauf bedacht gewesen zu verhindern, dass seine Bandkollegen ihn für einen Versager hielten – so wie alle anderen auch in seinem bisherigen Leben, bevor er bei *S2J* eingestiegen war.

»Bitte, LJ, Kumpel, Homie, Alter«, fügte er hinzu und hoffte, dass er dick genug auftrug. »Sieh einfach zu, dass sie so schnell wie möglich in mein Zimmer umzieht, damit es echt aussieht.« Er schlug seinem Manager auf den Rücken. Das war eine schlechte Entscheidung. Schweiß sickerte durch das T-Shirt und Ryders Hand fühlte sich klebrig an. Er musste daran denken, den Mann nicht zu berühren, wenn er das nächste Mal so tat, als wäre er nett.

»Ihre Mom würde mich umbringen«, protestierte LJ kopfschüttelnd. »Ich habe versprochen, dafür zu sorgen, dass sie nicht in Schwierigkeiten gerät.«

Ryder zog übertrieben die Augenbrauen hoch. »Wann habe ich jemals Schwierigkeiten gemacht?«

»Diese Frage beantworte ich erst gar nicht. Wenn ich das hier mache«, fuhr LJ fort und hob einen Finger, »was soll ich dann Mias Mom sagen, wenn ich mit ihr rede?«

»Dass sie mir Nachhilfeunterricht gibt, was sie ja auch tut.«

LJ ließ die Hand sinken und seufzte. Ryder fand, das war so gut wie ein *Ja*.

»Jetzt müssen wir wohl beide ein paar Geheimnisse für uns behalten«, fügte Ryder hinzu, bevor er davonging.

Es war das Mindeste, was LJ tun konnte. Ryder musste wegen dieses Arrangements ebenfalls jede Menge Regeln befolgen. Als Gegenleistung für die Organisation von Mias Aufenthalt bestand LJ darauf, dass Ryder während der gesamten Tour und der anschließenden Welttournee »brav« war *und* zustimmte, LJ zu engagieren, sollte er je eine Solokarriere starten.

Ryder stand ein ganzes Jahr bevor, in dem er sich wie ein *guter* Bad Boy benehmen musste, und das war nur die Zeit, von der er wusste, dass er sie mit *S2J* verbringen würde. Es war, als hätte er dem Teufel sein Leben verschrieben – einem erkahlenden Boyband-Manager-Möchtegern-Teufel mit dicker Wampe.

Mia wartete im Flur vor seiner Garderobe mit einem Notizbuch, das sie sich an die Brust drückte. Sie hatte definitiv etwas, abgesehen von ihrem langen schwarzen Haar, ihren dunklen Augen und dem dunklen Teint, aber er war sich noch nicht ganz sicher, was genau ihn an ihr anzog. Sie war überhaupt nicht die Art von Mädchen, auf die er normalerweise stand. Sie war total brav. Scheiße, das Mädchen trug Keds, die weißer waren als Schnee. Er wusste, was das bedeutete: Es begann mit einem J.

»Du bist spät dran«, bemerkte sie, drückte den Rücken durch und klopfte mit einem Bleistift gegen ihr Notizbuch.

Er legte einen Finger an die Lippen und zog sie schnell in seine Garderobe, bevor sie noch etwas sagen konnte.

»Du bist meine Freundin, schon vergessen?«, fragte er und schloss die Tür hinter ihnen.

Ihre dunklen Augen glänzten, und er sah, dass sie gegen ein Lächeln ankämpfte. »Freundinnen sagen ihren Freunden ständig solche Sachen.«

Ihr Lächeln hatte sie noch unterdrücken können, aber sie errötete, als sie ihn ihren Freund nannte.

Er konnte nicht leugnen, dass es ihm gefiel, wie ihre vollen Lippen dieses Wort aussprachen.

»Nicht meine«, antwortete er. »Keiner der Jungs würde glauben, dass ich einem Mädchen erlaube, so mit mir zu reden.«

»Vielleicht *sollte* ein Mädchen so mit dir reden.«

Ryder ertappte sich dabei, dass er ebenfalls gegen ein Lächeln kämpfte. Vielleicht war es das, was ihm an ihr gefiel. Es schien ihr egal zu sein, was er von ihr hielt – oder sonst irgendwer.

»Lass uns einfach anfangen«, sagte Ryder und räumte

Bierflaschen, Chipstüten und Blätter mit Songideen vom Tisch.

Mia beäugte eine der Flaschen.

»Ich dachte, du wärst erst siebzehn.«

»Wenn man berühmt ist, gibt es keine Altersbeschränkung für Alkohol.«

»Hast du eine Ahnung, was Alkohol mit dem menschlichen Körper anstellt?«

»Nein, aber du wirst es mir sicher gleich erzählen.«

Er wusste natürlich über Alkohol Bescheid – aus erster Hand. Seine Mutter und das Leben, das sie dank dem Alkohol führte, hätte ausreichen sollen, um ihn von der Flasche fernzuhalten, aber es war fast so, als müsse er sich beweisen, dass er seinen Alkoholkonsum im Griff hatte, im Gegensatz zu ihr.

Er war stärker als seine Mutter. Damals schon und heute auch.

»Lassen wir das«, antwortete sie, den Blick auf seine Stirn gerichtet, als könne sie hineinschauen, »aber ich bin keine einfache Nachhilfelehrerin, deshalb solltest du vielleicht so viele Gehirnzellen behalten, wie du nur kannst.«

»Irgendwie habe ich mir schon gedacht, dass du nicht einfach bist«, entgegnete er und schaute auf ihre Keds hinab.

Sie ging zum Tisch und setzte sich. »Ich dachte, wir wollten anfangen.«

Er beobachtete, wie sie ihr Notizbuch und ihr Mäppchen vor sich arrangierte. Sie zog ein Miniwörterbuch daraus hervor. »Wir können zuerst einige Definitionen durchgehen. Ich fange gern mit Z an.«

»Wow, das ist ja rebellisch.« Er lachte.

»Hast du eine bessere Idee?«

Die Art, wie ihre Brüste sich gegen den Stoff ihres rosafarbenen Poloshirts drückten, brachte ihn auf ein paar Ideen, aber die würden ihm bei der Prüfung wenig nützen.

Das war der Grund, warum sie hier war, rief er sich ins Gedächtnis.

Sein Leben lang hatte man ihm eingeredet, dass er es nie zu etwas bringen würde. Seine richtigen Eltern hatten ihn nie gelobt, warum also hätten irgendwelche Pflegeeltern anders sein sollen? Sicher, er hatte die Erwartungen aller übertroffen, als er bei *S2J* aufgenommen wurde, aber erst am Berklee College als Musiker ernst genommen zu werden, würde ihm endlich helfen, seine eigenen Erwartungen zu übertreffen.

Er nahm das Buch, das er gekauft hatte, aus seinem Versteck in einem alten Akkordeonkoffer – kein Mensch öffnete einen Akkordeonkoffer – und ließ es auf den Tisch fallen. »Das da muss ich lernen.«

»Wozu brauchst du mich, wenn doch alles in dem Buch steht?«

»Für die Atmosphäre«, antwortete Ryder und zwinkerte ihr zu, als er sich zu ihr an den Tisch setzte. Das klang bescheuert, aber je mehr Zeit er mit ihr verbrachte, desto passender erschien ihm dieses Wort.

Er schlug die erste Seite auf. Das Buch knarzte, da es neu und unbenutzt war.

Mia lachte. »Du brauchst mich wohl eher als deinen Sklaventreiber. Du hast dieses Ding noch nicht einmal geöffnet.«

»Du sagst Tomate, ich sage Bloody Mary.«

Mia verdrehte die Augen.

»Es ist nicht meine Schuld, dass du dich länger hier hältst als die ganzen Nachhilfelehrer sonst so.«

»Ich würde sagen, das ist ganz eindeutig deine Schuld«, entgegnete Mia, nahm einen nadelspitzen Bleistift aus ihrem Mäppchen und begann zu schreiben.

Andere Mädchen hätten ihn mit traurigen Augen angesehen und auf *armer Ryder* gemacht, was dann meist irgendwann in *Oh, Ryder* umschlug, aber anscheinend war Mia nicht wie andere Mädchen. Allerdings roch sie wie ein Mädchen, nach würziger Vanille, wie ein Keks.

»Sollen wir mit Biologie anfangen?«, fragte Mia und schlug den passenden Test auf. »Oh, Parasitismus, mein Lieblingsthema.« Sie hob das Buch hoch und zeigte Ryder die erste Frage.

Es war eine Tabelle mit einem Haufen Kauderwelsch, der ihm nicht gleichgültiger hätte sein können, darunter eine Frage, die die verschiedenen symbiotischen Beziehungen verglich: Mutualismus, Kommensalismus, Parasitismus.

»Du bist ein merkwürdiges Mädchen«, sagte Ryder, aber in Wirklichkeit meinte er: *Du bist anders als jedes*

Mädchen, das mir je begegnet ist. Du bist anders als jedes Mädchen, das ich mir je vorstellen konnte. Ryder hätte nie erwartet, jemals neben einem Mädchen zu sitzen, das ein verdammtes Mäppchen für seine Stifte hatte und dessen Gehirn Fakten ausspuckte wie ein Computer.

Die Mädchen, mit denen er normalerweise Zeit verbrachte, nutzten Bleistifte höchstens, um ihre Haare aufzustecken.

»Parasiten sind faszinierend«, stellte sie fest. »Sie existieren ausschließlich auf Kosten eines anderen Lebewesens. Ihr ganzes Dasein beruht auf dem Leben eines anderen.«

»Das ist wie bei unseren Fans«, sagte Ryder, der fasziniert beobachtete, wie ihr Haar über den Tisch fiel, während sie sich tiefer über das Buch beugte.

»Großes Ego?«, gab Mia zurück und schaute weiter auf die Seite. »Ich bin auch ein Fan, aber ich habe eine Menge anderer Dinge, die mich am Leben erhalten. Ich würde nicht sterben, wenn es euch Jungs nicht mehr gäbe.«

»Irgendwie dachte ich, du hättest dieses Shirt gestern nicht ohne Grund getragen«, sagte er und sah sie wieder in dem *S2J*-T-Shirt vor sich. Es hatte sich perfekt um ihre Kurven geschmiegt. Er fragte sich, ob es jetzt zusammengeknüllt in ihrem Koffer lag und nach Keks roch.

»Hast du ein Problem mit deinen Fans?«

»Natürlich nicht.« Er betrachtete ihr Gesicht. Ihre

Haut hatte die Farbe von braunem Zucker und schien zu leuchten. Er konnte ihre Süße förmlich schmecken. »Du wirkst nur nicht wie eine von unseren Fans.«

»Ich werde darüber nachdenken, ob das ein Kompliment ist oder nicht«, erwiderte Mia und steckte ihren Bleistift kurz zwischen die Lippen, »aber lass uns währenddessen zu der Frage zurückkehren.«

Ryder las die Frage ein zweites Mal. »Also ist Parasitismus wie eine Mom und ihr Baby?«

»Die Beziehung ist enger«, sagte Mia.

Wie aufs Stichwort summte Ryders Telefon.

Ry, bitte, rede mit mir.

Wahnsinn, seine Mutter verstand nicht einmal einen Wink mit dem Zaunpfahl.

»Langweile ich dich?«, fragte Mia.

»Entschuldige.« Ryder schob das Telefon in seine Tasche zurück.

»Schreib den Leuten, mit denen du mich betrügst, doch einfach in deiner Freizeit.«

»Nein, es ist...«, begann Ryder. *Wollte ich ihr das wirklich gerade erzählen?* »Okay, ich beschränke meine Untreue auf ein Minimum«, witzelte er und fuhr seine Abwehrschilde wieder hoch.

»Großartig. Ich bin die glücklichste feste Freundin der Welt«, erwiderte Mia sarkastisch.

»Oh, wo wir gerade beim Thema sind.« Ryder nahm einen Stift. »Du wirst von jetzt an in meinem Zimmer schlafen.«

Mia sah aus, als hätte sie etwas verschluckt und erstickte daran. »Du willst mich veräppeln. Das mache ich nicht.«

»Du kannst in meiner Gegenwart ruhig *verarschen* sagen und das machst du *wohl*. Niemand wird mir glauben, dass meine Freundin bei den Mädchen vom Glamour-Kommando schläft.«

»Ich kann mir kein Schlafzimmer mit dir teilen.«

»Wie wäre es mit einem Garderobenzimmer oder einem Hotelzimmer?«, fragte er. Er probierte es mit dem guten alten Ryder-Charme, mitsamt einem schiefen Lächeln.

Mia erwiderte sein Lächeln, versuchte dann aber, es zu verbergen. Ihre Zunge kam aus dem Mund gehuscht und glitt nervös über ihre Unterlippe. »Also, deine Freundin würde es keine Sekunde lang aushalten, von deinem heißen Körper getrennt zu sein, hm?«

Als sie das Wort *Körper* aussprach, musste er unwillkürlich ihren mustern. Er verschlang das enge rosafarbene Poloshirt und die züchtigen Jeansshorts mit den Augen. Es sollte nicht besonders aufreizend aussehen, aber genau deshalb schien es, als müsse er all die Stellen anstarren, die die Kleidung verbergen sollte. Er spürte, dass sie unter dem Tisch ihre Beine übereinanderschlug und wieder ausstreckte. Das Geräusch von Haut auf Haut machte ihn fast verrückt.

Er dachte, dass Mia ihn vielleicht spielerisch anstupsen würde. Er hoffte es. Irgendwie wünschte er sich plötzlich, die Bücher vom Tisch zu fegen und ihr zu zeigen, wozu sein heißer Körper wirklich imstande war, aber sie war seine Nachhilfelehrerin. Und obwohl sie sein Flirten zu tolerieren schien, ließen ihre Keds darauf schließen, dass sie alles andere definitiv nicht tolerieren würde.

»Mein Mädchen würde mich nicht anbrüllen, weil ich zu spät komme, und sie würde auf jeden Fall mit mir schlafen.«

»Das klingt, als solltest du das Mädchen deiner Mutter vorstellen«, antwortete Mia.

Ryder senkte den Blick. Er wusste, dass es nur eine Redensart war, und doch fiel es ihm schwer, dabei nicht an seine Mutter zu denken.

Hat Mia die SMS gesehen? Wenn sie wirklich ein Fan ist, wüsste sie dann nicht über meine Lüge Bescheid? Vielleicht war er auch der Einzige, der sich irgendeinen Spruch über *Mütter* zu Herzen nahm.

»Unsere Regeln gelten nach wie vor. Wir schlafen getrennt. Ich nehme das Sofa und du kannst das Bett haben.« Er hob die Hände. »Keine schrägen Sachen.«

»Das heißt nicht, dass ich mir ein Zimmer mit dir teilen möchte«, sagte Mia und stach dabei so heftig mit ihrem Bleistift in den Notizblock, dass eine Delle zurückblieb.

»Bist du dir da sicher?«, fragte Ryder und beugte sich vor, sodass er Mia direkt in die Augen sehen konnte. Sie atmete nicht und sie blinzelte kaum.

Er rief sich wieder ins Gedächtnis, dass sie nur seine Nachhilfelehrerin war, selbst während er versuchte, ein Wort für die Farbe ihrer Lippen zu finden.

»Habe ich eine Wahl?«, brachte sie schließlich heraus.

»Nein«, antwortete Ryder und tippte mit seinem Stift auf den Tisch. »Aber es war schön, dir zuzusehen, wie du dagegen ankämpfst.«

Kapitel 3

*M*ia hasste es, dass ihr die Show am Abend vorher so gut gefallen hatte. Sie hatte *Seconds to Juliet* zum ersten Mal live erlebt, und schon war der Vorsatz, nicht auf Fangirl zu machen, damit Ryder sie nicht für eine totale Idiotin hielt, wie weggeblasen.

Wenn sie ihn auf der Bühne sah, schnellten ihr Blutdruck und ihr Herzschlag in schwindelnde Höhen, ihr Mund wurde trocken, die Schweißdrüsen an ihren Händen sonderten Feuchtigkeit ab, und es geschahen Dinge an Stellen ihres Körpers, an die sie nicht einmal denken konnte. Die pulsierenden Lichter, die kreischende Menschenmenge, der wummernde Bass hypnotisierten ihr Herz.

Zumindest war er auf der Bühne und konnte es nicht sehen oder, schlimmer noch, es fühlen. Sie dagegen schon.

Sie konnte nicht leugnen, dass es etwas mit ihr anstellte, ihn beim Singen zu beobachten. Und ihn tanzen zu sehen, stellte noch mehr mit ihr an.

Ein Jammer, dass er im richtigen Leben nicht so war

wie vor seinem Publikum. Wenn sie mit ihm lernte, schien er klug, aber er wirkte auch, als wäre die Welt ihm etwas schuldig, als wäre *Mia* ihm etwas schuldig, weil er berühmt war.

Sie wusste nicht, ob das nur Fassade war oder nicht.

Warum kümmert mich das überhaupt?

Aber noch mehr hasste sie, dass sie bei ihrer täglichen Meldung an ihre Mutter Lügen über Lügen erzählen musste.

Was sollte sie sagen? *Ryder will, dass ich mir ein Zimmer mit ihm teile, und er ist außerdem ein totaler Mistkerl, bei dem mir das Denken schwerfällt, obwohl man mir mein ganzes Leben lang beigebracht hat, zu denken. Ich muss außerdem so tun, als wäre ich seine Freundin, und ich bin mir immer noch nicht sicher, wie das in der Praxis aussehen soll.*

Ihre Mom würde sie nach Hause zitieren, noch bevor Mia ihren Satz beendet hätte, und dann würde sie Ryder wahrscheinlich wegen des Geldes verklagen, das er Mia für die Nachhilfe schuldete. Ihre Mutter würde alles tun, damit Mias Zukunft nicht in Gefahr geriet.

Sie wartete mit ihrem Koffer vor seiner Garderobe auf ihn und fragte sich, ob er ihr ansehen würde, dass ihr Körper ihn mochte, obwohl ihr Kopf ihn nicht ausstehen konnte. Genauer gesagt, ihr Kopf wusste nicht wirklich, wie er Ryder verarbeiten sollte. Vor Ryder war Mia in einer Sache richtig gut gewesen: sich über Dinge klarwerden.

Ryder kam mit den anderen Jungs um die Ecke, verschwitzt und aufgedreht von dem Auftritt, die Haare und Kleider noch nass von *WET – Woman Every Time*.

Das war eine von Mias Lieblingsstellen in der Show: wie das Wasser auf sie herunterregnete, als wären sie in der Dusche, während sie sangen und tanzten ... Aber halt, sie brauchte sich Ryder wirklich nicht unter der Dusche vorzustellen, wenn er sie sonst schon so verwirrte.

Die Mitglieder von *S2J* standen nur ein paar Schritte von ihr entfernt im Flur, tropfnass. Sie wusste erst recht nicht, wie sie das verdauen sollte – alle fünf Jungs zusammen, hier, eine ihrer Lieblingsbands überhaupt. Schon bald würden sie ihr so nah sein, dass sie sie berühren konnte.

Sie kämpfte gegen den Drang, ihr Handy herauszuholen und ein Foto zu machen. Sie hatte sowieso niemanden, dem sie es schicken konnte. Ellie durfte kein Handy haben. Mia schluckte; ihre Kehle war so trocken, wie die Kleider der Jungen nass waren.

Ryder kam auf sie zugelaufen, riss sie von den Füßen und wirbelte sie herum. Ihr Magen schlingerte vor Überraschung, aber sie genoss es auch irgendwie, ihm so nah zu sein, so nah, dass seine Lippen ihren Hals streiften. Seine Kleider und seine Haare machten sie ganz nass, was gut war; es kühlte sie ab, nachdem ihr von dem Gefühl, in seinen wahnsinnig starken Armen zu liegen, ganz heiß wurde.

Die anderen Jungen sahen verwirrt zu. Mia war ebenfalls verwirrt. Es brachte sie aus dem Konzept, wie gut sein Körper an ihren passte, aber sie wusste, dass es nicht so sein sollte. Er war nicht wirklich ihr Freund. Er war nicht einmal *ein* Freund. Er bezahlte sie dafür, ihm beim Highschool-Abschluss zu helfen und den Mund zu halten.

»Leute«, sagte Ryder, stellte sie wieder auf die Füße und legte ihr einen Arm um die Schultern, »das ist Mia. Wir waren in der Highschool zusammen und jetzt sind wir es wieder.«

Für einen Moment sagte niemand etwas. Wahrscheinlich, weil die Gerüchte, die Mia über ihn gelesen hatte, der Wahrheit entsprachen und Ryder mit allem schlief, was zwei Beine hatte und nach Parfüm roch. Warum sollte irgendjemand, der früher mal mit ihm zusammen gewesen war, es jetzt wieder sein wollen? Na ja, abgesehen von dem offensichtlichen Grund – weil er wahnsinnig heiß war, so heiß, dass Mia es mit seinem Arm um die Schultern sehr schwerfiel, nicht neben ihm zu zerfließen.

»Freut mich, dich kennenzulernen«, sagte Trevin schließlich und streckte ihr die Hand hin.

»Ich wusste gar nicht, dass du eine feste Freundin hast«, bemerkte Miles mit seinem britischen Akzent, der alle Mädchen in den Wahnsinn trieb. »Wir sollten irgendwann mal ein Doppeldate machen, Kumpel. Aimee würde das super finden.«

Aimee. Mia erkannte den Namen – Miles' Freundin Aimee. Die Geschichte, wie sie zusammengekommen waren, war überall in den Medien gewesen; wie der traumhafte Miles sein Traummädchen fand.

»Hey«, sagte Will. Er hielt ihr nicht die Hand hin, sondern winkte nur kurz.

»Schön, dich kennenzulernen«, sagte Nathan und schüttelte ihr ebenfalls die Hand.

Sie versuchte, cool zu wirken, so wie Ryders echte Freundin es bestimmt wäre, aber *S2J REDETE TATSÄCHLICH MIT IHR*. Die Jungs, die sie in Zeitschriften und auf Postern angehimmelt hatte und deren Auftritte sie im Fernsehen verfolgte, sprachen mit ihr, *berührten sie* – bis auf Will, aber der spielte seine Rolle als schüchterner Typ einfach sehr überzeugend.

Wie Ryder waren die anderen Jungs in echt noch heißer. Miles mit seinen gestylten blonden Haaren und den betörenden blauen Augen machte es ihr schwer, den Blick abzuwenden, aber auch genauso schwer, ihn anzusehen; Trevins warmes Lächeln, seine hochgewachsene Gestalt; Wills wachsame Miene, sein geneigter Kopf und seine nachdenklichen Augen; und Nathan, der süße Nathan, mit strahlendem Lächeln, wie ein Welpe, der vor Begeisterung mit dem Schwanz wedelte.

»Ich freue mich, euch kennenzulernen. Ich liebe eure Musik.« Sie kam nicht gegen ihre Schwärmerei an. »Ich – ich meine...«, stammelte sie. All die Gedanken und Gefühle, die sie jemals für die Jungen und ihre Musik gehabt hatte, machten es ihr schwer weiterzusprechen. »Ihr seid eine meiner Lieblingsbands. Ich ...«

Ryder warf ihr einen Blick zu und sie presste die Lippen aufeinander. Sie begriff sofort, dass er *Halt den Mund* meinte.

»Tja, das will ich hoffen, da Ryder den größten Teil der Songs geschrieben hat«, warf Trevin ein.

Ryder verzog das Gesicht, aber zumindest hatte er aufgehört, ihr mörderische Blicke zuzuwerfen.

»Nicht die meisten, einige«, korrigierte Miles ihn.

»Er hat mehr geschrieben als ich«, stellte Nathan fest.

»Du hast gar keine Songs geschrieben«, gab Ryder zurück, den Arm immer noch fest um sie gelegt. Sie spürte, wie seine Stimme an ihrer Seite vibrierte.

»Tja«, erwiderte Nathan.

Will beteiligte sich nicht an dem Gespräch. Mia wusste, dass er schüchtern war, aber das hier war glatt lächerlich.

»Na gut, jetzt habt ihr sie kennengelernt«, sagte Ryder und scheuchte die Jungs mit einer Handbewegung weg. Dann schob er Mias Koffer in seine Garderobe. »Wir haben eine Menge nachzuholen, wenn ihr wisst, was ich meine.« Er hob eine Augenbraue.

Mia biss sich auf die Unterlippe. Ihr Herz fühlte sich an, als würde es explodieren, und ihre Gliedmaßen schienen gelähmt. Wenn sie so tat, als wäre sie Ryders Freundin, musste sie offensichtlich auch so tun, als hätten sie Sex. Wenn man bedachte, dass sie noch nie einen Jungen auch nur geküsst hatte, wusste sie wirklich nicht, wie sie das verdauen sollte.

»LJ hat zugestimmt, dass sie bei uns bleibt?«, fragte Trevin noch. »Ich dachte, feste Freundinnen wären nicht erlaubt.«

Ryder hielt kurz inne, drehte sich aber nicht um. »Sie macht mich glücklich, und du weißt, dass LJ es gern sieht, wenn ich glücklich bin.« Er zog sie in die Garderobe und schloss die Tür, bevor irgendjemand weitere Fragen stellen konnte.

Mia dachte, dass ihm wohl noch deutlich mehr Fragen bevorstanden. Wie sie sich kennengelernt hatten und wie lange sie zusammen gewesen waren und wie sie sich versöhnt hatten. Die Blutgefäße in ihrem Gesicht und Hals füllten sich, während sie darüber nachdachte, wie sie beide ihre falsche Liebesgeschichte schreiben würden.

Sobald sie in der Garderobe waren, verstaute Ryder Mias Koffer und nahm sich ein frisches Handtuch.

»Du brauchst nicht zu sagen, dass du *S2J* magst«, stellte Ryder fest, während er sich abrubbelte. »Ich bezahle dich nicht dafür, für unsere Musik zu schwärmen.«

»Aber ich mag euch wirklich.« Mia senkte den Blick. »Ich meine, ich mag die Band.«

»Wow, du bist ja ein noch größerer Nerd, als ich dachte.«

»Ähm, vielen Dank.« Mia verschränkte die Arme so fest über der Brust, dass sie dachte, sie würde sich gleich eine Rippe brechen. Zum Teufel mit ihrer falschen Liebesgeschichte, sie hatte bereits Seiten über Seiten ihrer sehr realen Hassgeschichte gesammelt.

»Tut mir leid, ich habe nicht *Nerd* gemeint«, erwiderte Ryder. »Ich meinte nur ...«

Mia hob die Hand. »Du brauchst es gar nicht erst zu versuchen. Dein Wortschatz reicht sowieso nicht, um dich da rauszureden.«

Ryder wandte den Blick nicht von ihr ab und seine Miene wurde weicher. »Das habe ich wohl verdient.«

Es war nur ein kleiner Sieg, aber Mia würde sich damit zufriedengeben. Schweigend standen sie voreinander. Sie hätten Statuen sein können, und Mia hätte in diesem Moment nichts dagegen gehabt, aus Stein zu sein, um sich nicht mit ihrem wild klopfenden Herzen auseinandersetzen zu müssen.

»Dir gefällt eure Musik nicht?«, fragte Mia schließlich. Sie hatte Angst, dass sie unter Ryders Blick tatsächlich zerfließen würde, wenn sie nichts sagte.

Und es verwirrte sie, dass er so gereizt war. Die Songs waren großartig. Sie brachten sie zum Lächeln, brachten sie zum Tanzen. Sie konnte sich an keinen Abend erinnern, an dem sie nicht *Kiss This* so laut hatte laufen lassen, wie ihre Eltern es gerade noch duldeten. Wenn sie die Musik von *S2J* hörte, schloss sie ihre Schlafzimmertür, sprang auf ihrem Bett herum und dachte an alle in ihrem Leben, denen sie so etwas am liebsten sagen würde.

Ihrer Mom.

Ihrem Dad.

Den Mädchen in der Schule, die sie Idiotin nannten.

Und vielleicht jetzt auch Ryder.

»Die Musik ist ätzend«, antwortete er und warf das Handtuch quer durchs Zimmer.

»Aber die Jungs haben gesagt, du hättest die meisten Songs geschrieben.«

»Nein, ich schreibe, wovon ich denke, dass es dem Publikum gefällt.«

»Es gefällt ihnen«, erwiderte Mia. »Es gefällt mir.«

Ryder zog die Augenbrauen hoch und seine Lippen entspannten sich zu einem wissenden Lächeln.

Verflixt. Sie war so aufgeregt gewesen, dass sie ihre Begeisterung nicht verborgen hatte. Jetzt wusste er es.

»Hoffentlich gefällt dir die Musik noch, wenn die Jungs sie schreiben. Ich überlasse ihnen für unser neues Album die Arbeit.«

Mia sah ihn an. Sie hatte gewusst, dass er mies drauf war, aber das hier wirkte, als hätte er sich innerlich ausgeklinkt. Ausgeklinkt aus der berühmtesten Band des Landes. Wer machte so etwas? »Du siehst aber aus, als hättest du Spaß auf der Bühne.«

»Hast du mich etwa beobachtet?«, gab Ryder zurück und trat näher an sie heran. Er hielt ihren Blick mit seinem gefangen.

Mia spürte das Blut in ihren Wangen. »Ich habe mir alles angesehen.«

»Alles an mir, hmmmm...«, entgegnete er und kam noch näher.

»Alles von allen in der Band, m-meinte ich«, stammelte sie.

Ryder hielt inne, als wüsste er, was genau sie sich angesehen hatte. »Die Auftritte sind das Einzige, was diese ganze Sache erträglich macht.«

Mia machte eine Handbewegung. »Welcher Teil von alledem ist unerträglich?«

»Das kapierst du nicht.« Ryder schaute auf sie hinab. Wassertropfen rannen aus seinem Haar und tropften auf ihre Nase. »Du bist keine Musikerin.«

Mia kämpfte gegen den Drang, ihn zu korrigieren. Aber wozu die Mühe? Obwohl sie wahnsinnig gern sang, hätte sie niemals ihren Lebensunterhalt damit verdienen können – jedenfalls nicht so wie er. Ihr Leben lang hatte man ihr gesagt, der Gesang könne ein Hobby sein, aber mehr nicht. Medizin war krisenfest und ein Beruf, den sie erreichen konnte – solange sie das Geld hatte, um das Studium zu bezahlen.

Das Geld würde sie von dem heißesten und schwierigsten Jungen bekommen, der ihr je begegnet war, falls sie die nächsten neunundzwanzig Tage überlebte, ohne ihn umzubringen.

Oder ihn zu küssen.

»Wir sollten lernen«, sagte Mia, trat zurück und klammerte sich an etwas, das sie verstand. Das Einzige, bei dem sie sich auskannte. Sie konnte nicht weiter mit ihm über die Musik von *S2J* reden – es machte sie wütend. Ryder lebte den Traum eines jeden Jungen: *ihren Traum,* hätte man ihr erlaubt, ihn zu verfolgen. Aber er wusste es nicht ein bisschen zu schätzen.

»Ich bin total erledigt«, sagte Ryder, ging zum Minikühlschrank und öffnete ein Bier.

»Nein«, sagte Mia und nahm es ihm aus der Hand, bevor er auch nur einen Schluck trinken konnte. Sie versuchte, die Wärme zu ignorieren, die seine Haut verströmte. »Wenn ich so tun muss, als ob ich deine Freundin bin und in deinem Zimmer schlafe, gibt es keinen Alkohol.«

Ryder grinste und sah auf das Bier in ihrer Hand. »Sonst noch was, Als-ob-Freundin Mia?«

Ein Schauder überlief sie. »Wir ziehen uns jeweils bei abgeschlossener Tür im Badezimmer um, und du machst die Augen zu, während ich zum Bett gehe.« Sie nickte entschieden, obwohl sie sich gar nicht so entschieden fühlte, jetzt da Ryder vor ihr stand und ihm die Kleider auf der Haut klebten und jeden Muskel nachzeichneten.

Ryder lachte. »Was denkst du denn von mir? Dass ich ein Tier bin, das sich nicht beherrschen kann?«

»N-nein.« In Wahrheit machte sie sich Sorgen um sich. So wie sie auf Ryders Worte reagierte, fragte sie sich, was wohl passieren würde, wenn sie ihn im Schlafanzug sah, oder schlimmer noch, *ohne* Schlafanzug.

Warum denke ich überhaupt darüber nach?

»Ich habe mich gefragt, ob mir LJ eine Nonne als Nachhilfelehrerin besorgt. Das hat er wohl. Eine Nonne, die Keds trägt.«

Mia schaute auf ihre Schuhe hinab. Es waren nicht einmal Keds; sie konnte sich keine Markenklamotten leisten. Es waren die einzigen Sneakers, die sie besaß, aber das würde Ryder nicht verstehen.

Vor allem, wenn man bedachte, was er alles als selbstverständlich ansah.

»Zumindest kann ich *Abschluss* buchstabieren.« Als die Worte aus ihrem Mund kamen, brannten sie ihr förmlich auf den Lippen. Genau davor hatte sie Angst gehabt. Ryder brachte eine ungezähmte Seite in ihr zum Vorschein, von deren Existenz sie bis dahin nichts gewusst hatte. Das konnte nur schiefgehen.

Er schaute zu Boden.

»So habe ich das nicht gemeint«, erwiderte Mia schnell.

»Mir scheint, wir sagen beide eine Menge Sachen, die wir nicht so meinen. Wenigstens benehmen wir uns, als wären wir wirklich zusammen.«

Mia machte eine Bewegung, als wolle sie sich übers Haar streichen, diesmal war sie nicht nervös, sondern hatte ein schlechtes Gewissen. Sie hatte Ryder gerade erst kennengelernt, warum machte es ihr so viel aus, dass sie seine Gefühle verletzt hatte? Warum kümmerte es ihn, dass er ihre verletzte?

Fake-Paare sollten sich nicht um echte Gefühle scheren – sie sollten nicht einmal welche haben.

Er zuckte mit den Schultern. »Und du hast recht. Ich bin dumm. Ich weiß das. Das hat man mir schon immer gesagt.«

»Du bist nicht dumm«, antwortete Mia, und ihre Stimme wurde lauter.

»Und jetzt soll ich sagen, dass du keine Nonne bist, obwohl ich es nicht so meine, nur damit du dich auch besser fühlst?«

Mias schlechtes Gewissen verwandelte sich schlagartig in Wut. In den letzten zehn Minuten hatte er sie als Nerd und als Nonne bezeichnet. Selbst wenn er so tat, als würde er sie mögen, mochte er sie offensichtlich nicht mal ein bisschen, und Respekt hatte er erst recht nicht vor ihr. »Wenn du Mädchen immer so behandelst, ist es kein Wunder, dass du keine echte Freundin hast.«

»Verdammt richtig, *Schwester*«, sagte Ryder, griff nach seiner Gitarre und ging ins Bad. Er zog die Tür hinter sich zu.

Mia hörte, wie er anfing, Gitarre zu spielen. Heute Abend würde sie wohl zu Bett gehen, ohne sich das Gesicht zu waschen oder die Zähne zu putzen.

Sie wühlte in ihrem Koffer und zog ihr Schlafzeug an – ein langes Nachthemd mit Rüschen, das ihre Mutter ihr für die Reise gekauft hatte. Mia dachte, dass es sie wohl daran erinnern sollte, immer brav zu sein. Irgendwie musste ihre Mutter ja dafür sorgen, dass Mia ihre Regeln einhielt, auch wenn sie nicht da war, um sie abends und am Wochenende aufs Zimmer zu schicken, damit sie lernte. Mia musterte sich im Schminkspiegel, während Ryder im Bad einen melancholischen Song zupfte.

So etwas würde eine Nonne *wirklich* tragen.

Mia dachte an Ryders schwarze Bikerjacke, die er immer auf der Bühne trug. Auch sie zeigte den Fans deutlich, was für ein Rebell er war. Und unsensibel.

Sie stieg ins Bett und rollte sich zusammen. Das Kissen roch nach Ryder, also drehte sie es schnell um. Dann hielt sie sich damit die Ohren zu, um die Musik auszublenden, obwohl sie ihr gefiel.

Wenn ihre Mutter wüsste, dass sie in Ryder Brooks' Bett lag, würde sie ausflippen. Oder würde sie sich besänftigen lassen, weil ihre Tochter die erste Reyes war, die das Geld für eine College-Ausbildung zusammenbekam?

Würde das Geld Anreiz genug sein, damit Mia sich weiterhin mit Ryder abgab?

Kapitel 4

*R*yder saß neben Mia in einer der Nischen von *The One*. Die Lichter des Highways verschwammen mit dem Regen auf den getönten Fenstern, während sie nach St. Louis fuhren. Nach den Regeln von *S2J* dürfte sie gar nicht in *The One* mitfahren. Eigentlich müsste sie in *Not Tonight* sein, weil sie seine Nachhilfelehrerin war. Aber da das niemand außer Ryder und Mia wusste und da sie Ryders »Freundin« war, hätte sie in *Hanging On* mitreisen sollen.

Es gab so viele gottverdammte Busse in diesem Affenzirkus. Jeder war nach einem Song der Band benannt und diente einem anderen Zweck – *The One* für die Band, *Not Tonight* fürs Personal, *Hanging On* für Familie und enge Freunde und so weiter und so fort. Er hatte den Überblick verloren, wofür einige der Busse da waren, aber mit der gleichen Logik, nach der sie sich ein Zimmer teilten, wusste Ryder, dass Mia in seiner Nähe bleiben musste. Er hatte LJ versprechen müssen, mit ihm durch die Klubs in LA zu ziehen, wenn sie das nächste Mal dort waren, um von ihm die Erlaubnis dazu zu bekommen. LJ war definitiv der Langweiligste unter den Leuten, die von Ryders Erfolg profitierten, und ausgerechnet mit ihm musste er nun herumhängen?!

Und doch war es das wert. Wenn Mia in *Not Tonight* mitreiste, würde *Cherry*, ihre Vorband, sie mit Fragen löchern, weil sie Mädchen waren, und Mädchen redeten ständig über irgendwelchen Liebeskram.

Nicht, dass Mia und Ryder je wirklich in irgendwelchen Liebeskram verwickelt sein würden. Nach der vergangenen Nacht wusste er, dass ihre vorgetäuschte Beziehung genau das bleiben würde. Selbst wenn sie ihn körperlich reizte, mochte Mia die Musik von *S2J* wirklich, und das hieß, dass sie ihn niemals wirklich kennen, ihn niemals wirklich mögen konnte.

Das war in Ordnung. Warum sollte er ihre bereits komplizierte vorgetäuschte Beziehung noch komplizierter machen?

Er lehnte sich zurück und schloss die Augen. Der Tag war hektisch gewesen: Fotoshootings, ein Bandmeeting, um darüber zu diskutieren, wie weit sie mit dem neuen Album waren – kein Stück weit –, dann Probe und die Show, deshalb hatten sie keine Zeit gehabt zu lernen.

Na ja, er hätte sie morgens stören können, aber so wie sie am Abend zuvor auseinandergegangen waren, hatte er das nicht wirklich tun wollen. Er hatte sich hinausgeschlichen, bevor sie auch nur aufgewacht war. Obwohl er sich ziemlich sicher war, dass sie sich nur schlafend gestellt hatte, damit sie nicht mit ihm reden musste.

Seine Lungen brannten. Er war auch deshalb weggegangen, weil er nicht aufhören konnte, sie im Schlaf zu beobachten – und zwar nicht so, wie ein Schüler seine Lehrerin ansehen sollte. Wie ihre Atmung die Decken hob und senkte, wie ihre Haare um ihr Gesicht ausgebreitet waren, als sei sie unter Wasser. Genau so fühlte er sich, wenn er sie in dem perfekten, stillen Raum seines Zimmers betrachtete, als treibe er in einem friedlichen Meer – ohne jeden Sauerstoff.

Er dachte an seine Bücher, die in dem Akkordeonkoffer lagen. Sie hatten während ihrer ersten Unterrichtsstunde kaum einen Abschnitt des Stoffs durchgearbeitet, obwohl das der Grund für Mias Anwesenheit war. Wenn die nächsten Tage genauso schnell verflogen, ohne dass sie Zeit zum Lernen hatten, würde er sie dafür bezahlen, dass sie in seiner Nähe war und dabei einen schlechten Eindruck von ihm bekam. Davon hatte er schon genug Leute in seinem Leben – zum Beispiel seine Bandkollegen.

In dem Tempo würde er nicht einen Monat, sondern ein Jahr brauchen, um den Stoff zu lernen. Oder er ließ die Prüfung ausfallen. Oder er versuchte es und fiel durch. Und dann könnte er sich nie am Berklee bewerben und wäre für immer in dieser Boyband-Hölle gefangen.

Er öffnete die Augen und sah Mia an. War sie noch wütend? Wahrscheinlich, immerhin redete sie nicht mit ihm.

Die anderen Jungs redeten ebenfalls kaum. Sie beobachteten Mia, schon seit sie in Detroit losgefahren waren, als ob sie gleich ihr Shirt ausziehen würde oder so. Da sie meistens deutlich mehr Respekt zeigten als er, musste es einen anderen Grund für ihr Interesse geben. Sie wollten vielleicht keine Titten sehen, aber irgendetwas erwarteten sie definitiv.

Sie löcherten ihn nicht mit Fragen zu seinem Liebesleben, aber neugierig waren sie trotzdem. Ihre Augen sprangen ihnen fast raus, während sie versuchten, Ryders und Mias Beziehung zu durchschauen. Ganz offensichtlich waren sie überrascht, dass Ryder eine feste Freundin hatte. Sie fragten sich mit Sicherheit, ob Ryder einem einzigen Mädchen treu sein konnte. Oder ob er auch nur nett sein konnte. Andere Dinge gingen ihnen bestimmt auch durch den Kopf: Las sie nicht die *US Weekly*? War sie dumm? War ihr sein Ruf egal, weil er berühmt war?

Ryder hoffte, dass sie sich bald in ihre Kojen verziehen würden, damit er keiner ihrer Fragen beantworten musste. Leider waren sie nach einer Show meist zu aufgedreht, um sofort schlafen zu gehen, und mit einem Mädchen im Bus erst recht.

»Ist was?«, fragte Ryder schließlich.

Will blätterte daraufhin durch eine Zeitschrift, während Nathan auf sein Telefon starrte und Trevin zum Kühlschrank ging, um sich etwas zu trinken zu holen. Nur Miles schaute weiter zu ihnen hinüber.

»Ich dachte, im Bus sind nur Bandmitglieder erlaubt«, bemerkte er.

»Ich habe doch gesagt, dass LJ das abgesegnet hat«,

antwortete Ryder. Ihm war klar, dass Miles nur fragte, weil er selbst Ärger bekommen hatte, als aufgeflogen war, dass seine Freundin eine Nacht im Bus verbracht hatte. Sie waren seit diesem Vorfall ständig an diese Regel erinnert worden.

LJ hatte sogar Miles' Mom davon erzählt.

»Tut mir leid, dass LJ dich verpfiffen hat und du Hausarrest bekommen hast, Kumpel«, fügte Ryder hinzu, »aber ich habe das Okay für Mia.«

Nicht einmal beim Klang ihres Namens sagte sie etwas, sondern hielt die Lippen weiterhin fest aufeinandergepresst. Es musste noch schlimmer sein, als er gedacht hatte.

»Ich hatte keinen Hausarrest«, antwortete Miles laut genug, dass die anderen Jungs es hören konnten. »Ich verstehe nur nicht, warum einige Regeln, vergiss das, alle Regeln für dich nicht gelten.«

»Wir sind erwachsen genug, um uns zu beherrschen – im Gegensatz zu dir und Aimee.«

Bei der Erwähnung von Aimees Namen leuchteten Miles' Augen auf.

Er war wirklich hirnlos und bis über beide Ohren in sie verknallt.

»Wir haben uns in meiner Garderobe ausgetobt«, sagte Ryder, legte eine Hand auf Mias Knie und spreizte die Finger. »Wenn dein Mädchen das nächste Mal zu Besuch kommt, solltest du das vielleicht auch probieren, damit deine Mommy dich nicht nervt.« Mia zuckte mit keiner Wimper, selbst als er sie streichelte, aber er konnte die Kälte ihrer Haut durch den Stoff spüren.

Er wandte sich ihr zu, aber sie starrte immer noch wie ein Roboter geradeaus. Er würde sie später noch coachen müssen, damit sie sich ein bisschen mehr wie seine Freundin benahm. Sie könnte doch wenigstens den Kopf an seine Schulter legen. Wünschte er sich gerade ernsthaft, dass sie den Kopf an seine Schulter legte?

Miles schloss die Augen und lehnte sich mit einem Schnauben zurück.

Ryder wusste, dass Miles ihnen die Nummer nicht ganz abnahm, aber das war ihm egal. Sie mussten die Geschichte nur genau abstimmen, bevor sie etwas erzählten. Es spielte keine Rolle, was die Jungs dachten, solange sie nichts beweisen konnten.

Niemand hatte Ryder je respektiert, bis er zu *S2J* gekommen war. Wenn die Jungs wüssten, dass er nicht einmal seinen Highschool-Abschluss hatte, oder die Crew das erfuhr, wäre es aus.

Wills Nase steckte immer noch in der Zeitschrift und Nathan starrte auf sein Telefon. Trevin war mit einer Limo zurückgekommen und nippte daran.

Er wusste, dass sie zuhörten.

»Wenn ihr drei irgendwann mal eine Freundin habt, könnt ihr gern lästern«, sagte er.

»Wir können jedes Mädchen haben, das wir wollen«, erklärte Trevin dann auch. »Wir würden einfach gern wissen, warum du eine Sonderbehandlung bekommst.«

»Wir?«, fragte Ryder sarkastisch. »Sprichst du jetzt für die anderen?«

»Wechsel nicht das Thema«, entgegnete Trevin, den Blick auf Mia gerichtet.

Ryders Brust schnürte sich zusammen. Er brachte normalerweise die Jungs aus dem Konzept, nicht umgekehrt.

»Wenn man bedenkt, dass Prinz Harry«, begann Ryder und nickte zu Miles hinüber, »und ich die einzigen sind, die überhaupt jemals Mädchen hatten, an die wir zu denken haben, warum haltet ihr euch dann nicht einfach raus?«

Trevin schüttelte mit bleichem Gesicht den Kopf. »Egal, Mann.« Er ging zu seiner Schlafkoje. Trevin war der Einzige, der tatsächlich gekränkt zu sein schien, weil Ryder so mit ihm redete. Wahrscheinlich weil er genug Arsch in der Hose hatte, um zu wissen, dass er es nicht verdiente.

Miles dagegen ließ sich Ryders Scheiß gefallen, konnte aber ebenso hart austeilen. Ihre Beziehung war eine Art »konfrontative Zuwendung«. Mia wäre begeistert, dass er tatsächlich Vokabeln aus dem Wörterbuch benutzte.

»Was sollen wir denn sagen, wenn die Medien uns Fragen über sie stellen?« Miles ließ nicht locker.

»Erzählt ihnen gar nicht erst von ihr, so einfach ist das.« Ryder runzelte die Stirn. »Genauso, wie du es mit deiner Sexualität machst.«

Miles lachte. »Zum Brüllen komisch, wie immer, Kumpel.« Er applaudierte spöttisch, und ihr Geplänkel erreichte den Punkt, den es immer erreichte. »Ich bin Brite, kein Homosexueller. Das hatten wir doch schon.«

»Und es wird nie langweilig, dir dabei zuzusehen, wie du dich bei deiner Verteidigung windest.«

Mia lachte nicht einmal. Verdammt, das Mädchen wusste, wie man schmollte.

»Wie habt ihr zwei euch denn kennengelernt?« Miles richtete den Blick auf Mia. Zumindest versuchte er ihr das Gefühl zu geben, willkommen zu sein. Bedauerlicherweise hatten sie sich noch keine Geschichte zurechtgelegt, aber wie hätte Ryder auch ahnen sollen, welche Fragen gestellt werden würden? Er hatte noch nie so getan, als wäre jemand seine Freundin.

»Mir geht's nicht so gut«, sagte Mia schließlich.

Perfekt, dachte Ryder, dankbar für den Aufschub, *tu so, als wärst du reisekrank. Superschnell und klug reagiert, Mia.*

Das dachte er, bis er sah, dass sie wirklich grün im Gesicht war. Außerdem war ihr kalter Schweiß ausgebrochen und sie zitterte. Ihre Roboter-Nummer hatte sie nicht abgezogen, weil sie nicht wusste, wie sie sich als seine Freundin benehmen sollte, oder weil sie sauer auf ihn war, sondern weil sie kurz davor war, sich zu übergeben.

LJ hatte ihm eine Nachhilfelehrerin besorgt, die nicht Bus fahren konnte, ohne ihr Mittagessen wieder auszuspucken?

»Kotzt du ernsthaft gleich los?«, zischte Ryder aus dem Mundwinkel.

»Du weißt nicht, dass ihr im Auto schlecht wird?«
Verdammt, Miles hatte ihn gehört und war sofort misstrauisch geworden.

»Woher soll ich das denn wissen?«, fragte Ryder, kleinlauter, als er es beabsichtigt hatte. »Wir waren noch nie zusammen im Tourbus unterwegs, okay?«

Neben sich hörte er ein Würgen. Ryder sah, wie Mia dagegen ankämpfte und verlor.

»Oh, Mist«, murmelte Ryder und rutschte von ihr weg.

Miles warf ihm einen vielsagenden Blick zu.

»Ich meine«, korrigierte Ryder sich und zwang sich zu bleiben, wo er war, »kann ich dir Wasser oder einen Saft bringen?«

Mia schüttelte den Kopf, die Lippen fest aufeinandergepresst.

»Du solltest ihr besser einen Eimer holen«, bemerkte Miles.

Will und Nathan taten immer noch so, als würden sie nicht zuhören, aber Ryder wusste genau, dass dies wahrscheinlich der Höhepunkt an Unterhaltung war, der ihnen in den letzten Wochen geboten worden war. Das Arschloch Ryder musste freundlich sein und sich um seine Freundin kümmern. *Kann ich das? Weiß ich überhaupt, wie das geht?* Ryder schaute sich hilflos um. *Haben wir überhaupt einen Eimer?*

Mias große braune Augen flehten um Hilfe. Es war seltsam, sie so zu sehen. Sie war immer so selbstbewusst, so unabhängig. Diese neue Seite an ihr, die ihn brauchte, gefiel ihm, er wollte gern derjenige sein, den sie brauchte.

Etwas ihn ihm gab nach, und plötzlich tat sie ihm schrecklich leid, und er musste ihr einfach helfen. Er gab nicht mehr vor, nett zu sein, er war es. Rasch half er ihr aufzustehen und führte sie zum Badezimmer im hinteren Teil des Busses. Das hätte er als ihr richtiger Freund auch getan, also brauchte er sich nicht einmal zu bemühen, um in seiner Rolle zu bleiben.

»Geh schon mal rein, ich hole dir noch einen nassen Waschlappen«, sagte er, als er ihr die Tür öffnete.

Sie drehte sich um, wahrscheinlich um ihm zu danken, aber als sie den Mund öffnete, kamen keine Worte hervor. Sie erbrach sich über sein Hemd.

Verdammte Scheiße. Es tropfte an seinen nackten Armen hinab und lief ihm über die Finger. Er kämpfte gegen seinen eigenen Brechreiz, während Miles hinter ihm zu lachen begann.

»Gut gemacht, Mia!«, rief Miles. »Du darfst gern immer wieder mit uns fahren.«

Mia verschwand im Badezimmer und ließ Ryder benommen im Flur stehen. Er konnte sie durch die Tür erneut würgen hören.

»Sieht aus, als würde dein Mädchen das Gleiche für dich empfinden wie wir«, bemerkte Miles und reckte ihm die Daumen entgegen.

»Verpiss dich, Harry Potter«, antwortete Ryder, bevor er sich vorsichtig aus dem Hemd schälte und weiter gegen den Brechreiz in seiner Kehle ankämpfte. Der Geruch war schrecklich. Er tat so, als wolle er sein Hemd nach Miles werfen, und Miles sprang aus dem Weg und zu Will und Nathan zurück. Ryder stopfte das Hemd in den Müll. Er nahm den Waschlappen, den er für Mia geholt hatte, und fuhr sich damit über Brust und Arme.

Dann lehnte er sich an die Wand gegenüber der Badezimmertür und lauschte, ob es Mia besser ging. Noch beunruhigender, als dass sie ihn vollgekotzt hatte, war, dass er nicht einmal wütend war. Wenn ihn sonst irgendjemand auch nur falsch ansah, wurde er sauer, und dieses Mädchen hatte ihn vollgekotzt, und er wollte sie trotzdem nicht umbringen.

Was zum Teufel war mit ihm los?

»Deshalb dürfen Freundinnen nicht in den Bus«, hörte Ryder Nathan flüstern. »Sie kotzen.«

Will verkniff sich ein Lachen.

»Meine nicht«, sagte Miles leise.

Sie dachten wahrscheinlich, er könne sie nicht hören. Immerhin glaubten die Jungs, dass er und Mia zusammen waren; jetzt musste er sie nur weiter in dem Glauben bestärken.

Und er selbst musste daran denken, dass sie nicht wirklich zusammen waren, wenn sie ihn mit ihren braunen Augen ansah.

Kapitel 5

Mia konnte nicht glauben, dass sie immer noch in dem verflixten Bus waren. LJ hatte nicht erwähnt, dass sie Bus fahren musste, sonst hätte sie ihre Reisetabletten und ihren eigenen Eimer mitgebracht. Der Eiskübel, den Ryder ihr gegeben hatte, nachdem sie sich übergeben und eine Stunde in der kleinen Toilette des Tourbusses verbracht hatte, stand am Fußende ihrer Koje. Glücklicherweise war er leer und würde auch leer bleiben, denn es war nichts mehr in ihr, das sie hätte ausspucken können.

Sie wäre am liebsten im Boden versunken. Das meiste hatte sie auf Ryder gespuckt.

Er würde sie wahrscheinlich nach Hause schicken. Die Gerüchteküche sagte, dass Ryder immer für den Austausch von Körperflüssigkeiten zu haben war, aber hier zog er wahrscheinlich die Grenze.

Sie lag, so still sie konnte, und bemühte sich, ihre Übelkeit auf ein Minimum zu beschränken. *Blöder Bus.*

Sie konnte nicht einmal den Luxus um sich herum genießen: cremefarbene Ledersitze, die neuesten Spiele und Technik, und der Bus war so groß wie ein Sattelschlepper. Er war schöner als ihr Zuhause.

Wenn die Mädchen in der Schule wüssten, dass sie mit *S2J* in *The One* unterwegs war – dem Tourbus, der fast so berühmt war wie die Jungen selbst, weil an der Außenseite Fotos von ihnen mit nackten Oberkörpern klebten – und dass sie, statt sich heimlich an ihre Kojen zu schleichen und einen Live-Blick auf sie zu werfen, sich in ihrer eigenen Koje versteckte und darum kämpfte, nicht in ihren Eiskübel zu brechen, würde man sie das nie vergessen lassen.

Allerdings hatte sie einen von ihnen vollgekotzt, wie sollte er *das* jemals wieder vergessen?

Sie dachte darüber nach, sich auf Instagram anzumelden und ein Bild von ihrer Koje zu posten, aber das würden dann nur ihre Eltern sehen und sonst niemand.

Das tägliche Update mit ihrer Mom war wie jeden Tag gewesen: Mia versicherte ihrer Mutter, dass alles gut sei, und ihre Mutter wiederholte die Worte, die Mia mittlerweile verhasst waren: »Sei ein braves Mädchen, Mia.«

Sie fragte sich, ob ihre Mutter wohl eine Aufnahme abspielte. Nicht, dass Mia das gebraucht hätte. Sie hörte die Stimme ihrer Mutter, wann immer sich in Ryders Nähe ihr Herzschlag beschleunigte.

Jemand kam auf ihre Koje zu. Er versuchte, leise zu sein, aber sie hörte ihn trotzdem. Sie wusste, dass das Gehör schärfer und der Tastsinn im Dunkeln besser wurde, um den Verlust des sonst dominanten Sehvermögens zu kompensieren.

Er wusste das offenbar nicht. Mia lag vollkommen reglos da und stellte sich schlafend. Sie hoffte, dass es nicht Miles war, der Antworten auf die Fragen suchte, mit denen er sie früher am Abend bombardiert hatte. Glücklicherweise hatte ihre Reisekrankheit die Angst verdrängt, die Mia durchzuckt hatte, als Miles in ihrer »Beziehung« herumgestochert hatte. Allein im Dunkeln hatte sie bestimmt keine Chance.

»Mia, bist du wach?«, hörte sie Ryder draußen vor dem Vorhang flüstern.

Ryder. Ihr Magen zog sich zusammen. War er gekommen, um sie zu feuern? Er klang nicht sauer, dabei hörte er sich sonst immer wütend an.

Sie überlegte, warum er da sein könnte – er benahm sich vielleicht einfach wie ihr Freund. Aber die anderen Jungs schliefen. Also kam er tatsächlich, um mitten in der Nacht nach ihr zu sehen?

»Ja«, flüsterte sie zurück und erlaubte sich kurz, sich auf diesem Gedanken treiben zu lassen. Ihr Herz schwoll an, und ihr Gesicht wurde heiß, als Blut in die Gefäße unter ihrer Haut rauschte.

»Fühlst du dich besser?«, fragte er, kletterte zu ihr in die Koje und setzte sich auf die Kante des Betts. »Ich habe dir Toast gebracht. Aber er ist jetzt kalt.« Er hielt ihr ein Päckchen aus Alufolie hin, das die Form einer Scheibe Brot hatte. Wie lange hatte er gebraucht, um den

Mut aufzubringen, zu ihr zu kommen? Wie lange hatte er sich Sorgen gemacht, ob es ihr gut ging?

»Danke«, sagte sie und versuchte, gegen den Rausch anzukämpfen, weil er tatsächlich nett zu ihr war, obwohl niemand zuschaute.

»Ich dachte außerdem, wir könnten vielleicht ein bisschen lernen«, flüsterte er und ließ sein Buch zwischen sie fallen, »da du vorhin ja außer Gefecht gesetzt warst.«

»Das bin ich immer noch«, murmelte Mia und drehte sich von ihm weg, weil sie ihm nicht in die Augen sehen konnte. Ihre Haut war ganz kalt geworden. *Wie konnte ich die Lüge nur glauben, die wir allen anderen erzählen?*

Ihm lag nicht wirklich etwas an ihr. Sie durfte auf keinen Fall vergessen, dass Mädchen wie ihr solche Dinge nicht passierten. Irrsinnig berühmte, sexy Rockstars verliebten sich nicht in bescheuerte, naturwissenschaftlich interessierte Nerds.

Sie schluckte. Sie hätte besser als irgendjemand sonst wissen müssen, dass ihr Leben niemals wie ein Märchen ablaufen würde. Solche Fantasien wurden nicht Wirklichkeit, wenn die eigene Mom eine Putzfrau und der eigene Dad Bauarbeiter war und wenn man noch nie einen Jungen auch nur geküsst hatte.

»Oh.« Er lachte. »Soll ich mir ein Ersatzhemd holen?«

Sie spürte, wie er sich zurücklehnte. Wie konnte er so cool tun, wenn er ihr so nah war? So nah, dass sie die Wärme seiner Haut spüren konnte, dass sie jeden seiner Atemzüge wie ein Zittern an ihrem kraftlosen Körper fühlen konnte – weil sie ihn nicht nervös machte, weil ihre Fantasien ihm niemals auch nur in den Sinn gekommen waren.

»Das mit vorhin tut mir leid«, murmelte Mia, das Gesicht immer noch zur Wand gedreht.

»Kein Ding.« Er atmete aus. »Nur, warn mich nächstes Mal vielleicht vor.«

War es ihm ernsthaft egal, dass sie ihn vollgekotzt hatte? Oder brauchte er sie so dringend, dass er darüber hinwegsehen würde und nur deshalb mitten in der Nacht mit seinem Buch zu ihr kam, um keine Zweifel an seinen Absichten aufkommen zu lassen?

Er hat keine Absichten.

Sie stöhnte und hielt sich dann den Mund zu.

»Ist das nächste Mal jetzt?«, fragte er und verwechselte ihre Beschämung glücklicherweise mit Übelkeit.

»Nein«, antwortete sie und drehte sich schließlich zu ihm um.

Er saß auf der Kante ihrer Pritsche. »Das hab ich mir irgendwie gedacht. Da du seit Stunden nichts mehr gegessen hast, ist wohl nichts mehr in dir, das du auskotzen könntest. Na ja, bis du an meinem köstlichen Toast geknabbert hast.«

»Danke, dass du das bemerkt hast«, sagte Mia mit einer Schärfe in der Stimme, die sie nicht kontrollieren konnte, obwohl sie nicht wusste, warum sie wütend war. Ryder benahm sich nicht anders, als er sollte; *sie* tat das. Er war nur ein kleines bisschen nett zu ihr gewesen und schon hatte ihr Inneres sich in Pudding verwandelt. *Reiß dich zusammen.*

»Ähm, okay«, sagte er. Er hatte die Schärfe offensichtlich bemerkt.

Sie musste die Situation retten. »Tut mir leid, aber mein Gehirn empfängt immer noch sehr widersprüchliche Signale von meinen Augen und meinen Ohren, deshalb ist mein Gleichgewicht gestört.«

»Hört sich an, als würde es deinem Gehirn gut gehen – du weißt immer noch eine Menge.«

Sie spürte, dass er sich vorbeugte. Sie zog Beine und Füße an, damit er sie nicht versehentlich berührte. Es war schwer genug, ihre Gefühle zu enträtseln, wenn er sie absichtlich berührte.

»Ich werde Ärztin. Ich muss irgendwie eine Menge wissen.«

»Aber jetzt studierst du doch noch nicht Medizin, oder?«

»Nein«, antwortete sie, »ich bin erst sechzehn.«

Ryder beobachtete sie. Er brauchte die Fragen gar nicht erst zu stellen, die sie in seinen Augen lesen konnte. *Und warum klingst du dann jetzt schon wie ein medizinisches Lehrbuch? Hast du nicht noch Jahre bis dahin Zeit? Du bist doch ein Teenager?*

»Es interessiert mich eben«, sagte Mia. Hauptsache, er hörte auf, denn das hier waren Fragen, die sie sich selbst stellte. Sie richtete sich auf und legte sich ihr Kissen auf den Schoß. Außerdem wusste sie nicht, was sie sonst sagen sollte. Es *musste* sie interessieren. Sie hatte keine Wahl. Man hatte ihr nie eine Wahl gelassen.

»Wenigstens geht es einem von uns so«, bemerkte Ryder, dessen Stimme immer noch leise, aber melodisch war.

»Wenn du Sachen verstehst, werden sie interessanter«, gab Mia zurück. Das hatte ihr einer ihrer Biologielehrer mal gesagt. Sie lernte so viel, weil sie immer noch darauf wartete, dass das passierte. Aber Mia war klar, dass ein großer Teil ihres Wissens nichts mit Klugheit zu tun hatte. Er hatte mit Druck zu tun, mit den Erwartungen an sie. Mit dem, was ihre Familie von ihr forderte.

Sie jagte immer noch diesem Versprechen ihres Lehrers hinterher, bisher umsonst.

»Nicht für mich«, entgegnete Ryder.

»Warum ist es dir dann so wichtig, deinen Abschluss zu machen?«

Sie sah etwas in seinen Augen aufflackern. »Du bist nicht die Einzige, die aufs College gehen will.«

»Warum solltest du aufs College wollen, wenn du das hier alles hast?« Sie fragte sich das wirklich. Es war eine Sache, aufs College gehen zu müssen, so wie sie. Aber es war etwas vollkommen anderes, nie wieder etwas tun zu müssen, so wie Ryder.

»Vielleicht ist das nicht alles, was ich will.«

Mias Kehle schnürte sich zu. Damit kannte sie sich aus. »Und was willst du dann?« Wenigstens konnte sie ihm die Frage stellen, die man ihr nie gestellt hatte.

»Berklee. Das ist ein College für Musik, eins der besten des Landes.«

»Ich werde weiterhin mein Bestes tun, um dir zu helfen«, versprach Mia und wandte sich ihm unbewusst zu. Sie hatte ihn wohl mindestens in dieser Sache falsch eingeschätzt. Er war nicht einfach irgendein Party-Playboy. Er hatte Träume und Ambitionen, *Wünsche,* genau wie sie.

»Und du?«, fragte Ryder.

Mias Herzschlag beschleunigte sich. Hatte er gespürt, was sie sich wünschte? Ihr Wunsch saß nur wenige Zentimeter von ihr entfernt, ein komplizierter Junge, wegen dem ihr auf ganz neue und beängstigende Art schlecht war.

»Wohin gehst du nach der Highschool?«

Oh, er hatte nach dem College gefragt.

»Ich muss auf die UCLA.«

»Du musst?«

»Meine Eltern finden, dass ich in der Nähe bleiben sollte«, sagte Mia. Aber es steckte mehr dahinter. Ihre Mutter bestand darauf, dass sie zu Hause wohnte, während sie aufs College ging. Zu viele Versuchungen in einem Studentenwohnheim, hatte ihre Mutter erklärt.

Mia hatte nicht wirklich verstanden, was das bedeutete, aber jetzt, da Ryder auf ihrer Bettkante saß, wusste sie genau, wovor ihre Mutter sie hatte bewahren wollen – vor einer Situation wie dieser.

»Sieht so aus, als wäre der Eimer noch sauber«, bemerkte Ryder.

Mia entspannte sich; sie war dankbar, dass er das Thema gewechselt hatte.

»Noch«, antwortete sie.

Er griff nach dem Kübel und setzte ihn sich wie einen Hut auf den Kopf. Dann nahm er ihn abwechselnd ab und setzte ihn wieder auf, als würde er im Varieté tanzen.

Sie konnte sich ein Lächeln nicht verkneifen. »Aber wenn du hier weiterhin die obere Hälfte einer schlechten Stepptanz-Nummer abziehst, kann ich nichts versprechen.«

»A-ha!«, rief er aus. »Dein Feuer ist zurück. Es geht dir wirklich besser.«

Feuer? Niemand hatte ihr je zuvor gesagt, dass sie Feuer hatte. Die meisten Leute nannten sie reserviert, kalt. Sie fand es interessant, dass Ryder ihr Verhalten anders interpretierte.

Vielleicht lag es daran, dass sie immer mehr erkannte, dass die Leute, die ihn nicht so gut kannten, ihn ebenso als kalt empfanden – genau wie sie es getan hatte.

»Zum Lernen bin ich nicht fit genug«, sagte sie und klammerte sich an das Feuer, das Ryder zu gefallen schien, »aber wir könnten noch ein bisschen die Beziehung einpauken.«

Ryder grinste.

»Nein, nicht so.« Sie schlug ihm aufs Bein, zog die Hand aber schnell wieder zurück, weil sie sich daran erinnerte, dass sie das nicht tun sollte. *Warum wünsche ich mir so sehr, ihn zu berühren?*

»Wie denn, Mia?« Seine Stimme war weich wie Samt, und in seinen Augen stand ein Glanz, bei dem ihr ganz heiß wurde.

Deshalb wünsche ich es mir.

»Ich meine für die Band. Es ist so, als hättest du vier Brüder, und jeder versucht in mein Gehirn zu kriechen. Ich meine, wie haben wir uns kennengelernt? Warum sind wir immer noch zusammen? Warum magst du mich?«

Die letzte Frage bescherte ihr ein seltsames Gefühl in der Brust. Sosehr sie es hasste, sosehr sie sich unsicher war, was sie wirklich für Ryder fühlte, würde sie jetzt eine Wahrheit hören, die sie sich sehnlichst wünschte.

»Na ja, niemand außer mir weiß, dass deine Mom für LJ arbeitet, also können wir sagen, dass du in der Highschool meine Freundin warst. Kennengelernt haben wir uns in ...« Ryders Stimme wurde nachdenklich. »Was ist dein Lieblingsfach? Nein, lass mich raten.« Er schnippte mit den Fingern. »Biologie.«

Mia nickte, obwohl sie sich nicht sicher war. Niemand hatte sie je danach gefragt; es musste Biologie sein.

»Du warst im ersten Highschool-Jahr meine Laborpartnerin, und wir sind wieder zusammen, weil ... jetzt bist du dran«, sagte er und bedeutete ihr, weiterzumachen.

Sie hoffte irgendwie, dass er sagen würde: *Weil du mir etwas bedeutest,* aber das war dumm. Das Einzige, was sie verband, war Geld. Er hatte es und sie brauchte es.

Warum fiel es ihr so schwer, daran zu denken, wenn er ihr so nah war?

»Weil du Heimweh hast«, versuchte sie es.

»Nein, das reicht nicht«, erwiderte er und runzelte nachdenklich die Stirn. »Wie wäre es damit: Niemand, mit dem ich seitdem zusammen war, konnte dir das Wasser reichen?«

Er hatte diese Worte gesagt, als wären sie gar nichts, aber Mias Hormone spielten plötzlich verrückt. Sie fühlte sich benommen und Schauder jagten ihr über die Haut. Ryder war mit wunderschönen, gebildeten Filmstars zusammen gewesen und sagte, dass die ihr nicht das Wasser reichen konnten? Selbst wenn sie nur so taten als ob, war ihm dieser Gedanke gekommen.

»Und ich mag dich, weil ...« Er sah ihr wieder in die Augen und bedeutete ihr, diese Lücke auszufüllen, aber sie konnte sich nur in seinen Augen verlieren, in diesem Labyrinth unergründlicher Farbe.

Sie zwang sich wegzuschauen. »Darauf antworte ich nicht. Mein Ego ist nicht annähernd so groß wie deins.«

Er lachte. »Das stimmt. Dieser Bus ist meistens nicht mal groß genug für mein Ego.«

Sie blickte vorsichtig zu ihm auf und atmete langsamer, während sie darauf wartete, dass er fortfuhr.

»Okay, ich mag dich, weil du schön und klug und witzig bist«, sagte er, beugte sich zu ihr vor, die Finger leicht über der Decke gespreizt. »Das sagen alle Jungs über ihre Freundinnen, richtig?«

»Richtig«, antwortete sie und machte seine Bewegungen nach, als wären ihre Körper Spiegel. »Es gibt keinen Grund, die Geschichte speziell auf mich zuzuschneiden. Das würde die Dinge nur verkomplizieren.«

»Wir müssen ohnehin schon eine Menge klarkriegen, nicht wahr?«, bemerkte er mit einem Lächeln.

Er schien ihr jetzt noch näher zu sein. Ihr Körper verglühte in seiner Wärme. Sie war froh, dass sie sich im Badezimmer die Zähne geputzt hatte, bevor sie ins Bett gegangen war, weil er so nah war, nah genug, um ihren Atem zu riechen, um ihn auf seiner Haut zu spüren.

Sie waren auf einem Bett, zusammen, saßen einander nah genug, um ein echtes Paar zu sein, waren einander nah genug, um zu tun, was echte Paare taten.

Ihr wurde schwindlig.

Wird er mich küssen? Ihr Atem überschlug sich bei dem Gedanken.

Warum denke ich das überhaupt?

»Ich sollte dich ein wenig schlafen lassen. Wir können morgen in aller Frühe anfangen«, sagte er schließlich.

Sie nickte nur, als er aus ihrer Koje kletterte, besorgt, dass sie ihn vielleicht bitten würde zu bleiben, wenn sie den Mund aufmachte.

Und voller Angst, dass sie zum ersten Mal in ihrem Leben keine Ahnung hatte, was als Nächstes geschehen würde, geschweige denn wie sie es kontrollieren sollte.

Kapitel 6

S2J hatte das ganze obere Stockwerk des *Four Seasons* in St. Louis gemietet. Da sie den Abend freihatten, brauchten sie nicht in der Arena zu bleiben, und Ryder war froh darüber. Nicht, dass er Hotels besonders mochte – dazu waren sie schon in zu vielen Häusern mit weißen Handtüchern, weißen Laken und Schokolade auf dem Kissen gewesen, seit sie groß rausgekommen waren. Aber nur einen Tag lang nicht der *S2J*-Ryder sein zu müssen, war ein so seltenes Vergnügen geworden, dass er es enorm zu schätzen wusste.

Er hatte Mia im angrenzenden Zimmer untergebracht, sodass es aussehen würde, als wären sie zusammen in einem Zimmer. Er dachte, dass er ihr etwas Privatsphäre schuldete, wenn es in seiner Macht stand. Außerdem mussten sich die Dinge zwischen ihnen nach der vergangenen Nacht etwas abkühlen.

Er hatte noch nie jemandem erzählt, dass er aufs Berklee College gehen wollte, und sie hatte es vollkommen unbeabsichtigt aus ihm herausgeholt. Außerdem hatte die Nähe zu ihr in ihrem winzigen Bett es ihm wirklich leicht gemacht, sich Gründe einfallen zu lassen, warum sie wieder zusammen waren und warum er sie mochte. Sie so nah bei sich zu haben, seine Finger in Reichweite ihres Kinns, ihres Haars, hatte in ihm den Wunsch geweckt, die ganze Nacht mit ihr zu verbringen, damit er noch mehr Gründe finden konnte.

Das war nicht Teil des Plans.

Die Band hatte am Morgen vor Ort ein Radiointerview gegeben und ein kurzes Akustikset gespielt, unter anderem *The One*, ihr größter Hit. Er hatte den Song damals darüber geschrieben, wie es sich für ihn angefühlt hatte, nie »der Richtige« für irgendeine Pflegefamilie gewesen zu sein, in die man ihn hineingeworfen hatte. Selbst mit sieben Jahren hatte man ihn für zu zornig und verschlossen gehalten. Im Laufe der Jahre war es ihm dann leichter gefallen, verbittert zu sein, statt sich elend zu fühlen, statt sich zu fragen: *Warum nicht ich?* Der Song war aus einem echten, brutalen Gefühl entstanden, aber er ließ sich leicht auf kreischende Mädchen übertragen, die dachten, es gehe darum, eine von ihnen zu lieben.

Ryder hatte sich in dem Song und an seine Gitarre verloren und vergessen, dass sie auf Sendung waren. Hatte nur daran gedacht, wie es sich anfühlte, Musik zu machen und von der Musik mitgenommen zu werden. Die Noten, seine Stimme und die Stimmen der Jungen neben ihm trugen ihn an den einzigen Ort auf dieser Welt, der für ihn einen Sinn ergab: mitten in einen Song.

Als sie zum Ende kamen, richtete der DJ seine erste Frage an Ryder. »Widmest du den Song heute irgendjemand Besonderem?«

Miles lachte und versuchte, es mit einem Husten zu kaschieren.

Ryder warf ihm einen *Ich-bring-dich-um*-Blick zu.

Er hatte tatsächlich an Mia gedacht, während er sang. Die Horde kreischender Mädchen, die immer annahmen, der Song handle von ihnen, hatte sich in seinem Kopf in nur ein einziges Mädchen verwandelt.

Deren Atem ihm in der vergangenen Nacht über die Haut gestrichen war, die beeindruckt zu sein schien, als er ihr von Berklee erzählt hatte, und deren Unschuld einfach das Gegenteil des Begehrens war, das ihr ins Gesicht geschrieben stand, als sie näher gerückt war.

»Jungs, wir sind live im Radio«, sagte der DJ. »Wir brauchen ein bisschen mehr als Gelächter und Blicke.«

»Falls sie zuhört, sicher«, sagte Ryder und hoffte, dass diese Bemerkung genügen würde, um das Interview voranzutreiben und von ihm und dem Mädchen abzulenken, an das er nicht denken sollte.

»Hat irgendeiner von euch Jungs diese mysteriöse *Sie* schon mal kennengelernt?«, fragte der DJ.

»Wir sollen nicht über sie reden«, erwiderte Nathan und schaute Ryder an, um sich das von ihm bestätigen zu lassen. »Richtig?«

Ryder ballte die Hände zu Fäusten, aber es war nicht Nathan, dem er eine Ohrfeige verpassen wollte, es war er selbst. Er konnte nichts sagen. Hätte nichts sagen *sollen*. Schlimmer noch, er hätte sich keinen Fantasien über Mias Atem hingeben sollen oder irgendeinen anderen Teil von ihr auf seiner Haut, und er hätte es sich definitiv nicht anmerken lassen sollen.

»Ich denke, wir haben gerade den neuesten Klatsch serviert bekommen: Ryder Brooks hat eine besondere Lady...«, fuhr der DJ fort.

Miles zog die Augenbrauen hoch, als wolle er sagen: *Du bist derjenige, der diesen Schlamassel angerichtet hat, Kumpel.*

Wie blöd konnte er sein? Ein Glück war es noch so verdammt früh, dass die meisten Leute noch schliefen – hoffentlich.

Als sie fertig waren, hatte er den ganzen Tag frei, er konnte tun, was immer er wollte, und er konnte kaum glauben, dass er lernen wollte – mit Mia.

Er setzte sich auf die Kante seines Sofas und starrte auf die Tür zwischen ihren Zimmern, sein Buch auf dem Schoß. Ihm war nicht klar, ob sie ihn wirklich mochte oder vielmehr hasste. So ging es ihm mit den meisten Menschen. Natürlich mochten die Leute ihn nicht *wirklich*. Sie wollten etwas von ihm. Mädchen wollten mit ihm zusammen sein, weil sie in ihm den *S2J*-Ryder sahen, und wegen des Ruhms und des Geldes, das er ihnen bieten sollte. Nicht, dass ihn das kümmerte. Bei Mia allerdings war es anders; es fing an, ihn zu kümmern.

Er war sich nicht sicher, warum. Lag es daran, dass sie klug und gut war und anders als alle anderen Mädchen, mit denen Ryder jemals zu tun gehabt hatte? Oder weil sie entschieden nicht den Eindruck machte, als wolle sie irgendetwas anderes von ihm als das Geld als Gegenleistung für ihren Nachhilfeunterricht?

Oder waren es ihre Augen, diese nachtdunklen Augen, die er immerzu vor sich sah, wenn er an sie dachte?

Er schüttelte den Kopf. Auch wenn er nicht über sie nachdenken sollte, wurde ihm klar, dass die ganze Sache immer unkontrollierbarer wurde.

Er holte tief Luft, ging zu ihrer Tür und klopfte an. Mia öffnete, aber nur einen Spaltbreit, und streckte den Kopf in sein Zimmer.

»Ich bin es – dein Freund«, sagte Ryder locker und gleichzeitig ein bisschen nervös, auch wenn er es als Witz gemeint hatte.

»Oh.« Mia sah über seine Schulter, ob dort jemand stand, für den er das sagte.

Es war niemand da; er versuchte bloß, witzig zu sein. Offensichtlich gelang ihm das nicht so ganz, denn als sie sah, dass er allein war, runzelte sie fragend die Stirn.

Sie war frisch geduscht. Er roch Hotelseife und Shampoo, aber der Geruch war nicht schlecht – tatsächlich schien er genau richtig für sie zu sein. Sauber. Sie trug einen Jeansrock und ein anderes Poloshirt, leuchtend grün, so grün wie eine Ampel, die ihn aufforderte, loszugehen.

Nein, Stopp. Doch noch während ihm der Gedanke durch den Kopf ging, stellte er fest, dass sein Blick über ihre nackten Knöchel, Waden und Knie wanderte und hinauf ...

»Keine Sorge, ich hab nur einen Witz gemacht«, erklärte er, während ihm warm wurde.

Mia starrte ihn an, als hätte sie keine Ahnung, wie sie reagieren sollte. Wenn das ein Witz sein sollte, war er nicht komisch.

Nein, witzig sein ist wohl wirklich nicht meine Stärke.

»Wie gefällt dir dein Zimmer?«, fragte er und versuchte, das Thema zu wechseln, wieder cool zu sein statt witzig. Er schob sich an ihr vorbei in die Suite und schaute sich um, obwohl sie identisch mit seiner war: ein Schlafzimmer, ein Badezimmer und ein Wohnbereich mit einer Couch, einem Tisch und Stühlen.

»Es ist wirklich hübsch. Das hättest du nicht ...«

»Doch, das hätte ich«, unterbrach Ryder sie. Ihre Dankbarkeit war ihm unangenehm. Er hätte das für jeden getan, oder? »Ich schlafe gern in meinem eigenen Bett«, fügte er hinzu, um zu beweisen, dass er es ebenso für sich selbst wie für sie getan hatte.

Auf Mias Wangen erblühte bei der Erwähnung des Wortes *Bett* die denkbar süßeste Rosaschattierung. »Wir sollten lernen«, sagte sie und bestätigte damit, dass allein das Wort ausreichte, um ihr Unbehagen zu bereiten.

Zumindest fühlten sie sich beide unbehaglich, wie ein unechtes Liebespaar das tun sollte.

»Okay«, stimmte Ryder zu und klatschte sein Buch auf den Tisch. Er schlug den nächsten Abschnitt auf: Sprach- und Literaturunterricht. Er war bereit, die nächste Stunde durchzuackern, die so trocken wie Schmirgelpapier sein würde.

Er mochte Worte wirklich gern, wenn sie mit Musik untermalt waren. Aber Worte, die in Zeilen auf eine Seite gedruckt waren, erinnerten ihn an Soldaten, die gezwungen wurden, stillzustehen. Er würde viel lieber Mia erneut zum Erröten zu bringen, als sich bei der nächsten Antwort helfen zu lassen: *Erkläre, was die korrekte Form des Verbs »arbeiten« in dem obigen Satz ist.*

Mia schlug auf den Tisch. »Ich habe eine Idee.« Ihre Augen glänzten wie Kieselsteine in einem Fluss.

So wie sie Ryder ansah, begann er sich zu fragen, ob es um das Wort Bett gehen würde und ob dann *er* erröten würde.

»Ich bin gespannt«, sagte er und neigte sich etwas näher zu ihr. Vielleicht konnten sie danach lernen. Vielleicht lernte man – wie ihm mal jemand erklärt hatte –, am Besten dadurch, *etwas zu tun*, besser gesagt: *es zu tun*, sodass man sich dann besser aufs Lernen konzentrieren konnte.

»Karteikarten«, sagte sie und zog ein Päckchen aus ihrem Rucksack. Sie waren etwas kleiner als Postkarten.

»Oh.« Ryder versuchte, sich seine Enttäuschung nicht anmerken zu lassen. »Klasse.« Seine Stimme klang erstickt. »Karteikarten.«

»Nur für Vokabeln und Zeitformen, wie Frage Nummer eins«, erklärte Mia. »Wiederholung ist der Schlüssel zum Lernen.«

Ryder lächelte schwach. Kein Wunder, dass er nie gern gelernt hatte – er hasste Wiederholungen. Sie waren langweilig. Er zog es vor, impulsiv zu sein, so wie er sich durch Mia fühlte. »Vielleicht könntest du sie für mich machen.«

Mia schüttelte nachdrücklich den Kopf. »Das ist grundlegende Neuropsychologie. Das Gehirn ist in mehrere Regionen unterteilt, die unterschiedliche Arten von Informationen verarbeiten: visuelle, auditive, Emotionen, verbale Kommunikation und so weiter«, erklärte sie. »Obwohl diese verschiedenen Regionen miteinander kommunizieren, laufen bei ihnen jeweils eigene Prozesse ab, die sie zuerst abschließen müssen. Aber wenn wir Notizen machen, geschieht etwas. Während wir schreiben, erzeugen wir räumliche Beziehungen zwischen verschiedenen Informationen, die wir aufzeichnen ...«

Er verlor sich in ihrer Stimme, war in Trance, während sie sprach, aber er wusste auch, dass sie etwas zitierte, das sie gelesen hatte. Er wollte wissen, was sie wirklich glaubte. »Vielleicht fangen wir noch einmal von vorn an, etwas weniger wissenschaftsmäßig.«

Mia zog nachdenklich den Mund zusammen. »Weißt du, es ist, als wenn du am Text für einen Song arbeitest und dich voll darin vertiefst, weil es deine Handschrift ist, weil du im Geiste die Worte und die Musik miteinander verbindest.«

»Was weißt du über Songtexte?«

Mia presste die Lippen aufeinander, als hätte sie gelogen und wäre dabei ertappt worden. »Nichts, es war einfach eine Vermutung«, murmelte sie und schaute auf das Buch hinab.

»Ich weiß nicht, sind Karteikarten nicht irgendwie was für Trottel?«

»Ich benutze sie ständig«, entgegnete sie mit Nachdruck. »Bin ich ein Trottel?« Er hatte sie an ihrem ersten gemeinsamen Abend als Nerd bezeichnet, aber jetzt war er da nicht mehr so sicher. Auf dem Papier war sie es irgendwie, aber Papier schloss ihre Kurven nicht mit ein, ihr Erröten und die Art, wie ihre Stimme glasgefährdend hoch wurde, wenn sie aufgeregt war.

Zurück zu den Karteikarten.

»Na schön.« Er seufzte. »Aber ich benutze keine Glitzerstifte oder irgendeinen anderen dämlichen Mist, den du hier drinhast.« Er zeigte auf ihr Mäppchen.

Mia zuckte mit den Schultern. »Du weißt ja gar nicht, was dir entgeht.«

Sie reichte ihm einen schlichten schwarzen Stift und nahm selbst einen dicken lila Stift mit Metallic-Effekt. »Wenn du dabei keinen Spaß haben kannst, welchen Sinn macht es dann?« Sie ließ den Stift wie einen Taktstock zwischen den Fingern kreisen.

»Du findest ernsthaft, dass Lernen Spaß macht?«,

fragte Ryder. Auf dem Papier war sie definitiv ein Idiot.

»Nein, aber du kannst es so machen, dass du Spaß hast. Das geht mit allem.«

»Du hast mir darüber zwar schon einen Vortrag gehalten, aber bist du sicher, dass du noch nie trotz mangelnder Volljährigkeit getrunken oder sogar etwas Stärkeres ausprobiert hast?«

Mia lachte und schrieb in großen, schwungvollen Buchstaben auf die Karte vor ihr das Wort ARBEITEN. »Fang bei Frage zwei an«, sagte sie, ohne aufzuschauen.

Frage zwei drehte sich um die korrekte Form von *entscheiden* in: Die Firma _____, dass sie meine Arbeitszeiten verändern will. *Hat entschieden*, das wusste Ryder, Antwort B. Aber er schrieb die Frage trotzdem auf die Karte, zusammen mit den möglichen Antworten A bis D, bevor er ein dickes, fettes B auf die Rückseite der Karte malte.

Es war entspannend, das musste er Mia lassen. Etwas abzuschreiben, das bereits da war, war erheblich leichter, als in den Bahnen zu denken, die vorgegeben waren, um dann das zu tun, was man tun sollte.

Einige Minuten lang schrieben sie schweigend auf ihre Karten. Ein Schweigen, bei dem Ryder normalerweise an sein Familiendrama gedacht hätte, das er lieber ausblenden wollte. Es war einer der Gründe, aus denen er immer redete, um das Schweigen zu übertönen und es in Schach zu halten.

Mit Mia fühlte sich das Schweigen beruhigend an. Genau wie das Abschreiben der Worte.

»Willst du einen anderen Stift?«, fragte Mia.

»Was?«, entgegnete Ryder, aus seinen Gedanken aufgeschreckt.

»Du starrst mich an, und ich glaube, du bist auf meinen Stift neidisch.« Sie hielt ihn hoch, damit er ihn bewundern konnte.

Ihm war nicht bewusst gewesen, dass er sie angestarrt hatte, aber wenn sie dachte, es läge an ihrem Stift, perfekt. Besser als der wahre Grund: die Art, wie ihr das schwarze Haar übers Gesicht fiel, wie eine Wolke, die in einer sternlosen Nacht den Mond verdeckte.

»Du hast mich erwischt«, sagte er, streckte die Hand aus und tat, als wolle er ihr den Stift wegnehmen.

Sie beugte sich mit einem süßen Lächeln über ihr Mäppchen. »Der da passt besser zu dir.« Sie reichte ihm einen pinken Highlighter. »Außerdem riecht er nach Kaugummi, wie man sie als Kind hatte; du wirst ihn lieben.« Ihre Augen blitzten vor Vergnügen.

Er nahm den Stift entgegen, schraubte die Kappe ab und schnupperte vorsichtig. Er roch tatsächlich nach der Sorte Kaugummi, die man als Kind gehabt hatte. Der Sorte, die die anderen Kinder in seiner Schule gehabt hatten, aber er nicht. Weil seine Mom nie daran gedacht hatte, ihm so etwas zu kaufen, als er noch bei ihr gelebt hatte.

Er begann wieder zu schreiben, er wollte, dass die

Erinnerung sich verzog, wollte, dass das beruhigende Gefühl zurückkehrte.

Da ging sein Telefon los: *ding, ding, ding.* Er zerrte es aus seiner Tasche und fand eine SMS von seinem Pressesprecher, der ihm den Arsch aufriss, weil er während ihres Radiointerviews eine gewisse »Sie« erwähnt hatte.

Mist, es hatten anscheinend doch Leute zugehört, eine Menge Leute.

Er bekam weitere SMS, die ihm mitteilten, dass Anfragen von den Medienunternehmen kamen und er ein Statement oder einen Knochen brauche, den er ihnen hinwerfen konnte.

Ryders Kehle brannte. »Die Medien wissen von dir.«

»Was?«, fragte Mia, und ihre braunen Augen weiteten sich.

»Nicht direkt von *dir*, aber sie wissen, dass ich eine Freundin habe. Scheiße«, sagte Ryder, während die SMS immer schneller aufeinanderfolgten.

»Ich dachte, es ging nur um die Jungs.«

»Das hat sich wohl gerade geändert«, entgegnete Ryder und wünschte, er hätte sich in den Hintern treten können, weil er so unvorsichtig gewesen war. Wie hatte er sich derart hinreißen lassen und an Mia denken können, dass er genau denen etwas serviert hatte, die er sonst mied wie die Pest – den Schlagzeilen? Er kämpfte gegen die Panik an, die fast genauso schnell in ihm aufstieg, wie neue Nachrichten hereinkamen. Er musste sich um diese Sache kümmern.

Mia wurde blass. »Meine Mom darf das nicht herausfinden.«

»Liest deine Mom *Tiger Beat* oder *Teen People?*«, fragte Ryder, den Blick wieder auf sein Telefon gerichtet.

Mia lachte nervös. »Nein.«

»Dann sind wir wahrscheinlich sicher, zumindest soweit es sie betrifft. Aber wenn die Paparazzi anfangen, Informationen über dich auszugraben, werden die Jungs wissen, dass ich dich nicht zu Hause kennengelernt habe. Sie werden herausfinden, dass du aus LA kommst und nicht aus New York. Sie werden herausfinden, dass wir nicht zusammen in der Highschool waren«, fügte Ryder hinzu. Sein Herz begann zu hämmern.

Sie werden herausfinden, dass ich genauso dumm bin, wie alle immer gesagt haben.

»Was bedeutet das?«

»Das bedeutet, dass wir den Medien irgendetwas geben müssen.« Er seufzte, als ihm eine lächerliche und gleichzeitig berauschende Idee kam. »Bevor sie danach suchen. So funktioniert das.«

»Was denn?«, fragte Mia, ihren purpurnen Stift zwischen den Zähnen.

Ryder hatte das Gefühl, als wäre seine Zunge verknotet; sobald die Worte heraus waren, konnte er sie nicht mehr zurücknehmen, aber welche Wahl hatte er? »Wir sollten auf ein Date gehen.«

Mias Augen wurden groß, so wie er es erwartet hatte.

»Nur damit sie ein paar Fotos machen können«, fügte

er hinzu. Ryder hatte schon so viele Lügen erzählt, dass er hoffte, dass Mia diese eine nicht erkennen würde. Ja, sie mussten an die Medien denken, die besänftigt werden wollten, aber er konnte auch nicht leugnen, dass er Mia beeindrucken wollte, dass er mit ihr essen gehen wollte. Um noch ein kleines bisschen länger nicht der *S2J*-Ryder für sie zu sein.

»Du lädst mich auf ein Date ein?«, fragte sie, aber die Worte klangen, als würde sie erwürgt.

Vielleicht wollte sie gar nicht *Ja* sagen. Die meisten anderen Mädchen hätten bei dieser Frage gekreischt und wären auf und ab gehüpft, aber auf Mia hatte sie die gegenteilige Wirkung.

»Nur als Tarnung für uns. Nicht wie ein echtes...«, begann Ryder in dem Bemühen, sein Gesicht wenigstens ein kleines bisschen zu wahren.

Der Glanz in ihren schwarzen Augen verglomm. Vielleicht würde sie ihn nicht zurückweisen – vielleicht war sie schockiert, dass er es auch nur vorgeschlagen hatte.

»Ich meine, es könnte Spaß machen«, sagte er schnell und versuchte, seine Kälte von eben wieder auszubügeln. Er hatte gehofft, dass sie nicht merken würde, dass er tatsächlich Zeit mit ihr verbringen wollte, aber in dem Versuch, das zu verbergen, war er gemeiner gewesen als beabsichtigt. »Wir haben heute Abend frei. Warum sehen wir uns nicht St. Louis an?«, fuhr er fort, und die Sätze kamen so schnell, dass es sich anfühlte, als würde er darüberstolpern.

Er musste aufhören zu reden. Sie hatte immer noch nicht Ja gesagt.

»Ich habe nichts zum Anziehen«, erwiderte sie mit einem schwachen Lächeln.

»Na ja«, entgegnete Ryder, stützte sich auf die Hände und nahm es als die Einladung, die er brauchte: »Dann ist es ja gut, dass wir Cherrys Glamour-Kommando dabeihaben.«

Kapitel 7

Mia war dem Glamour-Kommando wirklich dankbar. Wie sie als Ryder Brooks' Freundin aussehen sollte, war ihr noch schleierhafter als die Frage, wie sie sich als solche benehmen musste.

Als sie fertig waren, konnte Mia nicht glauben, dass das Mädchen im Spiegel sie selbst sein sollte. Sie sah verdammt gut aus und Mia benutzte das Wort *verdammt* sonst nie. Und ebenso wenig dachte sie es je. Aber genau das Wort kam ihr in den Sinn, als sie sich selbst anstarrte: *verdammt*. Sie hatten ihr die Haare zu weichen Locken gedreht, die ihr in Wellen über den Rücken fielen, ihre Augen waren rauchig dunkel und die Lippen rot geschminkt. Ein Rot, das ihre Mutter ihr im normalen Leben niemals erlauben würde – das Mia im normalen Leben niemals tragen würde. Zum Glück war das ganze Leben hier nicht normal, und sie musste zugeben, dass die Farbe ihre Lippen üppiger aussehen ließ, wie eine Zielscheibe für ein anderes Paar Lippen.

Ryders Lippen, setzte sich ein weiterer Gedanke in ihr fest.

Sie drehte sich vor dem Spiegel um sich selbst und begutachtete jeden Zentimeter des engen roten Kleides, das ihr wie angegossen passte. Sie hob den Fuß, um die schwarzen Riemchensandalen besser sehen zu können, die ihre rot lackierten Zehen zeigten. Sie sah aus, als würde sie zu einem Ball im Himmel gehen oder, wenn man die Farbe bedachte, die sie trug, in der Hölle. Nachdem sie sich bei Lori, einer der Haarstylistinnen, so stürmisch bedankt hatte, dass es fast peinlich wurde, ging sie in die Lobby. Als sie aus dem Aufzug stieg und auf Ryder zuging, der dort auf sie wartete – er hatte sich mit Jeans, einem silbernen Hemd und einer dünnen schwarzen Krawatte herausgeputzt –, war sie sich sicher, dass sie ihm den Atem raubte. Das war zwar nur so eine Redensart, aber es kamen keine Worte aus seinem Mund, seine Brust hob sich nicht, und es war keinerlei Bewegung in seinen Atemwegen erkennbar, bis sie direkt vor ihm stand und einer von ihnen etwas sagen musste.

Sie fühlte sich unwohl, als er sie anstarrte; gleichzeitig sehnte sie sich nach seiner Aufmerksamkeit.

»Deine Schuhe gefallen mir«, sagte er endlich und starrte auf die schwarzen Riemchensandalen.

Mia war sich ziemlich sicher, dass es nicht unbedingt ihre Schuhe waren, die ihm als Erstes aufgefallen waren. Sie fand, dass auch er ziemlich heiß aussah. Sie konnte nicht aufhören, sein perfektes Gesicht zu betrachten, aus dem er die Haare zurückgekämmt hatte, sodass es hervorragend zur Geltung kam, aber sie hätte ihm wohl auch eher ein Kompliment über seine Krawatte gemacht, falls sie sich getraut hätte. Bedauerlicherweise war sie zu nervös, um auch nur das zu tun.

»Ja«, sagte Mia, »zu diesem Kleid haben die Keds nicht gepasst.« Sie schlug die Schuhe zusammen wie Dorothy aus *Der Zauberer von Oz*.

»Nein«, antwortete Ryder mit halb geschlossenen Augen. »Definitiv nicht.«

Mia lächelte und leckte sich dann über die Zähne, voller Angst, dass der rote Lippenstift dort gelandet sein könnte.

»Ich habe uns eine Limousine kommen lassen«, sagte er, »und Beau, einer der Bodyguards, kommt auch mit.« Seine Stimme war leiser als gewöhnlich. Vielleicht hatte sie mehr getan, als ihm den Atem zu rauben; vielleicht hatte sie ihm auch etwas von seinem Biss genommen.

»Bodyguard?«, wiederholte Mia. »Für mich oder für dich?« Es gab keinen Zweifel, dass etwas Unausgesprochenes zwischen ihnen pulsierte. Es wäre vielleicht wirklich gut, wenn ein Bodyguard zwischen ihnen eingeklemmt auf dem Rücksitz der Limousine sitzen würde.

»Für uns beide.« Ryders Mund wurde breiter. »Bist du sicher, dass du bereit dafür bist?«

Mia nickte. Sie war es nicht, aber zumindest war sie ausnahmsweise einmal so gekleidet, als wäre sie es. Sie verließen das Hotel, und das Klicken ihrer Absätze verwandelte sich in das Klicken von Blitzlichtern, das zu einem Getöse wurde. Sobald sie nach draußen kamen, flatterte eine Gruppe von Paparazzi um sie herum, wie ein Wespennest, in dem man herumgestochert hatte.

»Ryder, wer ist diese glückliche Lady?«

»Ryder, was steht für heute Abend auf dem Plan?«

»Ryder, lässt du die anderen Jungs im Hotel?«

Mia bekam plötzlich keine Luft mehr, nicht vor Verlangen wie in dem Moment, als sie Ryder in der Lobby getroffen hatte, sondern vor Schreck, weil sie das Gefühl bekam zu ersticken. Erst als sie sicher in der Limousine saßen, Beau der Bodyguard vorn neben dem Chauffeur, holte Mia endlich wieder Luft.

»Alles okay bei dir?«, fragte Ryder.

»Wie hältst du das die ganze Zeit aus?«

»Gar nicht«, antwortete Ryder. »Ich kann mich wirklich nicht erinnern, wann ich das letzte Mal mit einem Mädchen irgendwo hingegangen bin.«

Mia konnte nicht anders, als sich auf die Worte: *irgendwo hingegangen* zu konzentrieren, weil das bedeutete, dass er mit einem Mädchen *irgendwo dringeblieben* war. Wem machte sie etwas vor? Sicher nicht nur mit einem Mädchen.

»Ich verstehe jetzt, warum«, erwiderte sie und verzog den Mund. Sie musste aufhören, an Ryder zu denken, als gehöre er ihr. Aber wenn sie so nah nebeneinandersaßen, zwischen ihnen nur der Geruch seines Aftershaves, scharf und würzig und vermischt mit dem Duft des Fliederparfüms, das die Make-up-Mädchen ihr gegeben hatten, wie konnte sie da irgendetwas anderes wollen?

»Tut mir leid, das ist alles so irre. Die Jungs, mit denen du sonst ausgehst, haben sicher kein Gefolge im Schlepptau«, bemerkte er und senkte den Blick. »Ich wünschte, unser erstes Date müsste nicht so durchorganisiert sein.«

War ihm klar, was er gerade gesagt hatte? Mia wollte nicht antworten, aus Angst, dass er seinen Ausrutscher bemerken und ihn zurücknehmen würde.

Sie wollte sich auf seine Worte konzentrieren, aber sie war auch nervös, sodass ihr abwechselnd der Schweiß ausbrach oder sie eine Gänsehaut bekam. Es war nicht nur ihr erstes Date zusammen. Es war Mias erstes Date *überhaupt*.

Wenigstens war Ryder darauf gar nicht gekommen, aber andererseits kannte er sie auch nicht wirklich. Ihre Eltern hatten ihr nie erlaubt, mit den wenigen Jungen aus ihren Leistungskursen auszugehen, die sie gefragt hatten.

Und es war nicht so, als hätte sonst irgendjemand sie je gefragt. Mia wusste, was man so sagte: dass Jungs es nicht bei Mädchen versuchten, die Brillen trugen. Das entsprach nicht wirklich der Wahrheit. Sie versuchten es nicht bei Mädchen, die gut in der Schule waren.

»Ist schon okay«, antwortete sie endlich, weil sie nicht wusste, was sie sonst sagen sollte.

Wie konnte sie jemandem, der so erfahren war wie Ryder, erzählen, dass sie noch nie ein Date gehabt hatte? Dass sie bisher lediglich ihre eigene Hand geküsst hatte, um herauszukriegen, was daran eigentlich so toll sein sollte? Bedauerlicherweise hatte ihre Hand ihr das nicht wirklich gezeigt.

Ryders Lippen, dachte sie wieder und wusste, dass er es ihr definitiv zeigen konnte.

»Die werden uns folgen, also wird es genauso ablaufen, wenn wir ins Restaurant gehen.« In seinen Augen lag ein verschwörerisches Funkeln. »Aber jetzt sind wir allein.«

Mia blickte auf ihre Beine hinab. Das Kleid war kürzer, als sie es gewohnt war, und im Sitzen sah man ihre Oberschenkel. Sie rutschte auf der Bank hin und her und versuchte, sich zu bedecken.

Das machte Ryder nur umso mehr auf die Stellen aufmerksam, die sie zu verstecken versuchte.

»Ist dir kalt?«, fragte er und bot ihr seine Jacke an.

Ihr war nicht kalt, aber sie nahm die Jacke an und wickelte sich darin ein, dankbar, die Haut bedecken zu können, die ihr plötzlich das Gefühl gab, nackt vor ihm zu sitzen.

»Und, was gibt es sonst Neues?«, fragte Ryder mit einem unbeschwerten Lächeln.

Das half Mia endlich, sich zu entspannen. Das hier war kein Date. Sie mochten beide so angezogen sein, und sie mussten so tun, als ob, aber das war es nicht. Es war nur ein Treffen zwischen ihr und dem Typen, dem sie Nachhilfeunterricht gab.

Der irrsinnig heiße, berühmte und – solange ihn niemand beobachtete – tatsächlich süße Junge, dem sie Nachhilfe gab.

»Du meinst, abgesehen von meiner neuen Blase«, antwortete sie und hob den linken Fuß.

»Ich würde dir ja meine Schuhe anbieten«, entgegnete Ryder, »aber ich glaube nicht, dass sie dir passen.«

Mia lehnte sich zurück und entspannte sich noch ein wenig mehr. »Stell dir nur die Schlagzeilen vor, wenn die Paparazzi mich in den Schuhen sehen. *RYDER BROOKS' FREUNDIN HAT MÄNNERFÜSSE.*«

Ryders Lächeln schien breiter zu werden, als sie das Wort *Freundin* aussprach, oder bildete sie sich das nur ein?

»Das wäre nicht das Schlimmste, das man je über mich gesagt hat. Aber sonst ignoriere ich das auch alles.«

Sie schaute durch das Fenster auf die Lichter von St. Louis. Für diesen Abend würde sie die Gerüchte ebenfalls ignorieren.

Als sie beim Restaurant ankamen, waren die Paparazzi bereits vor der Tür, Blitzlichter zuckten, bevor sie auch nur aus dem Wagen stiegen.

»Nimm meine Hand und schau nach unten«, sagte Ryder, als er Mia aus der Limousine half.

»Ryder, was ist der Anlass?«

»Ryder, nur zu zweit heute Abend?«

»Ryder, schenk uns ein Bad-Boy-Lächeln.«

Beau schirmte einen Weg für sie ab, sodass sie das Restaurant betreten konnten, aber die Paparazzi versuchten weiter, sie zu fotografieren. Als wären sie und Ryder Fische, die auf dem Wasser trieben, und die Paparazzi wären Piranhas, die seit Wochen nichts gefressen hatten.

Sobald sie sicher im Restaurant waren, kehrte Beau zur Limousine zurück. Der Oberkellner begrüßte sie und machte eine große Sache daraus, dass Ryder für seinen besonderen Abend ihr Restaurant ausgewählt hatte, und er redete endlos weiter darüber, was für eine Ehre es sei, dass er hier war, und ob er irgendetwas tun könne, um seinen Aufenthalt noch besser zu machen.

»Führen Sie uns bitte einfach an einen Tisch«, sagte Ryder leise.

Sie wurden zu einem Tisch im hinteren Teil des Raums gebracht. Während sie durch das Restaurant gingen, spürte Mia die Blicke aller Anwesenden auf sich. Die Menschen an den Tischen waren so alt wie ihre Eltern und hörten Ryders Musik wahrscheinlich nicht, aber das bedeutete nicht, dass sie nicht wussten, wer er war, sich nicht fragten, wer sie war. Es war schwer, sich das nicht zu Kopf steigen zu lassen.

Als sie saßen, reichte der Kellner ihnen die Speisekarten und schleimte dann auf ähnliche Weise herum wie der Oberkellner.

»Dom, zwei Gläser bitte«, sagte Ryder und scheuchte ihn weg.

»Was hast du gerade bestellt?«

»Champagner.«

»Ich habe dir doch gesagt, dass ich nicht trinke«, antwortete Mia.

»Es gibt einen Unterschied zwischen ›nicht trinken‹ und ›es noch nie probiert haben‹«, gab er zurück und legte den Kopf schief, sodass ihm eine Strähne in die Augen fiel. »Probier einen Schluck – wenn du den Champagner eklig findest, kannst du ihn ausspucken.«

»Wohin?«, fragte Mia und sah sich um.

Ryder zuckte mit den Schultern. »Auf den Boden? Keine Angst, das ist super für mein Image.«

Mia konnte nicht anders, sie musste lachen. Dieses Restaurant war viel zu hübsch, um darin auf den Boden zu spucken. Sie hatte noch nie in ihrem Leben in einem so eleganten Lokal gegessen. Sie legte sich ihre Serviette auf den Schoß; der Stoff war so glänzend und weich. Sie war sich ziemlich sicher, dass schon die Serviette mehr kostete als jedes Kleidungsstück, das sie besaß.

Der Champagner kam und der Kellner füllte ihre Gläser. »Kann ich sonst noch irgendetwas für Sie tun?«, fragte er und zeigte dabei jeden Zahn in seinem Mund.

Das falsche Lächeln des Kellners verursachte selbst Mia Übelkeit. Er benahm sich nicht so, weil sie in einem eleganten Restaurant waren, sondern weil Ryder Ryder war. Mia begann zu verstehen, dass ein Teil dieses Bad-Boy-Images durch die Menschen um ihn herum verursacht wurde, die ihm mit dieser falschen Freundlichkeit begegneten.

»Wir haben alles, danke«, sagte Mia mit einem durchdringenden Blick.

Ryder verzog die Lippen und der Kellner eilte davon. »Vielleicht könntest du mein neuer Bodyguard werden.«

Mia sah dem Kellner hinterher. »Mit ihm könnte ich es aufnehmen, aber mit hundert kreischenden Mädchen wahrscheinlich nicht.«

»Damit haben selbst meine normalen Leute Probleme.« Ryder schaute ihr in die Augen. »Wenigstens sind wir jetzt allein.« Er hob sein Glas, stieß es leise klirrend gegen Mias und trank einen Schluck.

Wie sollte sie darauf nicht anstoßen? Als der erste Schluck ihre Lippen und ihre Zunge berührte, war sie verzaubert. Die Bläschen kitzelten sie in der Nase und im Hals, als sie wieder an ihrem Getränk nippte.

Mit dem wunderschönen Kristallglas in der Hand fühlte sie sich wie eine Prinzessin. Eigentlich wie noch *mehr* als eine Prinzessin. Die Kleider, die sie anhatte, und der Junge, der ihr gegenübersaß, trugen ebenfalls deutlich dazu bei.

»Ich wusste, dass es dir gefallen würde«, erklärte Ryder.

Obwohl er das Gleiche tatsächlich über alles um sie herum hätte sagen können.

»Nur gut, dass sie in deiner Garderobe keinen Champagner haben«, erwiderte Mia und versuchte, sich immer nur auf eine erstaunliche neue Erfahrung gleichzeitig zu konzentrieren. Sie nahm noch einen Schluck und die Flüssigkeit wärmte sie innerlich.

»Lass uns darauf anstoßen, dass ich in meinem Vertrag die Regelung zu den Getränken ändern lasse«, sagte er und hob sein Glas.

Ryder war froh, dass Mia ihm gegenübersaß. Das machte es einfacher, sie unauffällig anzustarren – und verdammt, er wollte sie anstarren!

Er hatte sie schon die ganze Zeit süß gefunden, aber so zurechtgemacht war sie verflucht heiß. So heiß, dass es ihm schwerfiel, klar zu denken, schwerfiel, irgendetwas anderes zu tun, als zu starren und immer weiter zu starren.

Er hatte in der Limousine einen Blick auf ihre langen, schlanken Beine geworfen, und jetzt klebte er förmlich an ihren Lippen, die so rot waren, dass sie ihn anlockten wie das Cape eines Stierkämpfers. Er war so gebannt, dass er kaum bemerkte, dass der Kellner zurückkam und Mia zu reden begann.

»Wir nehmen zuerst die Linguini und zweimal den Caesar Salad«, sagte Mia und schaute zu dem Kellner auf.

Der Mann verbeugte sich und ging wieder, bevor Ryder irgendetwas sagen konnte.

»Was zum Teufel war das denn?« Er lachte, verblüfft, dass dieses kluge, selbstbewusste, heiße Mädchen die Kontrolle über ihr unechtes Date übernommen hatte.

»Ich wusste, dass du versuchen würdest, für mich zu bestellen, also bin ich dir zuvorgekommen«, erklärte sie und verschränkte ihre Hände vor sich auf dem Tisch.

»Die Jungs, mit denen du ausgehst, bestellen für dich, ohne zu fragen?« Er war immer noch erstaunt, dass sie sich wie irgendein CEO in einem Hollywoodfilm benommen hatte, obwohl sie nur Mia war. Allerdings begann er zu begreifen, dass Mia alles andere als *nur* war.

»Ähm, *du* hast das gemacht«, antwortete sie und hielt ihr Glas hoch.

Er spürte, dass er genauso lächelte, wie Miles es immer tat, wenn er an Aimee dachte. Er hatte noch nie auch nur ansatzweise wissen wollen, wie sich das anfühlte, aber mit Mia, die ihm gegenübersaß, ihre Hand so nah, dass er sie berühren konnte, war es schwer, sich das nicht zu fragen. »Ich wollte nicht für dich bestellen. Ich habe nur den Champagner geordert«, sagte er.

Sie zwinkerte ihm zu. »Jetzt sind wir quitt. Ich hoffe, du magst Linguini.«

Wer ist dieses Mädchen? Gab es irgendein weibliches Wesen in diesem Land, das sich ihm nicht einfach unterordnete, seiner Führung folgte?

Mia.

»Das werden wir wohl gleich herausfinden«, stellte er fest und trank einen großen Schluck. Er musste zugeben, dass es irgendwie nett war, dass sich zur Abwechslung einmal jemand um ihn kümmerte.

»Erzähl mir doch mal, was du wirklich machen willst.«

»Meinst du, jetzt gerade?«, antwortete Ryder und dachte nur daran, dass er Mia in die Arme nehmen und ihr den Lippenstift von den Lippen küssen wollte. Sie so küssen, dass der Lippenstift auf ihrer Oberlippe verschmierte, bis an ihr Kinn und an Stellen, von denen er nur träumen konnte.

»Statt in der Band zu sein, nach dem College«, erklärte Mia ihre Frage.

»Oh«, sagte Ryder und landete wieder auf dem Boden der Tatsachen. »Meine eigene Musik. Sachen, die mir etwas bedeuten. Deshalb brauche ich meinen Abschluss, damit ich nach Berklee gehen und studieren kann, um ein richtiger Musiker zu werden.« Bevor er das ausgesprochen hatte, war ihm irgendwie entfallen, warum Mia überhaupt hier mit ihm zusammen war. Sie brachte ihn dazu, es zu vergessen.

Mia grinste. »*Kiss This* bedeutet dir gar nichts?«

Kiss... Er musste aufhören, an dieses Wort zu denken, aufhören, daran zu denken, dieses Mädchen zu küssen, an alles zu denken, was er wegen ihr dauernd wieder vergaß. Bekam er ihre Lippen nicht aus dem Kopf, weil er wusste, dass bei allen anderen Mädchen kein Denken erforderlich wäre? Er könnte einfach tun, was immer er wollte, und sie würden entsprechend reagieren, weil er Ryder Brooks war.

Mia dagegen war unberechenbar, und ihm wurde klar, dass sie wie Luft zum Atmen war, wie Sauerstoff, von dem er nicht gewusst hatte, dass er ihn brauchte.

»Ja, ich habe den Song für *Seconds to Juliet* geschrieben, nicht für mich. Ich meine, er sagt Dinge, die ich sagen will, aber ich würde mit meiner eigenen Musik gerne noch viel mehr sagen.«

Mia reckte trotzig das Kinn vor. »Es ist trotzdem einer meiner Lieblingssongs.«

»Es gibt wohl schlimmere Songs, die dir gefallen könnten.«

»Du meinst die, die einer der anderen für die Band geschrieben hat?«, fragte sie und fuhr mit dem Zeigefinger über den Rand ihres Glases.

Er antwortete nicht, aber es stimmte. Es war ihm tatsächlich viel lieber, dass einer seiner Songs ihr Favorit war.

»Was ist mit dir?«, fragte er. »Du würdest den Sommer wahrscheinlich lieber mit Herumhängen verbringen, als mit mir zu lernen.«

Mias Gesicht veränderte sich, ihre Lippen wurden zu einer schmalen Linie, und sie wurde blass, als hätte er ihr einen Schlag verpasst. »Ich würde wahrscheinlich trotzdem lernen müssen«, antwortete sie widerstrebend. Sie leerte ihr Glas. »Nicht jeder hat einen Plattenvertrag.«

Das Schweigen zwischen ihnen war geladen. Er hatte das Gespräch in eine Richtung gelenkt, die sie nicht einschlagen wollte. Er war immer noch dabei zu lernen, was Mia verletzte. Und sie hatte in der Hinsicht umgekehrt wohl auch noch einiges zu lernen.

»Dann ist es wohl gut, dass du immer so viele Stifte bei dir hast«, sagte Ryder, um die Stimmung aufzulockern und die Mia zurückzuholen, die für ihn bestellt hatte, die ihm *zugezwinkert* hatte.

»Apropos«, sagte Mia, und ein Lächeln stahl sich auf ihre Lippen, »mein rosa Highlighter fehlt.«

»Sollen wir eine Vermisstenanzeige aufgeben?«, fragte Ryder. »Ich könnte Flyer in der Stadt verteilen.«

»Ich glaube nicht, dass wir eine Razzia brauchen«, entgegnete Mia, die ihn fragend ansah.

»Ich habe ihn nicht genommen.« Ryder hob die Hände.

»Du lügst«, sagte Mia und reichte Ryder ihr Glas.

»Bist du dir sicher?«, fragte er. »Ich brauche dir nicht zu erklären, was Alkohol dem menschlichen Gehirn antun kann.«

Sie lächelten sich an, während Mia nickte und er ihr Glas füllte.

Ryder *hatte* ihren Highlighter genommen. Er konnte nicht erklären, warum. Er wollte ihn einfach haben. Genau wie er nicht erklären konnte, warum er Mia wollte. Es war einfach so. Das wurde ihm sehr deutlich, als sie sich jetzt im Kerzenlicht den Champagner von den Lippen leckte.

Als ihre Salate kamen, hatte Mia rosige Wangen und war sichtlich angetrunken, und ihr Lächeln war ein wenig schief, aber entzückend.

»Ich hoffe, du hast um eine Extraportion Anchovis gebeten«, meinte Ryder und nahm einen Bissen.

»Nur für deinen Salat«, antwortete Mia und lachte

leise. Sie nahm einen Croûton zwischen die Finger, schob ihn sich zwischen ihre roten Lippen und zerbiss ihn.

Er sah ein Blitzlicht vor dem Fenster aufleuchten. Die Paparazzi waren immer noch da draußen. Sie benutzten sonst immer ihn für ihre Zwecke. Aber vielleicht konnte er zur Abwechslung einmal sie benutzen. »Sie hoffen wahrscheinlich, dass wir uns küssen.«

Mia spuckte fast ihren Salat aus.

Hatte er ihr Verhalten falsch gedeutet? Er hatte gedacht, dass sie dem Vorschlag vielleicht zustimmen würde, aber stattdessen schien sie entsetzt zu sein.

»Oder auch nicht, wenn die Idee so unangenehm für dich ist«, sagte er mit einer gewissen Schärfe in der Stimme.

Mias rosiges Gesicht wurde noch röter. »Das ist es nicht.« Sie zögerte. »Ich habe nur noch nie jemanden geküsst.«

Er hatte sich gedacht, dass sie weniger erfahren war als er, aber das ging weit darüber hinaus. Wie war es möglich, dass ein so schönes Mädchen noch nie geküsst worden war? Und wenn sie noch nie geküsst worden war, bedeutete das auch, dass sie noch nie ... genau wie er gedacht hatte.

Shakira hatte *Hips don't lie* gesungen, aber noch etwas log nicht: *Keds*.

Mia hielt sich die Hände vors Gesicht. »Ich kann nicht glauben, dass ich dir das erzählt habe.«

Der Bad Boy hatte sich ausgerechnet eine echte Jungfrau als unechte Freundin ausgesucht.

»Kein Problem«, antwortete Ryder. »Küssen ist gar nicht so toll. Ich meine, es kann toll sein, wenn man mit der richtigen Person zusammen ist, aber eine so große Sache ist es nicht.«

»Du hast leicht reden«, sagte Mia zwischen ihren Fingern hindurch.

Ryder zog ihre Hand von ihrem Gesicht und verschränkte seine Finger mit ihren. Nicht einmal das Wissen, dass es ihr erster Kuss sein würde, hielt ihn auf – wenn überhaupt, wünschte er sich umso mehr, dass diese Ehre ihm zufiel. »Wir *könnten* das jetzt erledigen.« Die Haut seiner Hand sirrte, als hätte sie Champagnerbläschen an sich, sie zischte und prickelte an ihrer Hand.

»Hier?«

»Die Paparazzi sind gleich da draußen.«

Vor dem Fenster ging ein weiteres Blitzlicht los. Bevor Ryder den Mut verlor, stand er auf und ging um den Tisch herum zu ihr. Er nahm wieder ihre Hand und zog Mia auf die Füße. Dann legte er seine Hände um ihr Gesicht; ihre Wangen waren noch weicher, als er es sich vorgestellt hatte, und warm vom Alkohol, von seiner Berührung. Er legte seine Lippen sanft auf ihre und verweilte nur für einen kurzen Moment dort, obwohl sein Inneres wie eine Feder gespannt war und um mehr bettelte. Doch er hatte Angst davor, was passieren würde, wenn er weitermachte. Angst, sie so leidenschaftlich zu küssen, dass er darüber vergaß, dass sie nur seine Nachhilfelehrerin sein sollte.

Er zog sich zurück und sah ihr in die dunklen Augen. Er versuchte, cool zu bleiben, aber sein Herz pochte wild. »Das war doch gar nicht so übel, oder?«

»Das war vielleicht fast so gut wie der Champagner«, erwiderte sie, obwohl sie offensichtlich atemlos war. Sie lächelte und leckte ihre Lippen, auf denen seine gerade gewesen waren.

»Fast?« Ryder lachte. Er war sich sicher, dass es viel besser gewesen war als der Champagner.

Klar, er hatte ihr nicht die volle Ryder-Brooks-Behandlung verpasst, aber er hätte sich auch erst gar nicht wünschen dürfen, das zu tun. Das hier war kein echtes Date. Sie führten keine echte Beziehung. Warum also hatte er darauf bestanden, ihr einen echten Kuss zu geben?

Warum konnte er nicht aufhören, sich zu fragen, wann es vielleicht wieder dazu kam?

Mia lag im Bett und starrte an die Decke ihres Hotelzimmers. Sie konnte nicht schlafen, sie konnte sich nicht bewegen, sie konnte kaum atmen. Im Geiste spielte sie immer wieder den Kuss durch.

Er hatte gesagt, der Kuss sei für die Kameras, aber es hatte sich nicht so angefühlt. Als seine Lippen ihre berührt hatten, war es, als würden sie ihr ein Geheimnis verraten. *Ich will dich.*

Und dasselbe Geheimnis in ihr schien verzweifelt darauf aus zu sein, kein Geheimnis zu bleiben.

Aber ihre Gefühle konnten nicht echt sein und seine erst recht nicht. Er war mehr als eine Nummer zu groß für sie und außerdem hatten sie eine Abmachung.

Sie konnte ihn immer noch schmecken, aber wenn sie sich mit den Fingern über die Lippen strich, in dem Versuch, diesen sanften und doch intensiven Kuss nachzuahmen, kam das nicht einmal annähernd an die quälende Aufregung heran, die sie gespürt hatte, als sich ihre Körper so nah gewesen waren. Darum verzehrte sie sich jetzt nach ihm, ein Knoten in ihrem Inneren zwang sie dazu, aufzustehen und zu der Tür zwischen ihren Zimmern zu gehen. Sie strich in der Dunkelheit mit der Hand über das Holz.

Dachte er an sie?

Würde sie jemals in der Lage sein, an irgendetwas anderes zu denken als an ihn, obwohl sie das nicht sollte?

Kapitel 8

*A*m nächsten Morgen öffnete Ryder die Tür seiner Garderobe im Scottrade Center in St. Louis und ließ Mia herein.

»Da wären wir, das hier ist die nächsten drei Nächte lang unser Zuhause«, erklärte er und breitete die Arme aus.

Normalerweise hasste er das Umherziehen, das mit einer Tour verbunden war, aber es mit Mia zu erleben, änderte etwas. Es war nicht mehr lästig, sondern ein Abenteuer. Die Bemerkung über das Zuhause war natürlich ein Scherz gewesen, aber irgendwie hatte er es auch ernst gemeint. Mit Mia als der Konstante an seiner Seite begannen die Orte, an denen sie nur kurz blieben, sich ein wenig wie ein Zuhause anzufühlen.

»Es ist irgendwie klein«, bemerkte Mia und schaute sich um.

Falls sie einen Kater hatte, ließ sie es sich nicht anmerken. Er hatte auf jeden Fall einen, nach den Kopfschmerzen zu urteilen, die hinter seiner Stirn wummerten. Vielleicht hatte er mehr Champagner getrunken, als ihm klar gewesen war. Er wusste nur, dass er am Ende des Abends, als er die Tür zwischen ihren Zimmern geschlossen hatte, gute zehn Minuten darauf gestarrt und überlegt hatte, ob er wieder anklopfen – oder die Tür eintreten sollte.

Nüchtern und im Morgenlicht betrachtet, war er irgendwie froh, dass er es nicht getan hatte. Ihr Kuss war ein Fehler gewesen. Er konnte nicht Mias erster Was-auch-immer sein. Nicht, solange sie immer noch so taten, als ob.

Oder meinte er: solange sie immer noch so *tun mussten?*

»So schnell schon so abgebrüht«, sagte Ryder. Er lächelte, bis sein Blick auf ihr Gesicht fiel. Sie wirkte nicht arrogant. Sie war verängstigt. Ihr sonst so selbstbewusst vorgerecktes Kinn war ungewöhnlich blass und zitterte.

Er folgte ihren Blicken zur Couch. Sie hatte nicht *klein* gemeint. Sie hatte gemeint, dass es nur eine Couch in dieser Garderobe gab, in der sie während der nächsten drei Nächte zusammen sein mussten, allein.

Der Blick in ihr Gesicht verriet ihm, dass er in der vergangenen Nacht auf jeden Fall die richtige Entscheidung getroffen hatte, als er in seinem eigenen Zimmer geblieben war.

Er zog die Kissen von der Couch und versuchte, Mias Ängste zu zerstreuen. »Keine Sorge – man kann sie ausklappen, da ist ein Bett drin.«

Sie schluckte so heftig, dass er dachte, sie hätte ihre Zunge verschluckt. Ihre Befürchtungen waren ganz eindeutig nicht ausgeräumt. Bett oder Couch, sie würden in dieser Nacht direkt nebeneinander schlafen.

»Vielleicht gibt es eine Badewanne«, meinte Ryder und versuchte, sich in einen Witz zu flüchten. Es war nicht einfach. Die Tatsache, dass ihn nach dem Konzert eine Nacht erwartete, in der nur ein paar Laken zwischen ihnen sein würden, machte auch ihn ein wenig nervös.

»Für mich oder für dich?«, brachte Mia schließlich heraus und versuchte es ebenfalls mit einem Scherz, obwohl er ihr ansah, wie nervös sie war.

Und er hoffte, dass Mia ihm die Idee nicht ansah, die er nicht aus dem Kopf bekam – dass die Badewanne weder für ihn noch für sie bestimmt sein würde, es sei denn, sie lägen gemeinsam darin.

Seine Gedanken überschlugen sich. Wenn Mia schon Angst davor hatte, in ihrem Pyjama neben ihm im Bett zu liegen, dann würde sie auf gar keinen Fall nackt zu ihm in eine Badewanne steigen. Es war verrückt, so etwas auch nur zu denken.

Was machte dieses Mädchen nur mit ihm?

Er beobachtete ihre Lippen, die jetzt ungeschminkt waren. Das Rot, das ihn am vergangenen Abend in seinen Bann geschlagen hatte, fehlte, aber selbst ohne den Lippenstift fühlte er sich zu ihrem Mund hingezogen, als wäre allein die Erinnerung daran schon genug.

»Sollen wir lernen?«, fragte er und machte das, was

Mia für gewöhnlich tat, um sie beide wieder auf Kurs zu bringen. Um sie die Schlafmodalitäten vergessen zu lassen.

»Klar.« Sie rollte ihren Koffer an die Wand und nahm am Tisch Platz, der vor dem Minikühlschrank aufgebaut war. »Mathe.«

»Ich habe dir gesagt, dass ich in Mathe keine Hilfe brauche.«

»Dann beweis es mir.« Mia klopfte auf die Sitzfläche des Stuhls neben ihr.

Ryder nahm sein Buch aus dem Versteck im Akkordeonkoffer und setzte sich zu ihr. Er freute sich darauf, ihr zu zeigen, dass er etwas wusste; dass sie ihm etwas nicht beizubringen brauchte.

Sie schlugen das Kapitel »Mathematisches Denken« auf: *Joseph besitzt y Videospiele. Harry hat 10 weniger als die doppelte Anzahl von Spielen, die Joseph gehören. Welche Anzahl von Videospielen, unter Berücksichtigung von y, hat Harry?*

Ryder seufzte schwer. »Denken die, dass jeder Teenager ein Gaming-Nerd ist wie Miles und Trevin?«

»Die meisten sind es«, sagte Mia, »wie Miles und Trevin.« Sie verbarg ein kleines Lächeln.

»Ich bin nicht so.« Ryder verschränkte die Arme vor der Brust. Er spielte manchmal mit ihnen, aber er war nicht mit einer PlayStation oder einer XBox im Haus aufgewachsen wie die anderen Jungs. Er war überhaupt nicht in einem Haus aufgewachsen.

»Bedeutet das, dass du die Frage nicht beantworten kannst?« Mia legte den Kopf schief.

»Nein«, erklärte Ryder, »ich sage nur, dass sie männliche Teenager über einen Kamm scheren und uns in Schubladen stecken.« Er beobachtete, wie Mias Augen groß wurden, und das Interesse in diesen Augen weckte in ihm den Wunsch, weiterzureden. »Als Teil des staatlichen Bildungssystems sollten sie sich solcher Dinge bewusster sein.«

»Zu schade, dass sie die Noten nicht nach berechtigten Einwänden gegen ihre Fragen vergeben. Dann würdest du bestehen.« Mia lächelte. »So könntest du tatsächlich um den ganzen Test herumkommen.«

Ryder lächelte unwillkürlich zurück. Wenn er solche Dinge sagte, wollten die Jungs normalerweise, dass er den Mund hielt. Sie wollten nicht wirklich über die Rollenbilder reden, die sie bedienen mussten, oder darüber, dass ihr jeweiliges Image innerhalb der Band ebenfalls typische Teenagerklischees bediente. Aber Mia verstand es, oder zumindest sah sie gut aus, während sie so tat, als würde sie es verstehen.

»Lass uns statt Videospielen Gitarren nehmen«, schlug Mia vor, setzte ein x auf die Seite und schrieb *Gitarren* in großen, schwungvollen Buchstaben darüber. »Dem Übungstest ist das egal.«

Ryder schüttelte den Kopf. »Scheiße, Joseph hat einen verfickten Riesenhaufen Gitarren.«

»Das ist keine der Antwortoptionen«, erwiderte Mia,

ohne auch nur zu blinzeln. Er wertete das als ein gutes Zeichen – dass sie sich, wenn schon nicht an seinen Mund, dann wenigstens an sein Mundwerk gewöhnte.

»Okay. Die Antwort ist B, 2 y minus 10.«

»Richtig«, bestätigte Mia.

»Ich habe dir doch gesagt, dass ich gut in Mathe bin«, erwiderte Ryder.

Mia verzog das Gesicht zu einer übertriebenen Grimasse. »Das war erst eine Frage. Du hast noch zweiundvierzig vor dir, Schlaumeier.«

Ryder seufzte. »Du bist so streng.« Er strich sich das Haar aus den Augen und las die nächste Frage.

»Sieht so aus, als würdest du noch einen Glücksstift brauchen«, meinte Mia und zog einen aus ihrem Mäppchen. »Versuch mal, den hier nicht auch noch zu verlieren.« Sie reichte ihm einen blauen Filzstift.

Als sie ihm den Stift übergab, berührten ihre Finger seine, weich wie Federn, die über seine Haut flatterten und das gleiche Flattern in seinem Herzen auslösten – *Flattern?* Hatte er das ernsthaft gerade gedacht? Selbst in einem Song war das ein Wort für Softies.

Er schien nur zu lernen, wie er möglichst schnell seinen Ruf als Bad Boy loswerden konnte, zumindest wenn er an Mia dachte.

Sein Telefon klingelte. Sein Pressesprecher schickte ihm Bilder von ihrem Date in St. Louis.

»Ich treffe mich offiziell mit einer mysteriösen Brünetten«, berichtete Ryder, »zumindest sagt das *TMZ*.«

Sie griff nach seinem Handy und starrte es an. »So sollte es auch besser bleiben. Es wäre ein Desaster, wenn ein Nachrichtenteam im Vorgarten meiner Eltern auftaucht.«

»Keine Sorge, mein Pressesprecher kümmert sich darum.«

Mia verzog das Gesicht.

»Ich verspreche es«, sagte er.

Sie atmete auf und lehnte sich zurück.

Die Erleichterung, die sie ausstrahlte, beruhigte auch ihn. Er nahm sein Telefon wieder an sich. Er wollte es wegstecken, aber er konnte nicht aufhören, das Foto von Mia in dem roten Kleid zu betrachten.

»Wir lernen jetzt«, erinnerte Mia ihn, »wir schauen nicht nach, ob wir ein trending Thema auf Twitter sind.«

»Wir sind Nummer zwei«, witzelte Ryder. Er war froh, dass sie dachte, sein Ego bringe ihn dazu, aufs Handy zu starren, und nicht sein Herz.

Kapitel 9

Die Show war vorbei, und das ausklappbare Bett in der Garderobe wartete darauf, dass Mia und Ryder es sich teilten – die ganze Nacht lang.

Um genau zu sein, während der nächsten drei Nächte, aber Mia konnte immer nur über eine Nacht nach der anderen nachdenken.

Als sie mit ihrer Mutter telefoniert hatte, von der Couch aus, die sie sich mit Ryder teilen würde, hatte sie nichts davon erwähnt. So viel dazu, ein braves Mädchen zu sein; so viel dazu, in der Lage zu sein, die Worte ihrer Mutter über ihr tosendes Herz hinweg auch nur zu hören.

Sie hatte sich das Konzert wieder angesehen oder vielmehr hatte sie sich Ryder angesehen. Diesmal vom linken Backstagebereich aus. Er schien seine Gitarre zu liebkosen, das Mikrofon zu küssen und Bewegungen beim Tanzen zu machen, über die sie sich gerade erst ansatzweise nachzudenken erlaubte.

Als Finale kam der Tanz im Regen, und beim Anblick von Ryders Haarsträhnen, aus denen ihm beim Singen das Wasser über die Augen spritzte, musste sie unwillkürlich an die Badewanne denken, die er früher am Tag erwähnt hatte.

Das weckte in ihr den Wunsch, das Badezimmer der Garderobe wäre wirklich mit einer Badewanne ausgestattet.

Und sie brächte den Mut auf, Ryder genau zu sagen, was sie wollte. Denn bis jetzt konnte sie nicht weiterdenken als bis zu der Szene, in der sie beide auf eine mit Schaum gefüllte Badewanne sahen, überall Kerzen um sie herum, und in der Ryder sich vorbeugte, um sie zu küssen, bevor alles um sie herum schwarz wurde.

Sie setzte sich auf die Kante der Couch. Sie hatte bestimmt tausendmal ihr Haar und ihr Gesicht im Spiegel geprüft. Aber sie sah nicht annähernd so gut aus wie am Abend zuvor. Sie fragte sich, ob sie jemals wieder so aussehen würde.

Sie wühlte in ihrer Handtasche, fand einen Lippenpflegestift und Rouge und versuchte, eine Art Lippenstift daraus zu mischen. Bedauerlicherweise kam die Farbe nicht einmal annähernd an das Rot vom Vortag heran. Sie sah damit aus, als hätte sie einen Kasten Brausepulverstangen gegessen. Sie wischte sich die Farbe von den Lippen und kam sich noch alberner vor.

Er würde sie nicht noch einmal küssen. Wie kam sie überhaupt darauf, dass er das tun würde? Hinter den geschlossenen Türen seiner Garderobe war niemand, für den sie sich verstellen mussten.

Ryder war immer noch nass von der Show, als er hereinkam und sich Gesicht und Haare mit einem Handtuch abtrocknete, und seine Kleider klebten ihm am Leib wie eine zweite Haut. Mia konnte jeden Muskel und jede Wölbung sehen. Sie zwang sich wegzuschauen. Ihn so nah zu haben und so nass, mit dem Gedanken an das Bett, das sie sich gleich teilen würden, verursachte in ihrem Gehirn einen Kurzschluss.

Von wegen schwarz werden – statt Schwärze kam Stroboskoplicht.

»Tolle Show«, sagte sie, weil sie irgendetwas sagen musste. Sie verschränkte die Hände auf dem Schoß.

»Den Fans scheint es gefallen zu haben«, erwiderte Ryder, der gleich hinter der Tür stand. »Du hättest meinetwegen nicht wach bleiben müssen.«

»Irgendwie doch«, erwiderte Mia und deutete auf die Couch. Wenn sie das Bett aufgebaut hatte, bedeutete das, dass sie mit diesem Arrangement einverstanden war, und während ihr Körper auf jeden Fall damit einverstanden war, war es schwer, ihren Verstand auf den gleichen Stand zu bringen.

Von wegen auf den gleichen Stand bringen. Bevor Mia auch nur einen weiteren Atemzug holen konnte, schälte Ryder sich das Hemd vom Leib, als wäre Mia gar nicht da, oder vielleicht tat er es auch, weil sie da war.

»Tut mir leid, ich kann es immer kaum erwarten, aus meinen Kleidern herauszukommen, sobald die Show vorbei ist.«

Sie schauten beide auf seine Gürtelschnalle.

Ryder lachte. »Ich ziehe mich im Badezimmer um, ganz regeltreu«, erklärte er, »aber die schlechte Nachricht ist, dass es keine Badewanne gibt.«

»Habe ich gesehen«, antwortete Mia und verknotete die Hände. »Du wirst wahrscheinlich nicht stehend in der Dusche schlafen wollen, hm?«

»Richtig, nein«, bestätigte Ryder, »ich bin kein Pferd.«

Mia lachte nicht. Es war süß, sogar witzig, aber ihr wurde immer klarer, dass sie gleich mit Ryder Brooks zusammen in einem Bett liegen würde.

Würde er versuchen, sie zu küssen? Würde er mehr versuchen? Würde sie in der Lage sein, damit umzugehen, wenn er es tat? Was, wenn er es *nicht* tat? Die Fragen tanzten wie Glühwürmchen durch Mias Gehirn.

»Wir brauchen nicht sofort schlafen zu gehen«, bemerkte Ryder, der vielleicht ihre Angst spürte.

»Ich weiß nicht, ob ich überhaupt werde schlafen können«, gestand sie.

»Du brauchst keine Angst zu haben«, erwiderte Ryder, dessen Armmuskeln hervortraten, als er sich das Haar aus dem Gesicht strich. Sie starrte auf das Tribal, das sich um seinen Bizeps schlang, schwarz wie die dunkelsten Winkel des Weltraums.

Mia lief das Wasser im Mund zusammen, und sie begriff, dass sie nicht nur verängstigt war, sie war hungrig. Sie wollte Ryders Tattoo berühren, wollte das Wasser und den Schweiß auf seiner Haut schmecken. Leider machte auch der Hunger ihr Angst. Mia prustete los, um es zu überspielen. »Du denkst, ich hätte Angst vor dir? Auf keinen Fall.«

»Dann kann ich ja wohl gleich hier meine Hose ausziehen«, entgegnete Ryder, der es drauf ankommen ließ. Er legte die Finger an seine Gürtelschnalle und ihr Herz schien hochzufliegen und direkt hinter ihren Augen zu schlagen. Er legte es wirklich drauf an.

Mia senkte den Blick. Sie musste ihm die Wahrheit sagen. »Wenn man bedenkt, was ich gestern Nacht zugegeben habe, sollte es dich nicht überraschen, dass ich noch nie mit einem Jungen ein Bett geteilt habe. Ich weiß, dass so was bei dir jede Nacht vorkommt, aber bei mir nicht.«

Ryder verzog den Mund zu einem Grinsen, das in ihr den Wunsch weckte, er würde sie jede Nacht so ansehen.

»Hast du noch nie irgendwas getan, womit deine Mutter nicht einverstanden war?«, fragte er und trat näher.

»Doch, klar«, erwiderte sie. Sie verstand nicht, wie ein Gespräch über ihre *Mutter* sie beruhigen sollte.

»Dann erzähl es mir.« Er stand vor ihr, sein Bauch auf ihrer Augenhöhe.

Sie starrte auf Ryder Brooks' Bauchnabel, seine wie gemeißelten Muskeln. Wie kam es, dass sie noch nicht gestorben war?

Mia durchforstete ihr Gehirn. Würde ihre Mom wirklich ausflippen, wenn sie wüsste, dass sie sich ein Bett mit

Ryder teilte, oder wenn sie wüsste, dass ihre Gefühle für ihn dadurch nur umso stärker werden würden?

»Vielleicht sollte ich raten«, meinte Ryder, dessen Bauchmuskeln sich beim Sprechen bewegten. »Du bist schon mal auf einem mechanischen Bullen geritten oder hast mit der Zunge einen Knoten in einen Kirschstiel gemacht.«

Mia wusste, dass er einen auf Besserwisser machen wollte, aber das konnte sie auch.

Sie schaute zu ihm auf, zu dem heißen, nassen Ryder Brooks mit nacktem Oberkörper, und sagte etwas, das kein Mädchen, das noch bei Verstand war, jemals sagen würde. »Und wenn ich es dir erzähle, was dann? Revanchierst du dich dann und erzählst mir eine unanständige Geschichte aus dem Ferienlager?«

Ryder brach in Gelächter aus. »Ich bin aus dem Ferienlager rausgeschmissen worden.« Er zog sich in Richtung Badezimmer zurück. »Keine Sorge«, fügte er hinzu und sah noch einmal zurück zu ihr, bevor er die Tür schloss. »Ich ziehe ein Hemd an.«

Ein Gedanke, mit dem ihre Mutter definitiv nicht einverstanden wäre, trübte Mias Sicht, aber sie konnte sich nicht dazu überwinden, die Worte laut auszusprechen. *Ich will gar nicht, dass du das tust.*

Mia zog sich schnell um, während Ryder im Bad war. Sie betrachtete ihr Spiegelbild. Ihr langes Sommernachthemd war eine echte Nonnenkluft.

Warum hatte sie sich keinen Schlafanzug vom Glamour-Kommando besorgt?

Sie schnaubte und versuchte, sich hinter ihren Armen zu verstecken. Es war kaum zu verbergen, dass jeder Zentimeter ihrer Haut mit Stoff bedeckt war.

Ryder kam in Jogginghosen und einem *Cherry*-T-Shirt aus dem Badezimmer.

Mia grinste und vergaß plötzlich ihr eigenes peinliches Outfit.

»Tut mir leid«, sagte er, »ich trage im Bett sonst kein Shirt. Oder überhaupt irgendwas.«

Aufregung durchflutete sie. Wie sollte sie *den* Gedanken je wieder aus dem Kopf bekommen?

Ryder betrachtete ihr Nachthemd, sagte jedoch nichts. Es war das erste Mal, dass er sie darin richtig sah. Er dachte wahrscheinlich: *Du trägst wohl normalerweise eine Burka.*

»Warum gehst du nicht ins Bad und ich kümmere mich um das Bett«, schlug er vor, den Blick immer noch auf Mias Nachthemd geheftet.

Er hasste es wahrscheinlich. Dachte, sie wirkte jetzt wie ein kleines Mädchen, sodass er vergaß, wie sie bei ihrem Date ausgesehen hatte. Sie war froh, die Badezimmertür hinter sich schließen zu können. Sie starrte in den Spiegel, während sie sich die Zähne putzte.

Sie musste sich zusammenreißen. Wenn er sie noch einmal küsste, würde sie seinen Kuss erwidern. Leute taten das ständig – aber nicht mit berühmten Jungs und definitiv nicht mit einem berühmten Jungen, der gerade einen Schlafanzug trug. Sie beruhigte ihre Atmung und verließ das Bad. Ryder hatte sich bereits auf einer Seite des Bettes ausgestreckt, die Arme hinter dem Kopf verschränkt.

»Ist diese Seite okay?«, fragte er und deutete mit dem Kinn darauf.

Mia nickte, tappte schnell durch den Raum und schlüpfte unter die Decken, bevor sie den Mut verlor. Dann drehte sie sich von Ryder weg und zog sich die Decke bis ans Kinn hoch, weil sie Angst hatte, ihn anzusehen.

Er knipste das Licht aus.

Sie lag im Bett, in der Dunkelheit, mit Ryder Brooks. Was würde er zuerst tun, sich über sie beugen und sie berühren, ihren Nacken küssen, die Lippen in ihr Haar drücken?

»Brauchst du eine Gutenachtgeschichte, um dir beim Einschlafen zu helfen?«, fragte Ryder.

»Nein, ich komme schon klar«, erwiderte Mia. Es fühlte sich an, als würde ihr Herzschlag das Bett erzittern lassen.

»Okay, dann spare ich mir das. Es geht um eine Prinzessin, die bunte Stifte liebt. Sie hat ein ganzes Königreich voller Stifte.«

Mia lachte leise und lauschte für einige Minuten ihrem eigenen Atem, ein und aus, ein und aus. Ryder hatte sich nicht bewegt. Hatte sie nicht berührt, war nicht einmal näher herangerutscht, um sie versehentlich zu berühren. Konnte sie sich umdrehen und ihn ansehen?

Sollte sie den ersten Schritt tun? Ihre Haut kribbelte bei dem Gedanken, bei dem Bedürfnis, seine Lippen noch einmal zu spüren. Ryder, der sich hinter ihr bewegte, zog sie mit jedem seiner leisen Atemzüge an wie ein Magnet. Sie sollte sich nicht wünschen, sich zu ihm umzudrehen, aber jede Zelle in ihr schrie danach, genau das zu tun.

Langsam drehte sie sich um, unsicher, was sie tun sollte, aber in dem Wissen, dass sie diese Gelegenheit nicht ungenutzt verstreichen lassen konnte. Das Bett knarrte, und Ryder bewegte sich. In der Dunkelheit hörte sie, wie in seiner Kehle ein leises Schnarchen einsetzte, zu seiner Nase hochwanderte und zu einer summenden Kreissäge wurde.

Er hatte sie gar nicht erneut küssen wollen. Er wollte schlafen. Ihre Angst war umsonst gewesen. Wie hatte sie so naiv sein können?

Mia versuchte, den stechenden Schmerz in ihrer Brust zu ignorieren, als sie sich von ihm abwandte. Sie würde in dieser Nacht wohl aus anderen Gründen nicht schlafen können.

Kapitel 10

Als Ryder erwachte, döste Mia neben ihm auf dem Klappsofa. Er schaute auf sein Telefon – sechs Uhr morgens. Sie hatten tatsächlich die ganze Nacht nebeneinander geschlafen, ohne irgendetwas anzustellen?

Wie war das denn passiert?

Er war entweder wirklich müde gewesen oder hatte sich wirklich wohlgefühlt.

Noch nie hatte er mit einem Mädchen einfach so zusammen in einem Bett geschlafen. Noch nie hatte er eine ganze Nacht lang neben einem Mädchen geschlafen. Groupies wollten immer bleiben, aber das war definitiv nicht Ryders Stil. Wenn es um Mädchen ging, war es einfach, sein Image als Bad Boy zu nutzen, um sie rauszuschmeißen, leichter, als eine Bindung einzugehen. Außerdem waren sie nur mit seinem Band-Ego zusammen und nicht mit ihm.

Aber mit Mia hatte er die ganze Nacht lang dagelegen und fester geschlafen als je zuvor.

Er war sich nicht sicher, was er davon halten sollte.

Er beobachtete sie, wie ihr langes schwarzes Haar auf das Kissen fiel, glänzend und wild. Ihre Schultern bewegten sich beim Atmen rhythmisch auf und ab. Ihre Decken waren zu Boden gefallen, und ihr Nachthemd hatte sich um ihre Oberschenkel gewickelt, ungefähr an der Stelle, an der ihr rotes Kleid geendet hatte. Er konnte nicht anders, er starrte sie an und spürte denselben Sog, sie zu berühren, wie er ihn in der Limousine verspürt hatte. Er zwang sich wegzusehen und deckte sie wieder zu, als er aus dem Bett stieg. Er setzte sich an den Tisch und öffnete sein Buch. Die getippten Worte langweilten ihn sofort. Er bemerkte Mias Notizbuch auf dem Tisch. Ihr Mäppchen lag darauf.

Er setzte sich gerade hin, verrenkte den Kopf, um sicherzugehen, dass sie noch schlief, und öffnete das Notizbuch. Er bewegte sich so leise, wie er es früher getan hatte, wenn er nach der Schule die Tür zu seinem Schlafzimmer geöffnet und wieder geschlossen hatte, als er noch bei seiner Mom gelebt hatte, vor den vielen Pflegefamilien. Sie hatte für gewöhnlich ohnmächtig auf dem Sofa gelegen, und es war so viel einfacher gewesen, ohne Abendessen ins Bett zu gehen, als sie zu wecken, ihr Lallen zu hören und zu beobachten, wie sie durch das Haus stolperte.

Er schlug die erste Seite auf. Er wollte Mia nicht ausspionieren. Er wollte einfach ihre Handschrift sehen – den Schwung, der darin lag und pures Glück versprühte, der so fröhlich war wie Luftballons, die auf den Linien schwebten, dick und prall. Etwas daran beruhigte ihn, besänftigte ihn. Als könne die Welt nicht so schlimm sein, wenn jemand in ihr lebte, der so schrieb.

Nachhilfenotizen füllten die ersten Seiten. Er strich mit der Hand über das Papier, spürte den Abdruck jedes Strichs ihres Stiftes, hielt sich das Buch an die Nase und atmete tief ein, versuchte festzustellen, ob sie einen dieser parfümierten Filzstifte benutzt hatte, und verspürte das Verlangen, die Leichtigkeit in seiner Brust mit dem Geruch von Blumen und Erdbeeren in Verbindung zu bringen. Während er weiter durch die Seiten blätterte, verlor er sich in ihren Worten. Weiter hinten im Notizbuch schien die Handschrift sich zu verändern. Sie wurde kleiner, beinahe versteckt zwischen den Zeilen auf dem Papier, in Spalten gekritzelt wie Poesie.

Er sah genauer hin. Es war klar, dass das hier nicht mit der gleichen Präzision wie ihre Nachhilfenotizen geschrieben war.

Hoping For Maybe
Sometimes life is the world's greatest joke.
You search for something to hold on to, it all goes
up in smoke.
The meaning you look for can make you crazy.
But you just keep looking, keep hoping for maybe.

War das ein Gedicht? Nein, Ryder kannte Mia zwar erst seit einer Woche, aber er wusste bereits, dass sie nicht die

Art Mädchen war, die gereimte Verse schrieb. Etwas in seinem Gehirn machte klick, und eine Melodie lag auf seiner Zunge, als er die Worte flüsterte. Es war ein Songtext.

Hoffen auf Vielleicht. Er wusste, wie sich das anfühlte.

Er las die Zeilen noch einmal und konnte es kaum glauben. Mia versteckte hinten in ihrem Notizbuch Songtexte und sie waren beneidenswert gut. Wenn die Jungs aus der Band mit diesen Texten zu ihm gekommen wären, hätte er nicht geglaubt, dass sie die wirklich selbst geschrieben hätten.

Er hörte im Kopf eine Melodie, eine Melodie, die er ebenso wenig ignorieren konnte, wie er die wunderschöne Mia ignorieren konnte, die immer noch in ihrem Bett schlief. Die noch schöner wurde durch die Worte, die vor ihm lagen, die aus ihrem Kopf gekommen waren, aus ihrem Herzen.

Gestern Nacht war er eingeschlafen, ohne irgendetwas mit ihr zu probieren, aber dieser Songtext verstärkte sein Verlangen noch, das er im Restaurant schon gespürt hatte. Er würde am Abend nicht neben ihr einschlafen, ohne nicht wenigstens zu versuchen, es zu stillen. Erst einmal würde er sich jedoch mit ihrem Song zufriedengeben.

Er griff nach seiner Gitarre und fing langsam an zu zupfen. Er verlor sich in den Noten, und die Musik schenkte ihm die glückliche Ruhe, die er auch empfand, wenn er Mias Handschrift sah. Er sang zuerst leise, dann lauter, laut genug, dass Mia wach wurde.

Er hatte keine Zeit, ihr Notizbuch zuzuklappen, daher

hörte er auf zu spielen, weil er nicht wusste, was er sonst tun sollte.

Sie starrte ihn eine Ewigkeit lang an. Er war ertappt worden. Natürlich, was hatte er erwartet, wenn er um sechs Uhr morgens Gitarre spielte und sang?

»Tut mir leid«, brachte er hervor und schaute auf ihr Notizbuch hinab. »Da du mir nicht erlaubt hast, dir mit einer Gutenachtgeschichte beim Einschlafen zu helfen, dachte ich, ich könnte dich mit einem Schlaflied wecken.« Er strich erneut leise über die Saiten, aber seine Hände waren feucht.

Mia sagte immer noch nichts, und wenn es keine Worte gab, musste es Musik geben. Das war Ryders Regel, seine einzige Regel. So hatte er als Kind die einsamen Stunden in seinem Zimmer ausgefüllt, so füllte er jetzt sein einsames Herz aus ... oder hatte es getan, bevor Mia gekommen war.

Er schaute auf die Notiz und sang den nächsten Vers.

Mia rieb sich die Augen, als hätte sie geträumt. Zuerst lächelte sie, aber ihr Gesichtsausdruck veränderte sich, als sie bemerkte, woher Ryder seine Worte nahm.

Sie sprang aus dem Bett, lief zum Tisch und riss ihr Notizbuch an sich. »Wie kannst du es wagen!«

»Was? Das ist wirklich gut. Ich meine, das sind Songtexte, richtig?«

»*Meine* Songtexte«, sagte Mia und drückte sich das Notizbuch an die Brust. »Meine eigenen, persönlichen Songtexte. Mein privates Notizbuch.«

»Du solltest sie mit anderen teilen. Du hast gehört, wie toll sie geklungen haben.«

Mia schien zu begreifen, was Ryder ihr sagte. Zumindest hoffte er das. So wie ihre Augen blitzten, konnte sie ihm auch eine reinhauen wollen.

»Vielleicht wenn *du* sie singst«, erwiderte sie und schaute zu Boden. Der Zorn verwandelte sich in Verlegenheit.

»Sing mit mir zusammen«, forderte Ryder sie auf, während er weiter über die Saiten strich. Er versuchte, ihr Schweigen mit Musik zu füllen, ihre Befangenheit mit seinen Tönen und Akkorden zu verscheuchen.

»Ich singe nicht vor jemand anderem«, antwortete sie. Sie stand immer noch vor ihm und spielte mit den Rüschen ihres Nachthemds wie ein kleines Mädchen, das darauf wartete, dass es die Geschenke unter dem Weihnachtsbaum öffnen durfte.

»Ich bin nicht jemand anders; ich bin Ryder«, erklärte er und spielte weiter Gitarre.

Mia seufzte, setzte sich, legte das Notizbuch hin, schlug es wieder auf der Seite auf, von der Ryder gesungen hatte.

»Ich nehme die erste Zeile, du die nächste, und bei der dritten singen wir zusammen«, sagte er. Seine Gitarre erfüllte den Raum weiter mit Musik, aber Mia hatte nicht reagiert. Sie starrte auf das Notizbuch, als könne sie nicht glauben, dass ihre Worte gleich zum Leben erwachen würden. Dass Ryder sie zum Leben erwecken wollte.

»Du stimmst ein, wenn du willst«, bemerkte er und begann zu singen.

Es waren ihre Worte, aber sie fühlten sich wie seine an, als er sie sang, vor allem unter dem Blick ihrer dunklen Augen, der auf ihm ruhte. Sie fiel in der zweiten Zeile ein und ihre Stimme war rau und voll und wunderbar. Ihre Stimme hatte Feuer. Genau wie ihre Songtexte.

Ryder versuchte sich weiter auf die Akkorde zu konzentrieren, die er spielte, aber es war schwer mit Mias Stimme um ihn herum. Sie sangen weiter und ihre Stimmen verflochten sich mit Mias Worten ineinander. Ryder vergaß, dass sie in seiner Garderobe waren, dass sie Schlafzeug trugen. Dieser Song, dieser Moment waren etwas Besonderes, aber auch etwas Vertrautes. Es war, als hätten sie schon seit Ewigkeiten miteinander gesungen.

Ryder ließ Mia die letzten Zeilen allein singen.

»Wenn ein Vielleicht alles ist, worauf du hoffst, wie sollst du da nicht aufhören, mehr zu wollen.« Sie gab dem letzten Wort ein Vibrato, das anschwoll und aus ihrer Kehle flog, ein Ton, der jedes Publikum in Applaus ausbrechen ließ.

Und Ryder applaudierte. Er klatschte, bis ihm die Hände wehtaten. »Wie kann es angehen, dass du keine Sängerin bist?«, fragte er. Bei den Worten zog sich ihm die Brust zusammen, so wahr waren sie.

»Bin ich ja, aber nur zum Spaß.« Mia zuckte mit den Schultern und spielte wieder mit den Rüschen ihres Nachthemds. »Singen ist kein Beruf.«

»Das bist nicht du, die da redet.«

Mia schaute auf ihre Füße. »Ich kann nicht meine ganze Energie in einen Traum stecken.«

»Ich glaube immer noch nicht, dass das deine Worte sind.«

»Tja, solltest du jemals das Pech haben, meine Eltern kennenzulernen, kannst du ihnen deine Meinung sagen. Nicht, dass es helfen würde.«

»Auch wenn ich ihnen nicht meine Meinung sagen kann, solltest du versuchen, ihnen deine mitzuteilen.« Ryder fragte sich, ob er ihre Eltern jemals kennenlernen würde. Es machte ihm Angst, dass er es vor sich sehen konnte – er mit Krawatte, wie er als Mias Freund, ihr *echter* Freund, ihre Hände schüttelte. Er schob den Gedanken beiseite. »Sie können dein Talent nicht ignorieren«, fuhr er fort und konzentrierte sich auf die einzige Wahrheit, mit der er sich in diesem Moment befassen konnte.

»Es ist wirklich nett von dir, das zu sagen.« Mia sah ihn durchdringend an. »Aber das macht es nicht wieder gut, dass du ohne meine Erlaubnis mein Notizbuch gelesen hast.«

Ryder hatte das irgendwie vergessen, und obwohl es sich so richtig anfühlte, war es zweifellos falsch gewesen.

Doch wie konnte er das erklären? Er konnte ihr nicht sagen, dass er einfach ihren Worten nah sein wollte, egal welchen Worten. Dass er ihr nicht nachspioniert hatte.

Er hatte es einfach vermisst zu sehen, wie sie einen Stift in der Hand hatte – hatte sich nach diesem Gefühl gesehnt.

»Mir ist das Papier ausgegangen«, log er.

Mias Lippen wurden zu einer schmalen Linie. »Heißt das, wir haben jetzt eine Offene-Notizbuch-Beziehung?«

»Ich habe keine Geheimnisse«, sagte Ryder. Er meinte es wirklich ernst, wohl weil die Medien sowieso alles wussten, oder so ziemlich alles.

»Okay«, antwortete Mia, »aber wenn ich in deinem Notizbuch deine Pläne entdecke, die anderen Bandmitglieder zu ermorden, darfst du nicht sauer werden.«

»Zunächst einmal müsstest du es in die Finger bekommen«, erwiderte er und schnappte sich sein Notizbuch, das auf dem Tisch gelegen hatte. Er stand schnell auf und steckte es sich in die Hose.

Mia bewegte sich nicht, sondern starrte nur dorthin, wo das Notizbuch gelegen hatte. Ihr Blick wanderte zu seiner Hose, als könnte sie durch seine Kleidung hindurch das Buch sehen. Sie hatte zwar keinen Röntgenblick, aber es fühlte sich an, als könne sie in diesem Moment durch ihn hindurchsehen.

»Singen macht mich immer hungrig«, bemerkte er, weil er ihrem Blick entkommen wollte. »Ich besorge uns Frühstück.«

»Hast du Angst, dass ich die Einladung annehmen könnte, mir dein Notizbuch zu holen?«, fragte Mia.

Sein Notizbuch steckte in seiner Hose – meinte sie …

Ryder brachte ein trockenes Lachen hervor, aber als er die Garderobe verließ, wurde ihm klar, dass er keine Angst davor hatte, dass sie seine Einladung annehmen würde, sondern davor, dass sie es nicht tun würde.

Kapitel 11

*M*ia fühlte sich, als könnte sie fliegen. Das war besser gewesen als jede Eins in der Schule, als jede zusätzliche Anerkennung. Ryder Brooks und sie hatten einen Song zusammen gesungen. Nicht einfach irgendeinen Song, *ihren* Song.

Er hatte einen Song verstanden, den sie geschrieben hatte, um ihr Leben besser zu verstehen. Er hatte Ryder so berührt, dass er ihn hatte singen wollen, mit ihr zusammen.

Aber neben dieser Erkenntnis erschien wie immer die Schwester des Adrenalins auf der Bildfläche, Panik. Mia fühlte sich entblößt, aber nicht so, wie sie das bei Ryder erwartet hätte.

Sie musste sein Notizbuch in die Finger bekommen. Musste irgendwie ein Gleichgewicht der Machtverhältnisse wiederherstellen. Bedauerlicherweise steckte das Heft immer noch in seiner Hose, und obwohl sie am vorigen Abend vielleicht noch den Mut aufgebracht hatte, sich im Bett zu ihm umzudrehen, kam das nicht mal ansatzweise an die benötigte Menge Mut heran, um ihm an die Wäsche zu gehen, und sei es nur, um an sein Notizbuch heranzukommen.

Warum dachte sie über Ryder Brooks' Unterwäsche nach? Sie hörte ihr Telefon irgendwo im Zimmer klingeln.

Sie hatte die Anweisung, ans Handy zu gehen, wann immer es klingelte, aber in diesem Moment wollte sie nicht. Sie wollte nicht die Mia sein, die ihre Mutter sie zu sein zwang. Sie wollte die Mia sein, die Ryder gerade entdeckt hatte.

Sie errötete, als sie begriff, dass sie die Mia sein wollte, die über Ryder Brooks' Unterwäsche nachdachte.

Sobald es aufhörte zu klingeln, schickte sie eine SMS: *Bin gerade auf dem Weg in die Dusche, rufe dich später zurück.*

Okay, das war nicht total rebellisch, aber sie wollte auch nicht, dass ihre Mutter gleich die Nationalgarde losschickte.

Sie legte ihr Telefon auf den Tisch neben ihr Notizbuch und ging zum Badezimmer, als sie ein Stück Papier auf dem Boden bemerkte.

Hatte Ryder ihr eine Nachricht hinterlassen?

Konnte dieser Tag noch besser werden?

Ihr Herz schlug einen Purzelbaum, als sie das Blatt aufhob und auseinanderfaltete, aber die Handschrift war nicht die von Ryder.

Ry, stand da. Oh nein, das war von einem Mädchen.

Vielleicht von einer echten Freundin? Sie sollte nicht weiterlesen, aber sie konnte auch nicht aufhören.

Ich weiß, dass ich im juristischen Sinne nicht länger deine Mutter bin, aber ich habe das Gefühl, dass ich zumindest für die Jahre, die ich es war, entschädigt werden sollte. Man wirft mich aus dem Haus, wenn du mir nicht hilfst. Jeder gute Sohn wäre bereit, seiner Mutter zu helfen. Kein Sohn hätte seine Mutter so im Stich gelassen, wie du es getan hast. Ich werde immer deine Mutter sein, ganz gleich, welche Lügen du erzählst. So leicht wirst du mich nicht los. Ich bin dein Blut. Bevor du so arrogant geworden bist, hat dir das noch etwas bedeutet. Du könntest mindestens das mit mir teilen, was du hast. Ich habe dich schließlich auf die Welt gebracht... Mia hörte auf zu lesen, und ihre Hände zitterten so heftig, dass das Papier beinahe riss. Sie begriff, dass er nicht das Notizbuch versteckt hatte, sondern diesen Zettel.

Es war bekannt, dass Ryders Eltern beide gestorben waren, als er noch klein gewesen war, dass er eine Waise war. Zumindest stand das in der Presse, aber dieser Brief würde nicht existieren, wenn das die Wahrheit war. Davon abgesehen las sich dieser Brief nicht wie das Schreiben einer Mutter, der die Lüge ihres Sohnes das Herz gebrochen hatte, es las sich wie der Brief einer Mutter, die pleite war. Und der es nur darum zu gehen schien, daran etwas zu ändern.

Mia hörte, wie die Tür zur Garderobe aufgeschlossen wurde, faltete hastig den Brief zusammen und warf ihn wieder auf den Boden, wo er gelegen hatte. Dann setzte sie sich, schlug die Beine übereinander und gab vor, sich mit seinem Buch zur Prüfungsvorbereitung zu beschäftigen.

»Bagels und Donuts«, sagte Ryder und schloss die Tür hinter sich. »Ich wusste nicht, was du lieber magst.«

»Donut«, sagte Mia, griff sich einen mit Puderzucker und biss hinein, damit sie nicht zu reden brauchte. Sie wusste nicht, was sie sagen sollte. Was konnte sie sagen? Was sie gefunden hatte, war eine viel größere Sache als ihre hingekritzelten Songtexte.

Das war Ryders Leben, sein echtes Leben. Das, von dem er offensichtlich nicht wollte, dass irgendjemand davon erfuhr, sie eingeschlossen.

»Geht es dir gut? Du siehst blass aus.«

»Das kommt vom Zucker«, antwortete sie und schüttelte den Puderzucker von dem Donut, sodass er wie eine Wolke in der Luft schwebte.

»M-hm«, sagte er und setzte sich an den Tisch. In dem Moment bemerkte er den Brief, der unter seinem Stuhl lag. Er wurde ebenfalls weiß wie eine Wand und dazu brauchte es keinen Puderzucker. »Du hast das gelesen?«

Mia senkte den Blick. »Ich dachte, du hättest den Zettel für mich dagelassen. Es tut mir leid, ich ...«

Er seufzte mit starrem Gesicht. »Dieser Morgen ist voller Offenbarungen, hm?«

Mia starrte auf den Tisch. Sie konnte Ryder nicht ansehen, sie hatte Angst, dass sie vielleicht anfangen würde zu weinen.

»Jetzt brauche ich dir die Wahrheit über sie wohl nicht mehr zu sagen.«

»Hattest du das vor?«

Statt zu antworten, griff Ryder nach einem Bagel. »Ich habe es noch nie jemandem erzählt. Es ist peinlich.«

»Das ist wohl die Definition von Eltern«, meinte sie.

»Zu sagen, dass jemand tot ist, weil das leichter ist, als damit klarzukommen, dass die betreffende Person lebt, ist nicht die Definition von Eltern.«

»Ich weiß«, antwortete Mia, und ihr schwirrte der Kopf. Ryder war völlig anders, als sie bei ihrer ersten Begegnung mit ihm gedacht hatte, anders, als alle dachten.

»Warum behältst du den Brief?«, fragte sie und deutete mit dem Kinn auf den Zettel.

»Vielleicht weil ich immer denke, dass ich ihn falsch verstehe, als würde eines Tages etwas anderes darin stehen, wenn ich ihn nur oft genug lese.«

»Wenn wir unsere Eltern zur Abwechslung einmal dazu bringen könnten, zu sagen und zu tun, was wir wollen, statt andersherum.«

»Deine Eltern machen zumindest den Eindruck, als wären sie um dich besorgt«, erwiderte Ryder und fuhr sich mit der Hand durchs Haar. Seine Augen waren feucht, als hätte er so viele Male wegen seiner Mom geweint, dass es zu einem pawlowschen Reflex geworden war.

Mia drehte ihr Handy um, sodass das Display nicht zu sehen war. Ja, sie waren um Mia besorgt – zu sehr.

»Sie sind um meine akademische Zukunft besorgt«, gab Mia zu. »Aber was mich selbst angeht, bin ich nicht so sicher.«

»Ich glaube kaum, dass du tauschen wollen würdest«, meinte Ryder und schaute weg.

»Wahrscheinlich nicht«, räumte Mia ein.

Ryder lehnte sich zurück und verschränkte die Arme vor der Brust. »Tja, jetzt hast du etwas gegen mich in der Hand. Dieser Brief ist ein Beweis für die einzige Sache in meinem Leben, von der die Medien nichts wissen.«

»Ich werde es niemandem erzählen. Du kannst mir vertrauen, wie ich es dir bei unserer ersten Begegnung versprochen habe.«

Sie hatte es an dem Tag ernst gemeint, weil sie immer ein vertrauenswürdiger Mensch gewesen war. Jetzt meinte sie es ernst, weil sie dieser Mensch für Ryder sein wollte.

»Ich weiß zu schätzen, dass du das sagst, und mir ist klar, dass du das ernst meinst, aber ich habe irgendwie gelernt, dass ich Worten nicht wirklich trauen kann.«

Mia beugte sich vor und nahm Ryders Hand in ihre. »Was ist mit einer Berührung?« Sie konnte nicht glauben, was sie tat, und gleichzeitig konnte sie nicht glauben, wie perfekt es sich anfühlte, als wären ihre und seine Hände in all den Jahren nur gewachsen und gepflegt worden, um einander zu finden. Sie versuchte, sich einzureden, dass sie seine Hand nur nahm, damit er ihr glaubte, aber sie bemerkte dennoch, wie ihre Herzen im selben Rhythmus schlugen.

Er schaute auf ihre Hände, dann wieder zu ihr auf.

Sie sagte sich, dass sie seine Hände weiter festhielt, damit er ihr Versprechen akzeptierte, aber sie spürte auch, dass ihre Köpfe sich immer näher kamen. Vielleicht würden sie sich gleich küssen, *wirklich küssen,* und sofort schoss ihr Adrenalin durch die Adern, flutete Hitze ihren Unterleib, aber sie hatte sich noch nicht einmal die Zähne geputzt. Der Brief hatte sie aufgehalten. Nein, das hier durfte nicht ihr erster Kuss sein, ihr erster gemeinsamer Kuss.

»Wir sollten lernen«, sagte sie und zog die Hand schnell zurück. Versuchte zu glauben, dass sie hatte loslassen wollen.

Kapitel 12

*R*yder hasste die Proben normalerweise, aber mit Mia im Publikum, bekleidet mit ihrem *S2J*-T-Shirt, fühlte es sich anders an. Er hatte ihr sogar gesagt, dass sie es anziehen sollte. Hatte er sich wirklich über Nacht in einen solchen Trottel verwandelt?

Aber er wusste, dass es nicht über Nacht geschehen war. Es war an diesem Morgen geschehen, als er gesehen hatte, wer Mia wirklich war, als sie gesehen hatte, wer er wirklich war, als sie sein größtes Geheimnis erfahren hatte und keiner von beiden weggeschaut hatte.

»Von vorne«, sagte Moses, ihr Choreograf, der sie wie immer sklavisch antrieb.

Sie hatten diese Tänze und Songs immer wieder geübt. Sie sangen sie fast jeden Abend in der gleichen Reihenfolge. Ryder fragte sich immer, warum sie weiter üben mussten. Waren ihre Konzerte nicht Übung genug?

Außerdem konnte man sie wegen der kreischenden Mädchen im Publikum ohnehin kaum hören.

Sie spielten Instrumente, aber für gewöhnlich nicht auf

der Bühne. Die Bühne war fürs Tanzen da. Wie LJ immer sagte: »Wenn ihr Geld verdienen wollt, müsst ihr mit eurem Hintern wackeln.«

Wirklich, das sagte er.

Wenn man bedachte, dass ihre Shows binnen einer Stunde ausverkauft waren, sobald die Tickets zum Verkauf angeboten wurden, hatte er bisher recht gehabt.

Sosehr Ryder sich darüber beklagte, dass er ein Mitglied von *Seconds to Juliet* war, waren die Auftritte das Einzige, was er daran liebte. Der Jubel, der aufbrandete, sobald die Lichter gedimmt wurden, sodass seine Zähne vibrierten. Das Gefühl, dass absolut alles möglich war. Es gab keinen größeren Rausch, als live zu singen.

Die Proben dagegen ...

Moses überwachte und korrigierte sie, während sie *Rock You* tanzten und sangen, aber Ryder achtete nicht auf Moses. Er konnte nicht aufhören, Mia zu betrachten, sodass er mit Miles zusammenstieß.

»Vorsicht, Romeo«, flüsterte Miles mit einem Lächeln.

Wenn Mia nicht dort gesessen hätte, er hätte ihm vielleicht einen Stoß versetzt, aber sie saß dort, und um ihretwillen wollte er nicht die Art von Typ sein, der Miles schubsen würde.

LJ saß neben Mia in der vordersten Reihe und redete leise mit ihr. Er kannte sie wahrscheinlich seit Jahren, hatte sie aufwachsen sehen, aber er hatte offensichtlich keine Ahnung von ihrem Talent. Andernfalls hätte er sie inzwischen unter Vertrag genommen. LJ liebte das Geld viel zu sehr, als dass er einen Diamanten, der ihm jahrelang vor der Nase gebaumelt hatte, nicht versuchen würde zu verkaufen.

Die Mädchen von *Cherry* saßen auf der anderen Seite der Reihe, ihre blonden Köpfe geneigt, während sie zusahen, wie die Jungen sangen und tanzten. Eine von ihnen war Miles' Exfreundin, die andere war ein total scharfer Lolitatyp. Oder sie wäre es gewesen, wenn Ryder den Blick von Mia hätte abwenden können, aber verdammt ... er konnte es wirklich nicht.

Mia musste das bemerkt haben, denn sie warf ihm eine Kusshand zu und winkte. Vielleicht spielte sie nur, aber alles, was in ihm vorging, war echt.

Er stolperte erneut, diesmal gegen Will. Der ächzte nur, oder zählte er? Er zählte *immer noch* seine Schritte? Sie tanzten jetzt seit fast zwei Jahren zusammen. Vielleicht war das der Grund, warum er nie redete. Er war zu sehr damit beschäftigt, seine verdammten Schritte zu zählen.

»Bleib bei der Sache, Ryder«, murmelte Trevin leise.

Ryder versuchte es, aber er war nie wirklich bei der Sache, und unter dem Blick aus Mias dunklen Augen war er es erst recht nicht.

Die Musik brach ab und Ryder atmete tief durch. Gleichzeitig zu tanzen und zu singen war hart und ermüdend. So ähnlich mussten sich Männer gefühlt haben, wenn sie beim Militär marschieren mussten. Vermutlich waren die Jungs von *Seconds to Juliet* eine Art Soldaten, bei der Genauigkeit, mit der sie sangen. Jede Bewegung, jeder Blick musste sitzen.

Ein Jammer, dass sie für nichts anderes kämpften als für die Vorherrschaft im Downloadbereich.

»Okay!« Moses klatschte in die Hände. »Wir müssen *WET* üben. Es steht heute Abend auf dem Programm, also müssen eure Schritte perfekt sein.«

Scheiße, er hasste diesen gottverdammten Song.

Will hatte ihn geschrieben, aber Lester hatte die brillante Idee gehabt, sie auf der Bühne so herumtanzen zu lassen, als wären sie diese Frau aus dem Film *Flashdance*. Wenigstens spielten sie den Song nur an bestimmten Abenden. LJ dachte, die Fans würden eher Karten für mehrere Shows kaufen, wenn sie nicht wussten, wann *S2J* in nassen T-Shirts auf der Bühne stand.

»Noch mal danke, dass du mir mein Leben derart versaut hast, Will.« Ryder seufzte.

»Hm?«, fragte Will, die Augen voller Verwirrung anstelle des sonstigen ewigen Blicks zu Boden.

»Dass du den verfluchten Song geschrieben hast, zu dem wir herumtanzen müssen, als wären wir Stripper.«

»Oh«, antwortete Will und fasste sich an die Stirn. Mit jedem Tag auf dieser neuen Tour schien Will ein bisschen mehr den Anschluss zu verlieren. Aber ganz ehrlich, Ryder konnte ihm keinen Vorwurf daraus machen.

»Ich dachte, du magst Stripperinnen?«, flüsterte Miles, leise genug, dass Mia es nicht hören konnte.

»Nur wenn ich sie brauche«, entgegnete Ryder.

»Im Moment brauchst du sie wohl nicht, wenn man bedenkt, dass dein Mädchen unser neuer Nummer-eins-Fan ist«, bemerkte Miles und deutete mit dem Kopf in Mias Richtung.

»Hast du keinen BH, den du ausstopfen gehen musst, Mrs Doubtfire?« Sicher, er hatte Miles wegen Aimee zwar schon mehr als genug aufgezogen, aber wenn er anfing, sich alles gefallen zu lassen, würde Miles nicht mehr damit aufhören.

»Irgendwann fallen dir keine berühmten Briten mehr ein, mit denen du mich beschimpfen kannst. Außerdem glaube ich, dass Mrs Doubtfire aus Schottland sein sollte.«

»Mir wird immer jemand einfallen, Elton«, gab Ryder zurück und hoffte, dass er recht behielt. Bevor Mia sie begleitet hatte, hatte es ihm einen Riesenspaß gemacht, den perfekten, pingeligen Schönling von einem Briten auf die Palme zu bringen.

»*Sir* Elton bitte, und danke für den Spitznamen. Seine Durchlaucht spielt übelst gut Klavier.«

»Du hast noch einen langen Weg vor dir, bis du da hinkommst, Graf Dracula«, antwortete Ryder, der auf keinen Fall wollte, dass Miles irgendetwas als Kompliment auffasste.

»Der kommt aus Transsilvanien, du Idiot.«

»Ich weiß. Aber sein Akzent ist *fast* so nervig wie deiner.« Ryder lächelte und ließ den Kopf kreisen, während er darauf wartete, dass die Musik wieder einsetzte.

»Hat sie das Shirt da auch im Bett an, Ryder?«, fragte Miles, der offensichtlich begriff, dass Mia der Schlüssel dazu war, zur Abwechslung mal Ryder auf die Palme zu bringen.

Ryder hätte Miles sagen können, dass er verdammt noch mal die Klappe halten solle, aber dann hätte Miles gewusst, dass er ihn höllisch nervte, und Ryder war ein Meister darin, seine Gefühle zu verbergen. Das war so ziemlich das Einzige, was seine Mutter ihn jemals gelehrt hatte.

Lass die Leute nie zu tief blicken, sonst wirst du verletzt.

»Nein«, sagte Ryder, »sie hat gar nichts an.« Er schaute zu Mia hinüber und fühlte sich schrecklich wegen dieser Lüge, obwohl ihn der Gedanke daran gleichzeitig erregte und er sich sehnlichst wünschte, es wäre wahr.

»Du wirst rot«, sagte Miles.

»Vor Ärger«, zischte Ryder zurück.

»Hey, Kilo, reden wir, oder tanzen wir?«, fragte Trevin und bedachte Miles mit seinem alten Spitznamen.

»Wir tanzen«, sagte Nathan mit einem unschuldigen Lächeln.

Will zählte immer noch Schritte.

»Haben wir jetzt alle süßen kleinen Spitznamen durch?«, fragte Ryder, als die Musik zu *Woman Every Time* einsetzte. Diesen Song hasste Ryder wirklich, aber wenn er ihn sang und dabei Mia ansah, verstand er, warum ihre Fans ihn mochten. Er verstand, warum Will den Song geschrieben hatte. Er wünschte sich nichts mehr, als einen Song zu singen, den er für Mia geschrieben hatte – ihn für sie zu singen, vor allen Leuten auf der ganzen Welt.

Aber das war nicht das, was ein unechter Freund für seine unechte Freundin tat. Und mehr sollte sie auch nicht für ihn sein, ganz gleich, wie vertraut sie an diesem Morgen gewesen waren. So viel, wie er lernte, sollte er sich das eigentlich merken können.

Kapitel 13

Nach der Show wartete Mia, nur mit ihrem *S2J*-T-Shirt bekleidet, im Bett auf Ryder. Ihr Nachthemd war tief unten in ihrem Koffer versteckt. Sie hatte beschlossen, Ryder Brooks an diesem Abend richtig zu küssen, und sie hatte außerdem beschlossen, dass sie dabei nicht wie ein Loser aussehen würde.

Sie hatte ihn schon an diesem Morgen küssen wollen. *Himmel,* eigentlich hatte sie ihn schon den ganzen Tag küssen wollen, und ihr wurde warm bei der Erkenntnis, dass sie dieses Wort ohne Furcht benutzt hatte. Als sie während des Konzerts beobachtete, wie seine Lippen sich bewegten, hatte sie sich die ganze Zeit lang diese Lippen auf ihren vorgestellt. Sie sah seine Hände, die das Mikrofon hielten, und stellte sich vor, sie hielten ihr Gesicht, seine Arme wären fest um ihre Taille geschlungen.

Sie war bereit, sich von Ryder zeigen zu lassen, was so toll am Küssen war, und nach der kleinen Vorschau, die er ihr gewährt hatte, war sie sich ziemlich sicher, dass er seine Sache sehr gut machen würde.

Sie war fest davon überzeugt.

Mia kämpfte gegen das Hämmern ihres Herzens, das sie in Richtung Bad huschen ließ, als Ryder die Tür zur Garderobe öffnete. Er hatte ein Handtuch dabei und rubbelte sich das Haar trocken.

Dass er klatschnass herumgetanzt war, die feuchten Klamotten eng am Körper, trug ebenfalls nicht dazu bei, Mia von ihrer Entscheidung abzubringen, sich seiner Lippen zu bemächtigen.

»Ich fühle mich wie eine ertrunkene Ratte«, bemerkte er und schloss die Tür hinter sich, ohne auch nur in ihre Richtung zu sehen. Er ahnte nicht einmal, dass es etwas gab, das er unbedingt sehen wollen würde.

»Du siehst nicht wie eine ertrunkene Ratte aus«, antwortete Mia und drückte den Rücken durch, damit er sehen konnte, dass sie nur ihr T-Shirt über ihrer rosa Baumwollunterwäsche trug. Sie war dankbar, dass es lang genug war, um die Wäsche zu verbergen. Andernfalls hätte sie das hier niemals durchgezogen.

»Na ja.« Er schnalzte mit der Zunge und erkannte offensichtlich ihre Absicht. »Du siehst *ganz sicher* nicht so aus.«

»Mein Nachthemd ist in der Wäsche«, würgte sie mit trockenem Mund ihre vorbereitete Lüge hervor.

Als würde es Ryder scheren, warum sie im Bett ein T-Shirt und Unterwäsche trug, aber um ihrer geistigen Gesundheit willen musste sie das sagen. Um den *OMG-er-denkt-wahrscheinlich-dass-ich-bloß-eins-dieser-nutti-*

gen-Groupies-bin-Gedanken auszublenden, musste sie ihn davon überzeugen.

Obwohl sie kein nuttiges Groupie war, konnte sie nicht leugnen, dass sie mit Ryder all das tun wollte, was diese Mädchen wahrscheinlich auch wollten.

»Das ist dann heute wohl mein Glückstag«, bemerkte er, zog sein nasses T-Shirt aus und warf es neben sich auf den Boden. Sie konnte kaum fassen, wie die Muskeln seiner Brust aussahen, die Wölbung seines Bauchs, wie seine Brustwarzen aussahen. Wie konnten Frauen mit Männern zusammenleben und trotzdem in der Lage sein, mehr zu tun, als sie nur anzustarren?

Natürlich sahen nicht alle Männer wie Ryder Brooks aus. Sie konnte nicht anders, als ihn mit Blicken zu verschlingen: die zu langen dunkelblonden Haare, die sich stets verändernden haselnussbraunen Augen, sein wie gemeißeltes, aber seltsamerweise schönes Gesicht und dieser Körper. Der Körper, von dem sie dank ihres Biounterrichts wusste, was jede einzelne Zelle darin tat, dessen Äußeres ihr jedoch ein Rätsel war. Sie würde ihn anfassen müssen, um seine Geheimnisse aufzudecken, und sie war bereit dazu. Mehr als je zuvor wusste sie, dass sie bereit war.

Sie war froh, dass sie für ihren ersten Kuss auf ihn gewartet hatte.

Er ging auf das Bett zu. »Du bist wohl nicht so angezogen, um zu lernen.«

Mia schüttelte den Kopf. Ausnahmsweise wurde ihr

Verstand einmal nicht gebraucht; hier ging es nur um ihren Körper und um seinen.

Gott, dieser Körper.

Er setzte sich neben sie aufs Bett. »Ich sollte wohl meine Jeans wechseln«, sagte er, ohne den Blick von ihren Augen abzuwenden. Sie brauchte nicht auszusprechen, was sie wollte – er war ihr so nah, dass klar war, dass er es wusste.

»Ich kriege vielleicht Bammel, wenn du das tust«, gestand sie. Warum hatte sie den nicht bereits?

Weil sie es leid war, nervös zu sein, leid, Angst zu haben, leid, nicht zu tun, was sie tun wollte.

»Du kannst Bammel kriegen?«, lachte Ryder. »Du bist so willensstark wie ein Pferd.«

»Bei vielen Sachen, ja«, sagte Mia und schaute ihm in die Augen. Sie waren bernsteinfarben, jetzt gerade mit einem grünen Schimmer. Sie glänzten, als würden sie von einem Scheinwerfer angestrahlt, um seine Augen besonders hervorzuheben.

Er berührte sie mit einer Hand am Kinn und hob es zu seinen Lippen an. Allein diese kleine Berührung machte es ihr schwer zu atmen. Sie fühlte den Puls in ihrem Hals hochschnellen und ihre Herzfrequenz entsprach dem Maß ihrer Erregung wie nie zuvor in ihrem Leben.

»Das wollte ich schon seit unserem Date in St. Louis tun«, flüsterte er.

»Ich wollte es tun, seit ich dein Poster an meine Wand geklebt habe«, brachte Mia heraus.

Ryder hielt noch immer ihr Kinn. Er rückte näher heran, sodass sie seinen Atem auf der Wange spürte. Sie wusste nicht, was sie mit ihren Händen machen sollte. Sie klebten ihr steif an den Seiten, als wäre sie gelähmt.

»Du wirst mich aber nicht nur deshalb küssen, weil ich Ryder Brooks bin, oder?«, fragte er mit einem Lächeln.

»Nein«, bestätigte Mia, der die Worte jetzt leichter über die Lippen kamen. Sie legte ihm die Arme um die Taille. Seine Haut war so warm und seine Jeans waren klamm. Sie spürte, wie die Muskeln in seiner Taille unter ihrer Berührung nachgaben. »Als ich dich kennengelernt habe, habe ich dich irgendwie gehasst, und küssen war nicht das Wort mit K, das mir dabei eingefallen ist.«

»König?«

Mia lachte, und kleine Hitzewellen pulsierten in ihrem Bauch, als Ryders Lippen langsam näher kamen. »Du benutzt wirklich das Vokabular aus deinem Wörterverzeichnis.«

»Karteikarten«, scherzte Ryder.

»Aber jetzt«, erklärte Mia, die Hände fest um Ryders nackten Rücken gefaltet, »will ich dich anders küssen. Nicht weil du Ryder Brooks bist, sondern weil du du bist.«

»Das ist auch der Grund, warum ich dich küssen will.« Seine Lippen streiften zuerst ihre Nase, dann beide Wangen und sandten Schauder über Mias Haut.

Mia schloss die Augen und schürzte die Lippen, schürzte sie so angestrengt, dass sie dachte, ihr Gesicht würde vielleicht zerspringen.

Sie hörte Ryder ein Kichern unterdrücken.

Mia riss die Augen auf. »Was?« Ihr Inneres gefror zu Eis. Sie wäre am liebsten unter das Bett gekrochen.

Ryder strich ihr mit dem Finger über die Wange. Dann schob er seine andere Hand an ihrem Arm hoch und zog sie näher heran. »Erlaube mir, zur Abwechslung dir etwas beizubringen.«

Mia schluckte; sie hatte Angst, dass das alles vielleicht zu Staub zerfallen würde, wenn sie etwas sagte.

Ryder öffnete leicht den Mund und schob ihn langsam an ihren heran, verharrte, während sein Atem über ihr Gesicht strich. »Nicht die Lippen schürzen. Tu einfach, was ich tue, was zu tun ich kaum erwarten kann.«

Er drückte ihre Lippen ein wenig auf, schob die Zunge dazwischen und ließ sie über ihre wandern, bis er in ihrem Mund war und gegen ihre Zunge strich. Zunge! Sie hatte gewusst, dass Menschen sich so küssten, hatte aber den Grund dafür nie verstanden. Zungen waren zum Schmecken da, zum Reden. Aber jetzt wusste sie, dass sie in Wirklichkeit für das hier da waren.

Ihre Lippen aufeinander, das legte bei Mia einen Schalter um. Sie wusste plötzlich genau, was sie tun musste. Ihre Hände lagen auf seiner breiten Brust und strichen über seinen Bauch und seine harten Muskeln. Seine Hände waren in ihrem Haar, das sich an ihre Kurven anschmiegte. Seine Zunge tanzte mit ihrer; sein Mund war warm und fest und perfekt.

»Wow«, brachte sie heraus, als sie auftauchten, um Luft zu holen.

»Das ist allerdings ein Wort, dessen Definition ich kenne«, erwiderte Ryder mit belegter Stimme.

Mia atmete immer noch schwer und die Hitze in ihrem Gesicht machte sie schwindlig. »Wie sollen wir das toppen?«

»Das brauchen wir gar nicht«, entgegnete er und hielt sie im Arm. »Wir werden es einfach bei ›*Wow*‹ belassen.«

»Bedeutet das, dass es okay ist, wenn wir uns nur küssen?«, fragte sie. »Ich weiß, du bist erfahrener als ich ...«

Ryder legte ihr einen Finger auf die Lippen. »Es ist mehr als okay.«

»Es tut mir leid, ich ...«, begann Mia, weil sie eigentlich deutlich mehr tun wollte, als Ryder zu küssen. Sie hatte jedoch Angst, dass sie nie in der Lage wäre, sich zu bremsen, wenn sie damit nicht herausplatzte. Und sie musste sich bremsen. Was zwischen ihnen geschah, fühlte sich real an, aber selbst wenn es das war, würde sie trotzdem nur noch zweieinhalb weitere Wochen Teil seines Lebens sein.

»Entschuldige dich nicht. Wage es niemals, dich dafür zu entschuldigen, wer du bist.«

»Ich habe nicht das Gefühl, das ich das tun muss, wenn wir zusammen sind.«

»Das liegt daran, dass du nie mehr für mich zu sein brauchst, als du bist«, erklärte er und stürzte sich erneut auf ihre Lippen.

Noch nie hatte jemand so etwas zu ihr gesagt. Sie hatte immer mehr sein müssen, mehr tun müssen, aber in Ryders Armen glaubte sie es.

Kapitel 14

*R*yder und Mia waren in der Garderobe. Mia hielt eine seiner kleineren Akustikgitarren in der Hand, während Ryder hinter ihr stand und ihre Finger und Hände führte. Sein Telefon hatte er auf Aufnahme gestellt, damit Mia diese später zum Üben benutzen konnte.

Nach dem, was er bereits gehört hatte, würde sie es brauchen.

»Das hier ist echt viel schwerer, als es aussieht«, bemerkte Mia und sah zu ihm auf.

»Man muss es oft genug wiederholen, das ist wie beim Lernen«, erklärte er und küsste ihren Hinterkopf. Ihr Haar roch nach Schlaf.

Keiner von beiden hatte schon geduscht. Mia hatte ihn eine halbe Stunde zuvor mit dem schlimmsten Sound geweckt, den er jemals von einer seiner Gitarren gehört hatte. Ein wenig so, als hätte sie die Noten ermordet, statt sie zu spielen.

»Du bringst mir entweder bei, wie man dieses Ding

spielt«, hatte sie gesagt, »oder das Morgenkonzert geht weiter.«

Ryder berührte sie am Rücken, damit sie sich aufrecht hinsetzte. »Du darfst dich nicht über die Gitarre beugen, während du spielst, sonst dämpft das den Klang.«

»In meinem Fall wäre das vielleicht gar nicht so schlecht«, schnaubte sie.

Es war seltsam zu sehen, dass sie irgendetwas nicht konnte, weil sie in vielem so wahnsinnig gut war. Irgendwie war es auch schön, denn es bewies ihm, dass sie nicht perfekt war.

»Lass uns e-Moll versuchen. Das ist der einfachste Griff und der erste, den du lernen solltest«, sagte er und schob ihren Zeige- und Mittelfinger in Position. »Moll ist wie ein Geschmack aus Klang«, fügte er hinzu.

»Ich glaube, ich verstehe gerade, wie es dir ging, als ich über Parasitismus doziert habe«, meinte Mia, die vor lauter Konzentration die Zunge herausstreckte, während sie ihre Finger in den Griff zwang.

Ryder hatte immer gewusst, dass Musik ganz ähnlich war wie Sprache, dass die Griffe wie Zeichensprache waren. Wenn die Hände nicht in den richtigen Positionen waren, sagte man etwas ganz anderes, als gemeint war. »Wenn ich das überlebt habe, schaffst du das hier auch«, scherzte er.

Er konnte kaum glauben, dass er es in der vergangenen Nacht geschafft hatte, sie nur zu küssen und sich ihren Wünschen zu fügen. So wie er jetzt hinter ihr stand, ihre Schulter berührte und ihren Arm zum Anschlagen der Saiten hob – wollte er mehr von Mia.

Er legte seine Finger auf ihre und schob sie leicht nach oben. »Du darfst es nicht zu angestrengt versuchen«, riet er ihr. »Beim Musikmachen dreht sich alles um Gefühle.«

»Ich fühle gerade nur, dass ich schlecht bin«, antwortete sie und stieß einen tiefen Seufzer aus.

»Du bist diejenige, die eine Unterrichtsstunde wollte.«

»Ich hatte keine Ahnung, dass ich erheblich mehr brauchen würde als eine.«

»Versuch mal, die Augen zu schließen«, sagte er. »Dann bist du nicht mehr so befangen.«

»Wenn du dabei hinter mir stehen bleibst, glaube ich das kaum, aber okay.« Sie folgte seinen Anweisungen und ihre langen schwarzen Wimpern senkten sich auf ihre Wangen.

In dem Moment konnte er nicht anders, als sich vorzustellen, wie sie am Abend zuvor ihre Augen geschlossen und er sie geküsst hatte. Sie hatten sich vollkommen ergeben, es war wie ein Vakuum gewesen, in dem nichts anderes zählte als dieser Kuss.

Sie hatten sich lange geküsst, als sie da auf dem Bett saßen. Länger als er normalerweise ein Mädchen küssen würde, ganz bestimmt länger, als er üblicherweise noch aufrecht sitzen blieb. Aber mit Mia war das Vorspiel das einzige Spiel geblieben. Obwohl er mehr gewollt hatte, immer noch wollte, begriff er, dass sie noch nicht so weit war.

Nicht wegen ihm, sondern weil sie noch nicht so weit war, mit irgendjemandem so zusammen zu sein, wie er es sonst mit anderen Mädchen gewohnt war.

Er musste es langsam mit ihr angehen, aber ihm war klar, dass er es extrem genießen würde.

»Schlag ein bisschen sanfter an. Es ist eine Gitarre, nicht irgendein Mädchen im Laden, das versucht, dir das letzte Paar Jeans vor der Nase wegzuschnappen.«

»Jetzt wird mir klar, wo die ganzen großartigen Ideen für deine Songs herkommen. Das ist eine super Metapher.« Obwohl das als Witz gemeint war, spürte er, dass sie sich unwohl fühlte. So seltsam es für ihn auch war, sie dabei zu beobachten, etwas nicht gut zu können – für sie selbst musste es ein noch nie da gewesener Fall sein.

Mia hatte eine unglaubliche Stimme, aber ihr Versuch mit der Gitarre klang, als ob Zombie-Katzen erwürgt würden. Nicht jeder schaffte es, ein Singer-Songwriter zu werden, aber Mia sollte es schaffen. Musste es schaffen. Um ihr musikalisches Potenzial auszuschöpfen, musste sie lernen, Gitarre zu spielen, selbst wenn er daran zugrunde ging.

Wenn sie ihn dazu brachte, einen rosafarbenen Textmarker mit Kaugummiduft zu benutzen, und ihm erklären konnte, wie Wahrnehmung funktionierte, sollte er ihr doch zumindest ein paar Griffe auf der Gitarre beibringen können.

Oder einen professionellen Gitarrenlehrer anheuern.

»Versuchen wir es doch mal mit Singen«, sagte er, weil

er wusste, dass es sie entspannen würde. »Ich begleite uns, und während ich spiele, sage ich dir, welcher Griff das gerade ist.«

»Wie bei *The Sound Of Music?*«

Ryders Mund zuckte. Er kam immer noch nicht darüber hinweg, wie unschuldig sie war. »Richtig«, erwiderte er, »aber vielleicht etwas, das ein wenig cooler ist als *Do-Re-Mi*. Wir nehmen das hier schließlich auf.«

Mia lachte. »Okay, du willst nicht, dass ich dich damit später erpresse.«

Er wusste, dass es ein Witz war, aber bei dem Wort *Erpressen* kribbelte seine Haut.

»Was ist dein Lieblingssong, der nicht von uns ist?«, wechselte Ryder das Thema.

»*I Will* von den Beatles«, antwortete sie.

»Das ist auch einer meiner Lieblingssongs«, sagte er und freute sich riesig, dass sie vielleicht wirklich den gleichen Musikgeschmack hatten – abgesehen von Mias Vorliebe für *S2J*. Gleichzeitig fragte er sich, ob sie diesen Song nur genannt hatte, weil sie irgendwo gelesen hatte, dass er ihn mochte.

Er hasste es, solche Überlegungen anzustellen, aber seine Gedanken wanderten von ganz allein in diese Richtung.

Genau da lauerte auch *Erpressen*. Verdammt, seine Mutter hatte ihm übel mitgespielt, als ihm bewusst gewesen war.

Aber vielleicht schützte er sich nur. Auch wenn ihre

Gefühle füreinander aufrichtig schienen – konnte er sich sicher sein, dass ihre es auch wirklich waren? Vor allem, da sie immer noch so taten, als ob, wenn sie nicht allein waren.

Er griff nach einer Gitarre. »Okay, wir fangen mit G und e-Moll an.« Er spielte das Intro und zeigte ihr die richtigen Positionen für die Finger.

Mia zwang ihre Hände an die richtigen Stellen und fing an zu singen: *Who knows how long I've loved you ...*

Ihre Stimme haute ihn um. Glücklicherweise hatte sie wieder die Augen geschlossen, denn wenn sie sein Gesicht gesehen hätte – die Verehrung, die Ehrfurcht darin –, er hätte nie wieder der Bad Boy sein können. Er war froh, dass er nicht zu singen brauchte, sondern einfach nur zuhören konnte.

Mia hatte sich so sehr in ihrem Gesang verloren, dass sie aufgehört hatte, Gitarre zu spielen. Er spielte weiter und ließ ihre Stimme sich entfalten.

Er stellte sie sich auf der Bühne vor. Er konnte sie förmlich vor sich sehen. Sie stand in einem eleganten Theater mit roten Vorhängen und trug ein eng anliegendes schwarzes Kleid – ein Scheinwerfer und ein Mikrofon, mehr nicht. Ihre Stimme verzauberte die Zuschauer, als wären sie Schlangen.

Vielleicht brauchte sie gar nicht Gitarre spielen zu lernen. Vielleicht konnte er einfach für sie spielen.

Als der Song vorüber war, nahm Mia sein Handy, das

noch immer aufzeichnete, bevor Ryder auch nur ein Wort herausbringen konnte. Dann sang sie die ersten Zeilen von *Do-Re-Mi* mit der tiefsten und erotischsten Stimme, die er je gehört hatte. Ihre dunklen Augen waren halb geschlossen und über ihre Lippen flossen die Worte wie Sirup. Es klang plötzlich wie ein Lied aus einem Cabaret.

Sie griff nach seinem Telefon und drückte auf Pause. »Du darfst das hier behalten, falls du *mich* jemals erpressen möchtest.« Sie sah ihn verführerisch an.

Allein ihre Stimme setzte Ryders ganzen Körper in Brand. Er kochte fast über bei ihrem sinnlichen Blick. Oh, er würde die Aufzeichnung behalten, aber nicht, um sie damit zu erpressen.

Kapitel 15

*M*ia legte den Kopf an Ryders Schulter, als *The One* auf die Autobahn in Richtung Wichita fuhr. Sie war zum Tour-Arzt gegangen und hatte sich mit Reisetabletten für die Fahrt eingedeckt. Während die Jungs sich vielleicht wünschten, dass sie Ryder noch einmal vollkotzte, fühlte sie sich, als würde sie ihn am liebsten mit Glitzer bewerfen.

Ihr war bewusst, dass sie sich für die anderen Jungs nicht verstellten. Sie taten nicht so, als ob. Sie waren jetzt Ryder und Mia, und sie waren zusammen, oder zumindest würden sie das sein, bis sie keine Zeit mehr miteinander verbrachten. Bis er seinen Abschluss nachgemacht hatte und sie aus seinem Leben verschwinden musste.

Sie hasste es, darüber nachzudenken, also konzentrierte sie sich stattdessen auf den Klang seiner Gitarre.

Oder versuchte es. Trevin und Miles ballerten auf der PlayStation herum und Nathan übte auf einem elektronischen Schlagzeug.

Es mochte ein Uhr morgens sein, aber nicht im Leben von *S2J*.

Nur Will war leise, aber er saß trotzdem bei ihnen und las. Sie verstand langsam, warum Ryder den Bus so sehr hasste. Man hatte keine Privatsphäre. Sie konnte kaum glauben, dass sie tatsächlich die Kilometer zählte, bis sie wieder allein in einem Zimmer waren, obwohl der Gedanke ihr noch vor wenigen Tagen schreckliche Angst gemacht hatte.

Das wäre vielleicht immer noch so, wenn Ryder sich nicht wie der perfekte Gentleman benommen hätte. Er löste Gefühle in ihr aus, von deren Existenz sie bisher nicht einmal gewusst hatte, aber er drängte sie auch nicht weiterzugehen.

Sie war froh, dass er sich beherrschen konnte. So wie sie sich bei seinen Küssen und Berührungen fühlte – als würde sie sich erst verflüssigen und dann verdunsten –, hätte sie sich vielleicht zu mehr hinreißen lassen, als sie bereit war, einfach weil es sich so wahnsinnig gut anfühlte.

Wirklich bereit zu sein hatte wenig damit zu tun, wie man sich fühlte, wenn man mitten dabei war.

Sie fragte sich, ob ihre Mutter am Telefon etwas gemerkt hatte, als sie miteinander gesprochen hatten, dass sie zum ersten Mal richtig geküsst worden war, zum ersten Mal richtig rumgeknutscht hatte. Klang Mia anders? Sie fühlte sich anders. Ryder hatte ihr gezeigt, was die große Sache daran war, und jetzt gab es kein Zurück mehr.

Sie schaute zu ihm auf, während er Gitarre spielte.

Wahrscheinlich hätte sie selbst üben und er lernen sollen, aber sie konnte nur daran denken, ihn wieder zu küssen. Leider konnte sie ihm jetzt, während die anderen Jungs da waren, nicht näher sein, als sich an seine Schulter zu lehnen, seinen Geruch zu genießen und seinen Herzschlag zu hören.

Nicht nur weil *jedes Mädchen für immer und ewig ihren Kopf an Ryder Brooks' Schulter legen wollte,* sondern auch, weil die Reisetablette sie schläfrig machte.

Sie zwang sich, die Augen offen zu halten, und hoffte, dass sie nicht einschlief, bevor sie allein waren und sie ihn noch einmal küssen konnte.

»Wir erreichen in Kürze die Grenze nach Kansas, Jungs«, verkündete Donnie, ihr Busfahrer, über den Lautsprecher.

»Was zum Teufel ist in Kansas?«, fragte Ryder und schlug mit der Hand gegen seine Gitarre, um so den letzten Ton zu dämpfen.

»Wichita«, antwortete Miles, ohne den Blick von seinem Ballerspiel abzuwenden.

»Was zum Teufel ist in Wichita?« Sie spürte, dass Ryder den Kopf zu Nathan drehte. »Sag ja nicht ›ein Sand*wich*‹.«

Mia lachte, obwohl die Jungs stöhnten. Sie fand Ryder zum Schreien komisch. Sicher, er benahm sich irgendwie blöd, aber sie wusste besser als alle anderen, dass das nur Fassade war.

»Wenigstens findet Mia dich witzig«, bemerkte Miles.

»Er ist witzig«, brachte Mia hervor. Ihre Lider fühlten sich schwer an.

»Es ist wahrscheinlich leichter, über seine Fehler hinwegzusehen, wenn er dir gerade die Zunge in den Hals steckt.« Miles wandte den Kopf, um zu sehen, ob seine Worte den erwünschten Effekt hatten.

Trevin hielt den Blick nach wie vor auf das Spiel gerichtet.

»Halt die Klappe, Austin Powers, sonst kannst du deine Waffe da gleich in deinem Kolon suchen.«

Mia schaute zu Ryder auf. Hatte er wirklich Kolon statt Arsch gesagt? Vielleicht hatte er in Biologie doch aufgepasst. Vielleicht hatte er sie irgendwie schon die ganze Zeit über gemocht.

»Ich habe dir gesagt, dass dir die berühmten Briten ausgehen würden. Mike Meyers ist jedenfalls Kanadier.«

»Was zu deiner britischen Monarchie gehört, Shrek«, gab Ryder zurück.

»Shrek ist nicht mal ein Mensch.«

»Na schön, wäre es dir lieber, ich würde Emma Watson nehmen?«

»Na ja, da du mich bereits Harry Potter genannt hast und bestimmt irgendwann mit Ron Weasley ankommst, würde das bedeuten, dass ich in ein Liebesdreieck mit mir selbst verstrickt bin.«

»Wenn du willst, kannst du Trevin noch dazunehmen.«

»Hab dich erledigt, Kilo«, sagte Trevin, sprang auf

und vollführte einen Siegestanz. »Ich sollte dich öfter als Ablenkung benutzen, Ryder.«

»Ich helfe gern«, entgegnete Ryder, »besonders bei Miles' Ableben.«

»Rematch«, sagte Miles und klickte auf den Startknopf.

»Wohl eher Game over«, meinte Ryder.

Miles und Trevin schauten überrascht auf.

»Du auch, kleiner Drummerboy«, sagte Ryder und schnippte mit den Fingern in Nathans Richtung.

Er schaute von seinen E-Drums auf.

»Mia ist müde und sie kann bei dem ganzen Lärm garantiert nicht schlafen.«

»Aber wir sind nicht müde«, wandte Trevin ein.

»Du bist okay«, sagte Ryder zu Will, obwohl der während des Geplänkels nicht mal von seinem Buch aufgesehen hatte.

»Du machst Witze, oder?«, fragte Miles. »Das hier ist unser Bus. Sie sollte gar nicht hier sein.«

»Spiel mit deinen Kopfhörern, wenn du willst.« Ryder zuckte mit den Schultern. »Aber wenn ich auch nur einen Piep aus diesem Teil des Busses höre, während sie versucht zu schlafen, kannst du die Kopfhörer aus deinem Gehörgang pulen.«

Gehörgang! Mein Held.

Mia war kaum noch wach, als Ryder sie zu ihrer Koje brachte und ihr hineinhalf. Während sie sich hinlegte, setzte er sich auf die Bettkante.

»Reisen macht müde – es dauert eine Weile, sich daran zu gewöhnen«, bemerkte Ryder.

»Du hättest ihnen nicht zu sagen brauchen, dass sie leise sein sollen.«

»Ich wollte es aber. Es ist eine Dame an Bord; sie sollten Respekt zeigen.«

»Ich bin keine Dame.« Mia lachte, als sie sich das vorstellte. »Ich bin ein Mädchen.«

»Du bist mehr als nur ein Mädchen.« Ryder strich ihr mit der Hand über die Schulter.

Mia versuchte, sich aufzusetzen. Sie musste wissen, ob sie träumte. Hatte er das wirklich gesagt?

Dummerweise konnte sie nicht einmal den Kopf heben. Die Medizin hatte die volle Kontrolle über ihre Blutbahnen übernommen.

»Es tut mir leid, dass ich so müde bin«, murmelte sie.

»Das ist viel besser, als sich zu übergeben. Mach dir darüber keine Sorgen.«

»Aber«, sagte Mia, die kaum in der Lage war, die Augen offen zu halten, »ich wollte dich wirklich noch ein bisschen mehr küssen.«

Er beugte sich über sie und strich ihr sachte mit den Lippen über die Wange. »Dafür haben wir noch reichlich Zeit, schönes Dornröschen.«

Sie war schon am Einschlafen, aber sie hörte ihn eindeutig noch *schönes* sagen. Daran klammerte sie sich. Sie fühlte sich schön bei ihm, schön und besonders und ganz anders als das Mädchen, das sie wirklich war. Das Mädchen, über das sich die Leute in der Schule lustig machten, das alles tat, was ihre Eltern wollten, das lernte, um ihre Gefühle zu verdrängen.

Sie wünschte sich verzweifelt, wach zu bleiben, nicht nur weil Ryder bei ihr war, sondern weil mit jeder Nacht, die sie verschlief, der Tag näher rückte, an dem sie wieder dieses Mädchen sein musste.

Kapitel 16

Mias Handy hatte den ganzen Tag über verrücktgespielt. Die Presse hatte sie endlich gefunden. Die Dame in Ryder Brooks' Leben war der Welt als Mia Reyes präsentiert worden, Highschool-Schülerin, und das machte ihre vorgetäuschte Beziehung noch verwirrender.

Oder war ihre Beziehung jetzt echt?

Mia wusste nicht, was sie davon halten sollte. Die Medien behaupteten, dass Mia Ryder Brooks' echte feste Freundin sei, aber Ryder und Mia nannten es selbst noch nicht so. Die ganze Aufmerksamkeit wäre in Ordnung gewesen, wäre ihre Beziehung immer noch ein Fake gewesen, aber weil Mia nicht genau wusste, was sie eigentlich war, fühlte sie sich komisch.

Schlimmer, als sich komisch zu fühlen, war der kleine Funken Hoffnung, dass die Schlagzeilen stimmen könnten.

Sie überflogen den Schaden in Ryders Garderobe in der Intrust Bank Arena. »Ich dachte, dein Pressesprecher kümmert sich darum«, bemerkte Mia, obwohl offensichtlich war, dass ihr »Geheimnis« heraus war.

Ryder zuckte mit den Schultern. »Du hast doch gesehen, was sie sonst so über mich schreiben. Er ist kein allzu toller Pressesprecher.«

»Was ist, wenn meine Mom davon hört?«, fragte Mia, deren Haut so kalt war, dass sie dachte, sie könnte abplatzen. Das seltsame Gefühl wegen ihrer Beziehung wurde von der sehr realen Möglichkeit in den Schatten gestellt, dass sie jeden Moment auffliegen würde, weil sie alles andere als brav gewesen war.

»Willst du, dass ich sie anrufe?«, fragte Ryder.

»Nein«, zischte Mia.

»Tja, dann solltest du es wahrscheinlich selbst tun.«

Wenn Mia ihre Mom erwischte, bevor sie irgendetwas sah, irgendetwas las, könnte es vielleicht gut gehen.

Wem machte sie etwas vor? Ihre Mutter würde sie umbringen.

Sie holte tief Luft, und gerade als sie auf das kleine grüne Telefonsymbol neben der Nummer ihrer Eltern klicken wollte, beleuchtete ein eingehender Anruf den Bildschirm.

Zu spät. Sie war tot.

Ihr Herz stockte. Sie hätte ihre Mom anrufen sollen, sobald ihr Name in den Schlagzeilen aufgetaucht war, aber sie hatte zu große Angst gehabt. Erst als Ryder neben ihr gesessen und gedrängt hatte, konnte sie die Kraft aufbringen, darüber nachzudenken, sich ihrer Mutter zu stellen.

Mia nahm den Anruf an, während Ryder neben ihr auf der Couch saß und versuchte so zu tun, als würde er nicht zuhören.

»Ich will doch sehr hoffen, dass du mit diesem Jungen nur lernst«, erklärte ihre Mutter, bevor Mia auch nur Hallo sagen konnte.

»Das tun wir, Mama«, antwortete Mia und versuchte ihre Mutter mit ihrem Lieblingskosenamen abzulenken. »Du darfst nicht alles glauben, was du liest«, sagte sie, während sie sich gleichzeitig fragte, ob *sie* das tun sollte.

»M-hm«, antwortete ihre Mutter. »Wir vertrauen darauf, dass du ein braves Mädchen bist, Mia. Sollten wir dir nicht vertrauen? Wir haben dich nicht dort hingeschickt, damit du dich wie ein Flittchen benimmst.« Der Akzent ihrer Mutter wurde stärker, so wie immer, wenn sie wütend war, aber hatte sie wirklich das Recht dazu? Sie war diejenige, die Mia in Ryders Leben befördert hatte. Natürlich hatte ihre Mutter nicht wissen können, dass sie dadurch auch in seinem Zimmer und in seinen Armen landen würde.

»Ich benehme mich nicht wie ein Flittchen, Mama«, sagte Mia, deren Gesicht heiß wurde. Hätte ihre Mom die Wahrheit gekannt, würde sie das auf jeden Fall denken.

»Ich sollte dich sofort nach Hause holen.«

Mia versuchte weiterzuatmen. Sie hatte immer noch vierzehn Tage mit Ryder vor sich. Sie wollte nicht, dass ihre Mutter die Zeit auf vierzehn Minuten reduzierte.

»Frag LJ, wenn du mir nicht glaubst«, sagte Mia in

einem Tonfall, den sie noch nie zuvor bei ihrer Mutter angeschlagen hatte. Es machte ihr Angst, denn sie wusste jetzt, dass sie sich nie wieder wie der Fußabtreter behandeln lassen würde, zu dem ihre Mutter sie erzogen hatte.

Nach ihrer Zeit mit Ryder gab es wirklich kein Zurück mehr.

»Denk daran, warum du da bist«, sagte ihre Mutter. »Du musst für deine Zukunft sorgen. Du bist ein kluges Mädchen, Mia. Tu nichts, um das zu ruinieren.«

Mia sah Ryder an. Obwohl sie ihm immer noch Nachhilfeunterricht gab, tat sie erheblich mehr als das, und es *konnte* alles ruinieren. Zumindest hatte sie durch die Zeit mit ihm das eine Ziel vergessen, auf das sie angeblich ihr Leben lang hatte hinarbeiten wollen.

»Ich mache nichts Schlimmes, Mama.« Sie hatte das Gefühl, dass sie womöglich gleich anfangen würde zu weinen.

Als hätte Ryder das gespürt, nahm er ihr das Telefon aus der Hand.

»Mrs Reyes«, sagte er und hatte noch nie weniger nach Bad Boy geklungen als jetzt, »hier ist Ryder Brooks.«

Mia wollte das Telefon wieder an sich reißen, aber sie war neugierig, was Ryder sagen würde. Würde er seine Gefühle für Mia eingestehen? Ihrer Mom sagen, sie solle sie beide in Ruhe lassen und sie ihre Leben so leben lassen, wie Mia es sich immer gewünscht habe?

»Ich habe Mia dazu gedrängt, sich als meine Freundin

auszugeben. Es war meine Idee und meine Schuld und es ist nicht echt.«

Obwohl seine Worte ihr ihre Mutter vom Hals schaffen würden, fühlte Mia sich wie ein Ballon, der gerade geplatzt war.

»Sie ist nie mehr gewesen als meine Nachhilfelehrerin, und wir tun nur so, als wären wir zusammen, damit niemand von der Nachhilfe erfährt.«

Mia hatte gedacht, sie sei schon vollkommen leer, aber der Satz machte es noch schlimmer ... falls das überhaupt möglich war.

Ryder legte die Hand über den Hörer. »Sie sagt, du darfst bleiben.«

Mia wollte erleichtert sein, aber dass Ryder so einfach beiseitegewischt hatte, was immer zwischen ihnen geschehen war, erschütterte sie.

Er gab ihr das Telefon zurück. »Sei weiter ein braves Mädchen, Mia«, sagte ihre Mutter, bevor sie auflegte.

Mia schluckte, sie hatte einen Kloß im Hals. War sie wegen Ryders Worten so durcheinander, oder weil sie wirklich nicht fand, dass sie etwas Schlimmes getan hatte, egal, was ihre Mutter dachte?

»Ich belüge sie normalerweise nicht«, murmelte Mia. »Das hat sich komisch angefühlt.«

Sie fragte sich, ob Ryder sagen würde: *Ich habe gelogen, nicht du,* aber stattdessen streckte er sich, und unter dem Ärmel seines weißen T-Shirts kam sein Tattoo zum Vorschein. »Ich habe ihr gesagt, was sie hören musste, damit du bleiben darfst. Ich bin noch nicht bereit, dich gehen zu lassen.«

Es war nicht ganz das, was Mia sich erhofft hatte, aber es genügte, um ihr geplättetes Selbstwertgefühl wieder etwas aufzurichten. Ryder wollte, dass sie blieb. Er konnte sich auch eine neue Nachhilfelehrerin suchen. Es musste daran liegen, dass er auch etwas für sie empfand.

Oder?

»Ich bin daran gewöhnt«, fuhr Ryder fort. »LJ sagt uns immer, dass wir lügen sollen, wenn es um Mädchen geht. Schlecht für unser Image.«

Eine neue Welle der Verwirrung schlug über Mia zusammen. »Warum wolltest du dann, dass ich allen sage, ich sei deine Freundin?« Das konnte LJ nicht glücklich gemacht haben. Falls ihre Mom LJ doch noch anrief, würde er bestimmt sagen, dass Mia und Ryder *wirklich* eine Beziehung hatten. Dann müsste sie nach Hause fahren und wäre kein »Image-Problem« mehr.

»Ich habe ihn davon überzeugt, dass es schlimmer ist, keinen Abschluss zu haben«, erwiderte Ryder, »vor allem für die Mütter, die unseren ganzen Scheiß für ihre Töchter kaufen. Und es sollte einfach niemand herausfinden.«

Offensichtlich hatte Ryder nichts zu Ende gedacht. Nicht, dass sie ihm einen Vorwurf machen konnte – wenn sie in seiner Nähe war, schien sie auf Autopilot zu laufen, und ihr Flugplan brächte sie immer näher zusammen.

»Außerdem hasse ich, zu tun, was Lester mir sagt.«

»Du nennst ihn Lester.« Mia lächelte.

»Nur weil er es hasst«, antwortete Ryder.

Mias Telefon summte mit einer weiteren SMS von einer unbekannten Nummer, die sie um ein Interview bat. »Jeder weiß, dass wir lügen.«

»Tu einfach weiter so, als wäre es wahr, halte dich von den Medien fern, und alles wird gut.« Ryder legte ihr eine Hand aufs Knie. Das besänftigte sie. Er mochte diese Dinge zu ihrer Mutter gesagt haben, aber jetzt berührte er sie. Er sah sie mit funkelnden Augen an, und sofort durchströmte sie das Gefühl, dass sie das einzige Mädchen für ihn war, für immer.

Mias Handy klingelte erneut, eine Nummer, die sie nicht erkannte. »Ich muss mir ein neues Telefon besorgen.«

»Willkommen in meiner Welt«, entgegnete Ryder.

Es bestand kein Zweifel daran, dass auch sie jetzt darin lebte. Sie überflog die Schlagzeilen, wegen derer ihre Mutter sich endlich Gedanken darüber machte, dass sie mit Ryder Brooks durch Amerika reiste.

Sind RYDER BROOKS und MIA REYES VERLIEBT?

HAT MIA REYES RYDER BROOKS AUS DEM VERKEHR GEZOGEN?

HAT DER BAD BOY VON S2J MIT MIA REYES SEIN BAD GIRL GEFUNDEN?

Dass ihr Telefon verrücktspielte, war eine Sache, aber

dass sie echte Antworten auf diese Fragen haben wollte, war eine andere.

Sie wusste, dass sie nicht verliebt waren. Sie hatten nur rumgemacht, aber *waren* sie jetzt in einer echten Beziehung?

Sie wusste es nicht. Sie hatte noch nie eine Beziehung gehabt.

»Mach dir keine Sorgen um das Gerede«, meinte Ryder. »Ich habe den Leuten gesagt, dass du meine Freundin bist, und sie glauben es. Das ist das Einzige, was zählt.«

Mia biss sich auf die Zunge. Sie wollte fragen: *Bin ich deine Freundin?*

Sie hätte nicht darüber nachgedacht, wären da nicht die dummen Klatschblätter gewesen. Sie musste sich die Sache aus dem Kopf schlagen. Das konnte sie während der nächsten beiden Wochen schaffen. Sie konnte alles so lassen, wie es war, denn das gefiel ihr tatsächlich sehr.

Sie holte tief Luft. »Okay. Wir sollten lernen.«

»Du bist dann wohl meine Nachhilfelehrerin.« Er zwinkerte ihr zu.

»Für die nächste Stunde«, bestätigte sie, »bin ich das.«

»Ich glaube, ich könnte besser lernen, wenn mich eine Belohnung erwartet«, erwiderte er. Sein Blick sagte ihr, dass er erheblich mehr wollte, als dass sie nur seine Nachhilfelehrerin war.

Mia schaltete ihr Telefon aus. Die Welt blieb draußen, und solange nur Ryder und sie im Raum waren, war alles wieder normal.

»Du beantwortest eine Frage richtig«, flirtete sie, »und du bekommst einen Kuss. Du machst einen Fehler ...«

»Und ich bekomme trotzdem einen Kuss?«, fragte er mit einem teuflischen Lächeln.

Amüsiert zuckten ihre Lippen. »Hoffen wir mal, dass du keine Frage falsch beantwortest.«

»Mit dem vielen Küssen zwischen korrekten Antworten wird das hier bestimmt länger dauern als eine Stunde.«

»Du bist ja plötzlich sehr selbstbewusst.«

»Na ja«, meinte Ryder und beugte sich vor, »ich habe eine tolle Nachhilfelehrerin.«

Er küsste sie und sie erlaubte es. Bei seinem Kuss vergaß sie alles. Ihre Mom, LJ, die Klatschblätter und die Verwirrung verblassten. Sie spürte nur noch seine perfekten Lippen auf ihren, die sie in den tiefsten, dunkelsten, unerforschten Teilen ihres Seins mit Verlangen erfüllten.

Sie zog sich zurück und legte ihm eine Hand auf die Wange. »Du schuldest mir eine korrekte Antwort.«

Ryder sah sie verlegen an. »Ich hab wirklich gedacht, bei dem Kuss würdest du das Lernen vergessen.«

»Ich hätte dabei fast meinen eigenen Namen vergessen«, gestand sie, »aber du bedeutest mir etwas, Ryder, und wir müssen dich auf die Prüfung vorbereiten.«

»Wenn ich dich das nächste Mal küsse, sorge ich dafür, dass du auch meinen Namen vergisst.«

»Ich habe keinen großen Vergleich, aber deine Küsse sind definitiv amnesiewürdig, Roger.«

Ryder lachte. Er beobachtete sie einen Moment lang, bevor er das Buch aufschlug und die erste Frage las.

Sie hatte ihre Worte ernst gemeint. Auch wenn sie nicht wusste, ob die Schlagzeilen stimmten, sie wusste, dass er ihr etwas bedeutete.

Sie war sich ziemlich sicher, dass sie ihm ebenfalls etwas bedeutete – wie immer er nun heißen mochte.

Kapitel 17

Sie waren auf dem Weg nach Des Moines und Ryder lag in seiner Koje und dachte an Mia. Der Teil der Tournee mit ihr schien schneller vergangen zu sein als die übliche Quälerei und das machte ihm Sorgen.

Was würde er tun, wenn er die Prüfung bestanden hatte und sie weg war? Nachdem ihre Zeit vorbei war?

Er konnte auch nicht vergessen, wie er den Druck gespürt hatte, den sie wegen der Schlagzeilen gefühlt hatte. Wie gewöhnlich übertrieben die Klatschblätter alles. Mia war nicht einfach seine Freundin, laut Presse war sie die Liebe seines Lebens.

Er mochte Mia, sehr sogar, aber was da geschrieben wurde, war verrückt. Deshalb hatte er diese ganzen Dinge zu Mias Mom gesagt, nicht nur, um ihr Schwierigkeiten zu ersparen. Er war nicht in sie verliebt. Er konnte nicht in sie verliebt sein.

Es war verdammt schwer gewesen, in Mias traurige Augen zu blicken, während er das alles gesagt hatte, aber er hatte keinen anderen Weg gesehen, es besser zu machen.

Er hatte noch nie jemanden geliebt. Er hatte nie gelernt, wie das ging.

Dummerweise konnte er die Medien nicht korrigieren, weil die Lüge – egal wie sie diese auslegten – ihm immer noch als Deckmantel diente.

Die Paparazzi verstanden ohnehin nie etwas richtig. Hätten sie auch nur angefangen nach seiner Mutter zu forschen, hätten sie blitzschnell herausgefunden, dass er die ganze Zeit gelogen hatte. In dem Fall war er froh, dass sie einfach zur nächsten Story übergingen, aber bei Mia wünschte er, sie würden sie in Ruhe lassen.

Die Dinge zwischen ihm und Mia fühlten sich so richtig an, dass es unfair war, sich durch die Medien irgendetwas vermiesen zu lassen.

Ryder hatte vermutet, dass wegen der Neuigkeiten über Mia nicht mehr so viele Mädchen seinen Namen schreien würden, aber er hatte falschgelegen. Es hatte sich nichts verändert, als er auf der Bühne stand: Die Fans waren immer noch da, die Lichter blitzten, der Beat dröhnte, Euphorie erfasste ihn während der Show, und die Jungs tanzten und sangen an seiner Seite, wie sie es schon so viele Male getan hatten. Nur ging ihm jetzt Mia nicht mehr aus dem Kopf.

Und er wusste nicht, wie er seine Gefühle einordnen sollte.

Stunden später dachte er immer noch an sie. Es war sinnlos, weiter einschlafen zu wollen.

Er kletterte aus seiner Koje und ging den beleuchteten Gang des Busses entlang, um sich einen Schluck Wasser zu holen. Als er die Bordküche erreichte, sah er Mia im Licht des offenen Kühlschranks stehen.

Sie trug eine Jogginghose und ein Tanktop und hatte sich die Haare aufgesteckt, sodass ihre schmalen Schultern und ihr Hals zu sehen waren. Ihr Nachthemd war seit Tagen in der Wäsche.

»Ich dachte, du hättest im Bett normalerweise nichts an?«, fragte sie und starrte auf seine Jogginghose.

»Du hast ein gutes Gedächtnis«, antwortete er, »aber wenn ich im Bus nackt herumlaufe, wären die Jungs wahrscheinlich eifersüchtig.«

Mia lachte und drückte sich die Wasserflasche an die Brust.

»Konntest du auch nicht schlafen?«, fragte er und stützte sich an den Schränken ab, während Mia sich an den Kühlschrank lehnte.

Sie schüttelte den Kopf. »Die Wirkung der Reisetablette lässt langsam nach. Es ist komisch, als würde mein Körper das Zeug jetzt brauchen, um schlafen zu können.«

Er fragte sich, ob das stimmte oder ob das ein Vorwand war. Ob sie aus dem gleichen Grund nicht schlafen konnte wie er – weil sie an ihn dachte. An all das, über das sie sich keine Gedanken machen müsste, wenn die Schlagzeilen nicht gewesen wären.

Er hatte noch nie eine ernsthafte Beziehung gehabt, hatte noch nie jemandem so nah sein wollen.

Würde er dem gerecht werden können, was die Klatschzeitungen über sie schrieben?

Wollte Mia das überhaupt?

»Wenigstens hat meine Mom aufgehört, mir zu simsen«, bemerkte Mia. »Ihre Finger sind wohl müde geworden.«

Ryder spürte, wie seine Gesichtsmuskeln sich verkrampften.

»Tut mir leid«, sagte sie und schaute auf ihre nackten Füße.

Ryder schüttelte die Anspannung ab. »Ist schon gut. Du musst nicht aufhören, über deine Mom zu reden, nur weil ich meine nie erwähne.«

»Willst du das denn?«, fragte Mia und legte den Kopf schief, sodass ihr eine Haarsträhne über die Schulter fiel. »Ich bin nicht nur eine Weltklasse-Nachhilfelehrerin, ich bin auch eine ziemlich gute Zuhörerin.«

»Es ist okay«, entgegnete Ryder.

Mia stieß ein scherzhaftes Schnauben aus. »Wenn du das Wasser willst, wegen dem du hier bist ...« Die Lichter der Autobahn beleuchteten flackernd ihre Haut. »... solltest du besser anfangen zu reden.«

Ryder hatte noch nie jemandem von seiner Mutter erzählt. Sicher, Mia kannte die Wahrheit, aber sie kannte nicht die ganze Wahrheit. Sie wusste nicht, warum er die ganze Zeit gelogen hatte. Er fragte sich, ob er vielleicht nicht nur wegen Mia nicht schlafen konnte, sondern weil es ihm schreckliche Angst machte, überhaupt jemandem nahezukommen.

Das hatte er seiner Mutter zu verdanken. Vielleicht sollte er Mia doch von ihr erzählen.

»Tja«, begann Ryder und rückte ihr ein wenig näher, »ich will das Wasser wirklich haben.«

Mia hielt ihm lächelnd eine Flasche entgegen. »Das hier ist vielleicht das beste Wasser, das ich je gekostet habe. Das willst du nicht verpassen.«

Er lehnte sich wieder gegen den Schrank, kreuzte die Arme vor der Brust und holte tief Luft. Er suchte nach den Worten, die er seit einer Ewigkeit immer wieder weggeschoben hatte. »Es gibt nicht viel zu sagen. Sie wollte nicht meine Mom sein, als ich ein Kind war, und jetzt will sie unbedingt meine Mom sein. Du brauchst keine Weltklasse-Nachhilfelehrerin zu sein, um den Grund zu kapieren.«

Mia biss sich auf die Unterlippe und versuchte, ihre Miene zu beherrschen.

»Du brauchst nicht traurig zu sein«, sagte er.

»Aber es ist traurig«, antwortete Mia. »Vielleicht brauche ich nicht traurig zu sein, aber du hättest jeden Grund dazu.«

Diese Worte waren wie warme Sonnenstrahlen, die das Eis schmolzen, das Ryder immerzu einzuhüllen schien. Und plötzlich wollte er weiterreden. »Ich war lange Zeit traurig. Und jetzt bin ich irgendwie gar nichts.«

Das stimmte, oder zumindest hatte es gestimmt, bis er Mia begegnet war.

»Hast du darum allen erzählt, sie sei gestorben?«

»Zum Teil«, sagte Ryder, auch wenn er wusste, dass Worte niemals seine Gründe erklären würden. »Sie hätte aber auch wirklich genauso gut tot sein können. Sie war nie richtig meine Mutter. Sie hat mich in Pflege gegeben, als ich sieben war, und ich habe sie nie wiedergesehen. Klar, als ich berühmt wurde, hatte ich das Geld, um sie zu suchen, um mich wieder mit ihr in Verbindung zu setzen, aber warum hätte ich das tun sollen?«

»Sie hat dich gefunden?«

»Ich bin irgendwie kaum zu übersehen«, antwortete Ryder, der kaum Luft bekam. »Auf jeden Fall war ich zuerst ganz aufgeregt und dachte, sie will mich vielleicht wirklich sehen, aber du hast den Brief gelesen. Ich habe noch zehn andere wie den und Hunderte unbeantwortete SMS. Sie macht das nicht, weil sie ihren kleinen Jungen vermisst.«

»Es tut mir leid«, sagte Mia, die ihre Verzweiflung nicht länger verbergen konnte.

»Mir nicht«, entgegnete Ryder. »Es hat mir lange leidgetan. Ich habe mir selbst leidgetan. Es hat mir um all das leidgetan, was ich niemals hatte. Es war einfacher, so zu tun, als hätte ich es nie gehabt, als mich weiterhin deswegen beschissen zu fühlen.« Er zuckte mit den Schultern.

Mia näherte sich ihm und strich über seinen Rücken. »Du darfst fühlen, was immer du willst, Ryder.«

Er seufzte. »Nicht als Bad Boy.«

»Selbst böse Jungs werden manchmal traurig.«

»Vielleicht«, brachte er heraus. »Aber sie verstecken es.«

»Vor mir brauchst du es nicht zu verstecken«, sagte sie und küsste ihn auf die Wange, so sanft wie der erste Regentropfen im Sommer.

»Ich versuche es ja«, sagte Ryder. Er fuhr sich mit einer Hand durchs Haar. »Ich meine, du bist der erste Mensch, vor dem ich das jemals zugegeben habe. Du bist die Einzige, die die Wahrheit kennt. Mal abgesehen von meiner Mutter.«

»Ich habe dir doch gesagt, dass ich eine gute Zuhörerin bin«, erwiderte Mia, hob die Augenbrauen und versuchte, die Stimmung aufzulockern.

Es war nicht einfach. Bei dem bloßen Gedanken an seine Mom fühlte Ryders Herz sich an wie ein Stein.

»Du hast dir dein Wasser verdient«, bemerkte Mia und reichte ihm die Flasche.

»Gut.« Ryder räusperte sich. »Denn ich denke nicht, dass ich weitermachen kann. Ich bin kein sehr guter Redner.«

»Wer ist das schon?«

»Du«, sagte Ryder und strich ihr mit dem Finger über die Wange. Er zog sie an sich und küsste sie leidenschaftlich und kostete jeden Moment aus. Er brauchte ihre

Lippen, ihre Hände und ihren Körper näher bei sich. Er brauchte sie.

Er wusste nicht, wie es sich anfühlte, sich zu verlieben, aber er wusste, dass er sie brauchte.

Der Bus schlingerte und riss sie auseinander.

»Eine gute Rednerin und eine gute Zuhörerin«, flüsterte Mia, deren Atem süß roch. »Ich bin also das perfekte Paket.«

Ryder lachte und irgendetwas fühlte sich seltsam an. Das hier war zu einfach. Gewohnheitsmäßig hielt er Ausschau nach Kameras oder Mikrofonen. Konnte irgendetwas in seinem Leben wirklich ein Geheimnis bleiben? Mia brachte ihn dazu zu glauben, dass die Dinge zwischen ihnen vielleicht geheim bleiben konnten.

Fühlte es sich so an, sich zu verlieben?

»Nach alldem hast du noch nicht mal einen einzigen Schluck getrunken.« Mia lächelte.

Er hatte ganz vergessen, dass er die Flasche noch in der Hand hielt. Er ließ sie fallen und sie rollte über den Boden. »In der Wüste meines Lebens«, sagte Ryder, »ist ein Kuss von dir mein Wasser.«

»Neuer Songtext?«, fragte Mia mit zitternder Stimme.

»Neues Mantra.« Als er sich vorbeugte, um sie erneut zu küssen, die Lippen des einzigen Mädchen das ihn und das er wirklich kannte und das einen ihm ganz neuen Durst in ihm stillte, begriff er, dass es egal war, was die Medien über sie schrieben. Egal, ob sie dem je gerecht werden würden, es zählte im Moment nur, dass er ihr vertraute.

Und da er das noch nie zuvor in seinem Leben gehabt hatte, bedeutete es ihm mehr als irgendetwas sonst, stillte den Durst seiner ganzen ausgedörrten Seele.

Kapitel 18

Die Show an diesem Abend war unglaublich. Mia war sich nicht sicher, aber sie glaubte, dass Ryder nur für sie sang. Ryder hätte ihr nicht von seiner Mom erzählt, wenn sie ihm nicht wirklich etwas bedeuten würde. Die Klatschblätter kannte sie nicht, nicht einmal die Jungs in der Band wussten Bescheid. Für alle anderen mochten sie immer noch ihre Rollen spielen, aber für sie selbst fühlte es sich echt an. Sie wusste es.

Tatsächlich waren ihre Gefühle für Ryder das Echteste und Realste, was sie je erlebt hatte.

Wenn sie eine Karteikarte gemacht hätte, auf deren Vorderseite *Ryder* stand, hätte sie auf die Rückseite *ECHT* gekritzelt, zusammen mit einigen anderen Worten, die wirklich aufzuschreiben sie niemals mutig genug gewesen wäre.

Ryder kam erhitzt, aber trocken in die Garderobe. Sie hatten heute Abend nicht *WET* gespielt, daher würde er zumindest in einer besseren Stimmung sein als normalerweise nach einer Show.

»Klasse Konzert«, bemerkte Mia.

Sie hatte im Geiste bereits genau überlegt, was sie sagen würde. Ihre Gefühle in Bezug auf Ryder mochten echt sein, aber wenn sie mit ihm über *S2J* sprach, lernte sie langsam, sich zusammenzureißen.

Sie hätte sagen wollen: *Umwerfendes Konzert, du bist umwerfend, ich will den Rest meines Lebens nur noch dir zuhören,* aber »Klasse Konzert« war besser.

»Ich kann kaum glauben, dass du es immer noch nicht leid bist, dir das anzusehen. Ich habe auf jeden Fall die Schnauze voll, immer den gleichen Mist aufzuführen«, sagte Ryder und zog sein Shirt aus.

Mia hielt den Blick auf sein Gesicht gerichtet, obwohl ihre Augen weiter abwärts wandern wollten.

»Ich würde es nie leid werden, mir die Show anzusehen«, antwortete Mia. Sie konnte sich mäßigen, aber sie konnte nicht lügen.

Ryder stand vor ihr, mit nacktem Oberkörper, das Haar zerzaust und verschwitzt, die Haut immer noch glänzend von seinem Work-out auf der Bühne. Sie spürte, wie ihre eigene Haut warm wurde. Ihr Kreislauf wurde jäh aktiv, weil ihre Worte sich nicht nur auf die Konzerte bezogen, sondern auch auf die Privatvorstellungen, die Ryder ihr jeden Abend danach lieferte.

»Tut mir leid«, sagte Ryder und biss sich auf die Lippe, »es ist eine lange Tour mit immer denselben Songs in immer derselben Reihenfolge, jeden verdammten Abend, und die Welttournee im Herbst starrt mich die ganze Zeit an, da fühle ich mich wohl ein wenig eingeengt.«

Als Ryder *starren* sagte, wurde Mia klar, dass sie immer noch auf seine Brust starrte, seine perfekte, durchtrainierte Brust. Sie zwang sich, den Blick auf ihren Schoß zu senken.

»Noch dreißig weitere Länder auf dieser Zirkustour«, fügte Ryder hinzu, »und ich weiß genau, dass LJ uns nicht erlauben wird, auch nur das kleinste Detail zu ändern.«

Mia war froh, dass sie weggeschaut hatte, denn andernfalls hätte Ryder bestimmt die Unsicherheit in ihrem Blick bemerkt. *Welttournee.* Das vergaß Mia immer wieder. Sie hatte genug Probleme, damit fertigzuwerden, dass ihr weniger als zwei Wochen mit Ryder blieben.

Was würde passieren, wenn sie ging, zurück an ihre Highschool? Wenn er in andere Länder flog? *Dreißig Länder?* Für sie war es das erste Mal, dass sie überhaupt aus Los Angeles herausgekommen war.

Wenn er sich jetzt schon erdrückt fühlte, wie würde er sich dann erst fühlen, wenn eine Highschoolschülerin ihm SMS schickte, während Mädchen aus dreißig verschiedenen Ländern sich ihm an den Hals warfen?

Das hieß, falls ihre Eltern ihr überhaupt erlaubten, ihr Handy zu behalten.

Er nahm sich ein Bier aus dem Minikühlschrank. »Hast du was dagegen?«

Mia schüttelte den Kopf. Sie wollte nicht die Art von Freundin sein, die ihm vorschrieb, was er tun sollte.

Oder was immer sie überhaupt war. Er trank einen großen Schluck. »Wenn Lester uns vielleicht erlauben würde, ein wenig zu variieren, mehr selbst zu spielen, könnte ich damit fertigwerden. Auch wenn wir weiter nur Musik für die Fans machen würden, aber für ihn geht es nur darum, perfekte Mitglieder von *Seconds to Juliet* zu sein. Im Moment sind wir nur Marionetten.«

Mia wusste nicht, was sie dazu sagen sollte, aber sie wusste genau, wie es war, eine Marionette zu sein. Im Moment war sie eine perfekte Schülerinnen-Marionette und später würde sie eine perfekte Medizinstudentinnen-Marionette und schließlich Ärztinnen-Marionette sein.

Aber wann hatten ihre Eltern aufgehört, an den Fäden zu ziehen? Wann hatte sie sie gezwungen, damit aufzuhören?

»Wir sind wie dieses alte *NSYNC-Video mit den Marionetten, nur in echt.« Ryder seufzte und nahm einen weiteren Schluck.

Mia roch das Bier, das metallische Hefe-Aroma. Es roch schrecklich. Das war definitiv kein Champagner.

»Du mochtest *NSYNC?« Mia konnte sich diesen Scherz nicht verkneifen. Sie waren definitiv nicht Ryders Stil. Wenn S2J nicht sein Stil war, dann war es *NSYNC erst recht nicht.

»Ich war vier. Als es im Fernsehen lief, dachte ich, das wären Spielzeuge.« Er seufzte. »Jetzt weiß ich, dass sie es wirklich waren.«

Dieses Video war überall gewesen. Die Band war überall gewesen. Ryder mochte die Vergleiche mit Gruppen wie *NSYNC nicht, vielleicht weil es schwer war, in den Spiegel zu schauen und zu hassen, was man sah.

Mia wusste auch darüber Bescheid.

»Ich wünschte, ich könnte einfach mal eine Zeit lang ich selbst sein«, sagte Ryder, »länger als ein paar flüchtige Momente hinter der Bühne.«

Sein Blick huschte zu Mia herüber. Sie dachte, dass er vielleicht *mit dir* hinzufügen würde, aber stattdessen nahm er nur einen weiteren Schluck.

»Morgen ist der vierte Juli. Warum unternehmen wir nicht etwas, das Marionette Ryder Brooks niemals tun würde?«, fragte Mia und dachte dabei vielleicht auch an die Marionette, die sie selbst immer sein musste.

»Was denn?« Ryder lachte und trank weiter. »Kühe umschubsen? Wir sind in Iowa.«

Das stimmte. Iowa war nicht wirklich cool, aber vielleicht mussten sie einfach nur hier raus. Um für kurze Zeit reale Menschen zu sein, nicht Rockstar-Ryder oder Streber-Mia.

»Ich habe ein paar Flyer für einen Jahrmarkt gesehen«, sagte Mia, der die Idee immer besser gefiel. »Wir könnten Achterbahn oder Karussell fahren, Zuckerwatte essen und uns ein Feuerwerk ansehen.«

Er schaute sie ernst an. »Wie können wir irgendwo hingehen?«

Es stimmte, das konnten sie nicht. Das Restaurant in St. Louis hatte das deutlich gemacht. Wenn sie nicht wieder in die Schlagzeilen kommen wollten, mussten sie sich von der Öffentlichkeit fernhalten.

»Was, wenn wir nicht wir wären?«, antwortete Mia, und ein warmes Glühen durchströmte sie, während sie einen Plan aushecke.

Es war spät, als sie sich aus der Arena und über den Parkplatz schlichen. Der Wagen des Glamour-Kommandos war dunkel.

»Die haben nur Sachen, in denen ich noch mehr wie Ryder Brooks aussehe«, flüsterte er.

»Sie hatten für mich etwas zum Anziehen für unser Date«, erwiderte Mia.

Ryder schenkte ihr bei diesen Worten ein wissendes Lächeln. »Ich werde *kein* Kleid tragen.«

»Dann wärst du wenigstens nicht Ryder Brooks.« Nachts draußen zu sein und etwas Verbotenes zu tun, elektrisierte sie bis in die Knochen. »Du wärst Ryderia Brooks.«

»Das ist ja superätzend!«, heulte Ryder. »Wenn ich ein Kleid tragen muss, nehme ich einen anderen Namen an.«

Sie schlichen sich näher an den Bus heran. Er war eindeutig leer und das Team schlief entweder oder feierte. Sie gingen die Treppe hoch. Mia zog vorsichtig an der Tür und hoffte, dass sie hineinkamen, ohne dass jemand sie hörte, aber die Tür war abgeschlossen.

Sie runzelte enttäuscht die Stirn. »Du wirst vielleicht gar nichts tragen.« Sie würden bis morgen früh warten müssen, bis die Mädchen von der Garderobe wach waren. Aber dann würde ihr Plan nicht länger ein Geheimnis sein. Niemand durfte davon wissen – das war der ganze Sinn der Sache.

Ryder zog eine seiner vielen Kreditkarten hervor. Sie glänzte im Licht. »Das ist vielleicht das einzig Nützliche, was ich in meinen Pflegefamilien gelernt habe«, stellte er fest und setzte an, das Schloss zu knacken.

»Wir können doch nicht einbrechen!«, rief Mia und streckte ihre Hand aus, um ihn aufzuhalten.

»Das haben wir aber gerade getan«, antwortete Ryder, der die Tür aufstieß. Mia hätte nicht in den Bus steigen *wollen* sollen. Sie hätte nicht einmal Ryders Zimmer verlassen sollen. Aber sie hatte beides getan. Es war *ihre* Idee gewesen.

Natürlich hatte sie gedacht, dass der Bus offen sein würde. Irgendwo einbrechen bedeutete stehlen, nicht borgen. Ihr Herz schien ihre Speiseröhre hinaufzurutschen, ihr Nervensystem drehte durch. Das Geräusch ihrer Atmung war lauter, der Geruch von Ryders Rasierwasser stärker, die Nachtluft strich ihr kühl über die Haut. Es war eine Art von Erregung und Entsetzen, die sie noch nie zuvor verspürt hatte. Und es machte ihr noch mehr Angst, dass sie Ryder hineinfolgen *wollte*. Sie wollte weiter an seiner Seite die Freiheit schmecken.

Sie benutzten das Licht ihrer Handys, um sich umzuschauen. Von draußen musste es aussehen, als fände in dem Wohnwagen eine Party statt. Mias Herz fühlte sich an, als wäre es eine Discokugel, die Licht über ihren ganzen Körper blitzen ließ. Sie tat etwas Illegales. Sie hatte fast noch nie gegen eine Regel verstoßen, bevor sie hierhergekommen war, und jetzt verstieß sie gegen ein Gesetz.

Es war verwirrend, aber eigenartigerweise gab es ihr ein gewisses Selbstvertrauen. Sie ging zu den Perücken; weiße Styroporköpfe säumten eine Wand mit Regalen. Ryder war besonders für seine Haare bekannt. Sie hielt eine lange, platinblonde Perücke hoch.

»Ich hoffe, die ist für dich«, bemerkte Ryder und trat neben sie.

»Aber du wärst so eine heiße Blondine«, antwortete Mia, vom Augenblick beflügelt. Sie erinnerte sich an eine berühmte Zeile aus dem Film *Breakfast Club*. Sie hatte sie bisher nie verstanden, aber jetzt wusste sie, dass es genau so war. *Es fühlt sich ziemlich gut an, böse zu sein.*

»Das bin ich bereits«, erklärte er, nahm sie in die Arme und küsste sie. Seine Finger strichen über ihren Rücken. Seine Zunge erkundete ihren Mund. Sie musste sich konzentrieren, um stehen zu bleiben, da er sie immer weiter nach hinten lehnte. Sie ließ ihr Handy fast fallen, so gut fühlte sich der Kuss an – sich zu küssen, während man böse war, war noch besser.

Sie verlor sich in dem Kuss, ihr ganzer Körper wurde schwach und kapitulierte, bereit, noch tiefer mit ihm hinabzutauchen, ehe sie sich daran erinnerte, dass sie aus dem Bus rausmussten, bevor jemand sie erwischte. Sie zog sich zurück, legte ihm die Hände auf die Schultern und drückte ihn von sich. »Wir müssen Verkleidungen finden. Wir haben später noch Zeit.«

»Verkleidet?«, fragte Ryder mit hochgezogenen Augenbrauen.

Mia versetzte ihm einen spielerischen Schlag und lachte. »Immer ein Tabu nach dem anderen, bitte.« Sie bewegte ihre Taschenlampe weiter über die Wand mit den Perücken und fand eine mit kurzen dunkelbraunen Locken. Das war gut, aber nicht gut genug. Sie öffnete einen Make-up-Kasten und fand darin einen Haufen Schnurrbärte.

»So etwas brauchst du«, sagte sie und reichte Ryder die Kiste.

Ryder musterte die Perücke und strich mit dem Daumen über einen der Schnurrbärte. »Ich sehe bestimmt aus wie ein Pornostar.«

Mia hatte an Mathelehrer gedacht, aber was auch immer. »Du siehst damit jedenfalls nicht wie Ryder Brooks aus.«

»Willst du damit sagen, ich sei kein Pornostar?«, fragte er und beugte sich wieder zu ihr hinüber.

»Probier sie einfach an.« Mia trat lächelnd zurück und zog sich die platinblonde Perücke über den Kopf.

»Du siehst lächerlich aus.« Er kicherte.

Sie betrachtete ihr Spiegelbild. Sie sah absolut lächerlich aus.

»Aber sehe ich aus wie Mia Reyes?« Sie posierte mit

der Perücke und strich sich das strohtrockene Haar über die Schultern.

Ryder schüttelte nachdenklich den Kopf. »Ich würde niemals sagen, dass Mia Reyes lächerlich aussieht.«

»Dann ist es perfekt. Da ich keinen Schnurrbart tragen kann, nehme ich eine Brille«, sagte sie und setzte ein dickes schwarzes Gestell auf.

Ryder stülpte sich seine eigene Perücke über und klebte sich den Schnurrbart unter die Nase. Als sie nebeneinander vor einem der Make-up-Spiegel standen, fand Mia, dass sie wie Kinder aussahen, die Verkleiden spielten.

»So können wir nicht rausgehen.« Ryder verzog den Mund. »Wäre ich wirklich ein Pornostar, würde ich so nie im Leben ein Angebot bekommen.«

»Tja, wir können aber nicht als wir selbst ausgehen«, wandte Mia ein.

»Wohl wahr«, sagte Ryder und studierte sein Spiegelbild ein wenig genauer. »Wirst du mich trotzdem Ryder nennen?«

»Warum, wie soll ich dich sonst nennen?«

»Wie wäre es mit: Supergeheimer Geheimagent? Oh, da wir gerade davon sprechen...« Er holte sein Handy aus seiner Gesäßtasche. »Speichere deine Nummer ein, falls wir auf dem Jahrmarkt getrennt werden.«

»Ich glaube, ich würde dich immer finden«, meinte Mia und verwuschelte mit einer Hand seine Perücke.

»Vielleicht will ich einfach in der Lage sein, dich spontan anzurufen, um dir zu sagen, wie schön du bist«, entgegnete Ryder und rückte näher an sie heran. »Mit und ohne Perücke.«

Mia schluckte, schaffte es aber trotz ihrer zittrigen Hände, die Ziffern in sein Handy einzutippen.

Sie gab ihm sein Telefon zurück. »Also sind wir jetzt Spione und Pornostars.«

»So angezogen können wir doch sein, was immer wir wollen.«

Es war nicht nur die Verkleidung. An Ryders Seite hatte sie das Gefühl, sie könne sein, wer immer sie wollte, könne tun, was immer sie wollte. »Okay, dann nenn mich Rock-Göttin«, sagte Mia und schüttelte ihr blondes Haar.

»Perfekt«, erwiderte Ryder und zuckte mit den Augenbrauen. »Denkst du, ich sollte ebenfalls eine Brille tragen?«

Mia wandte sich ab, um ein Gestell für ihn auszusuchen und es ihm aufzusetzen. »Ich hätte nie gedacht, dass ich das einmal sagen würde, aber je weniger du dir ähnlich siehst, desto besser.«

»Küss mich«, verlangte Ryder und lächelte, um einen Mund voller falscher brauner, schiefer Zähne zu entblößen, die er eingeschoben haben musste, während Mia nach der Brille gesucht hatte.

Ihr Lachen kam aus vollem Herzen und klang auch so.

»Zu viel?«, lispelte er hinter den Zähnen.

»Vergiss den Jahrmarkt«, sagte Mia und lachte so heftig, dass sie praktisch schnaubte. »Wir müssen dich zum Zahnarzt schaffen.«

Kapitel 19

$\mathcal{R}$yder war noch nie zuvor auf einem Jahrmarkt gewesen, und er hatte ganz bestimmt nicht erwartet, dass sein erster Besuch dort mit einem falschen Schnurrbart und einem Mädchen in platinblonder Perücke stattfinden würde, von dem er kaum den Blick abwenden konnte.

»Zuerst essen, dann die Fahrgeschäfte«, sagte Mia mit großen Augen.

Der Geruch von Tieren und frittiertem Essen wehte durch die Luft. Ryder hörte Gelächter und Freudenschreie und überall waren Menschen. Er und Mia befanden sich mitten im Gedränge und alle gingen einfach vorbei und nahmen sie nicht einmal wahr.

Sie starrten ihn nicht an oder baten ihn um ein Autogramm oder machten heimlich Fotos mit ihren Handys, sondern sie ließen ihn einfach in Ruhe, so wie sie jeden anderen Niemand in Ruhe gelassen hätten.

Mia hatte recht gehabt. Er hatte wirklich einen Tag nötig gehabt, an dem er nicht Ryder Brooks sein musste.

»Wenn ich an deine Reisekrankheit denke, sollten wir das nicht lieber umgekehrt machen?«, fragte Ryder und berührte ihr Kinn.

»Ich verspreche, diesmal nicht auf dein Shirt zu zielen«, scherzte Mia und zog ihn über den staubigen Boden zu einem Corndog-Stand.

An einer Holzwand davor hingen sechs verschiedene Beispiele für die Größe der in Maisteig frittierten Würstchen, von Mini bis hin zu einem, der fast einen Meter lang war und sich *Der Dominator* nannte. Sie sahen aus wie ... Ryder brauchte es nicht auszusprechen. Die Witze, die Leute über Hotdogs machten ... Corndogs waren noch schlimmer, wohl wegen der Farbe.

»Wir sollen ernsthaft eins von diesen Dingern essen?« Ryder deutete darauf.

»Du hast noch nie einen Corndog gegessen?«, fragte Mia und blinzelte erstaunt.

Ryder schüttelte den Kopf.

»Wo bist du aufgewachsen? Sibirien?«

Ryder schaffte es zu lachen, damit Mias Bemerkung ein Scherz blieb, weil er wusste, dass sie so gemeint war, aber der wahre Grund war nicht witzig. Er hatte als Kind nie die Dinge getan, die andere Kinder taten. Als er bei seiner Mom gelebt hatte, war kaum Geld da gewesen, um ihm normales Essen zu kaufen. Und als er nicht mehr bei ihr gelebt hatte, waren auch die Pflegefamilien nirgendwohin mit ihm gegangen, um Spaß zu haben, wie auf Jahrmärkte oder überhaupt irgendwohin.

»Wir fangen vorsichtig an, mit einem Mini«, sagte Mia.

»Heißt das, du könntest mit dem Dominator fertigwerden?«

Mia befeuchtete sich die Lippen. »Wenn du gerade nicht hinschaust, wahrscheinlich.«

Ryder konnte nicht glauben, dass er errötete. Er dachte daran, wie diese Lippen ... aber er stoppte sich. Sie mochten verkleidet sein, aber sie war immer noch Mia.

Sie bat den Mann, der den Stand betrieb, um zwei Minis, und Ryder griff nach seiner Brieftasche.

»Nein«, protestierte Mia, »der geht auf mich.« Sie bezahlte und reichte Ryder einen der Corndogs.

»Da du neu bist, sag ich dir, wie's geht. Du musst ihn mit Senf essen, und du darfst nur den Mund benutzen, abgesehen davon, dass du das Stöckchen festhältst.«

Wie sollte er aufhören, sich Fantasien darüber hinzugeben, was sie vielleicht mit diesem Mund anstellen könnte, wenn sie solche Dinge sagte?

»Wer stellt diese Regeln auf?«, fragte Ryder. »Gibt es so was wie eine Corndog-Gesellschaft?«

»Sie werden von Generation zu Generation weitergegeben«, antwortete Mia und nahm einen großen Bissen. »Und in meiner Familie bin ich eine der Besten, was das Befolgen von Regeln angeht.«

Ryder gelang es, nicht rot anzulaufen, aber er musste trotzdem daran denken, worin sie sonst noch am besten sein mochte. Sie mussten schleunigst zu den Karussells gehen, damit er nicht mehr darüber nachdachte.

»Jetzt du«, sagte Mia.

»Zum Glück ist mein Mund weltberühmt«, antwortete Ryder und nahm einen Bissen. Es war salzig und süß und heiß und vielleicht eins der köstlichsten Dinge, die er je gegessen hatte, und sei es auch nur, weil Mia es gekauft hatte.

Niemand bezahlte sonst je für ihn, schon gar kein Mädchen.

»Du magst nicht aussehen wie Ryder Brooks«, bemerkte Mia mit lachenden Augen, »aber du benimmst dich ganz eindeutig wie er.«

»Meine einnehmende Persönlichkeit lässt sich nicht maskieren.«

Sie gingen zu einem Heuballen neben den Spielbuden, setzten sich darauf und kauten schweigend.

»Das ist tatsächlich ziemlich lecker«, gestand er.

»Der Senf macht es, stimmt's?« Mia lächelte; ein Klecks davon klebte neben ihrem Mund.

»Apropos...« Er beugte sich vor und küsste ihr den Senf vom Mund. Ihre Lippen schmeckten salzig, und in dem Moment wollte er nichts anderes, als sie für immer zu küssen.

»Hey«, sagte Mia, zog sich zurück und zeigte ihm seinen Schnurrbart. Er musste heruntergefallen sein, als er sie geküsst hatte. »Vorsicht.« Sie klebte ihm den Schnurrbart wieder unter die Nase und küsste ihn auf die Wange.

»Das ist ja, als hätten wir eine behaarte Anstandsdame dabei.« Er seufzte.

»Du hättest besseren Kleber benutzen sollen«, erwiderte Mia kopfschüttelnd.

Er riss sich den Schnurrbart ab und stopfte ihn in seine Tasche. Er wollte sie küssen, wann immer ihm danach war, ohne sich wegen dieses blöden Schnurrbarts Sorgen machen zu müssen. »Die Perücke reicht und dieses Ding juckt wahnsinnig.«

»Empfindliche Haut, wie männlich.« Mia lachte.

Er spannte seine Armmuskeln an. »Bring mich nicht dazu, einen Hau-den-Lukas zu finden, um dir zu zeigen, wie männlich ich den klingeln lassen kann.«

»Du hast mir nie erzählt, dass du Triangel spielst«, sagte Mia und unterdrückte ein Kichern.

In der vorbeiströmenden Menge bemerkte Ryder ein kleines Mädchen, das eine riesige pinke, aufblasbare Gitarre trug. »Ich werde eins von diesen Dingern für dich gewinnen, dann können wir Karussell fahren.«

»Ach, Ryder.« Mia berührte ihn am Bein. »Ich habe nur einen Witz gemacht.«

»Ich weiß.« Er schmiegte sich mit der Nase an ihre Wange. »Ich will dich trotzdem mit einer pinkfarbenen E-Gitarre in der Hand sehen.« Ryder war sich ziemlich sicher, dass er noch nie etwas mehr gewollt hatte als das.

Mia schüttelte ihre falschen platinblonden Locken. »Wenigstens passt die zu meinem Haar.«

Als sie mit ihren Corndogs fertig waren, kaufte Mia Limonade für sie beide, und sie gingen zur Spielhalle hinüber. Sie befanden sich jetzt im Herzen des Jahrmarkts, überall waren Familien, Pärchen, Gruppen von Teenagern, aber niemand würdigte sie auch nur eines Blickes. Es war das erste Mal seit über einem Jahr, dass Ryder draußen war, ohne das Gefühl zu haben, jeder wolle ein Stück von ihm abhaben.

»Danke, dass du das vorgeschlagen hast«, sagte er.

»Jeder braucht mal eine Pause von den Erwartungen, die jeder an einen hat, davon, der zu sein, der man sein soll.«

»Es ist, als wäre ich niemand«, erklärte er erfreut. »Das ist unglaublich.«

»Bitte lass dir keinen Schnurrbart wachsen oder eine Dauerwelle machen.«

»Du würdest mich nicht mehr mögen, wenn ich immer so aussehe?«

Ein Lachen huschte über ihr Gesicht. »Dein Ego würde das unmöglich erlauben und vergiss nicht deine babyweiche Haut.« Sie strich ihm über die Wange.

Sie fanden die Bude, wo es die Gitarren gab – ein Basketball-Wurfspiel. Ryder war kein besonders guter Sportler, aber er würde eine dieser Gitarren für Mia gewinnen.

Er ließ sich sechs Bälle geben, und als er den ersten warf und er weit hinter dem Korb landete, wünschte Ryder, er hätte sechsundsechzig gekauft. Das würde schwerer sein als gedacht.

Mia stand lächelnd neben ihm. Ihre Brille war lächerlich groß. Die Perücke ließ ihr kleines, herzförmiges Gesicht noch winziger erscheinen. Wenn sie für ihn so in die Öffentlichkeit hinausging, konnte er für sie wenigstens eine verdammte Spielzeuggitarre gewinnen.

Er versuchte es noch einmal, warf kräftiger, traf aber trotzdem nicht und setzte sein Pech mit den nächsten vier Bällen fort.

»Du kannst mir eine kaufen«, flüsterte Mia ihm ins Ohr.

Er schüttelte den Kopf. Er war heute ein normaler Junge, und das war das, was normale Jungen taten: Sie gewannen Preise für ihr Mädchen.

Er sah Mia an. Selbst in dieser Aufmachung, *ganz besonders* in dieser Aufmachung, war sie sein Mädchen.

Nach zehn weiteren Fehlversuchen machte sich bei Ryder langsam Frustration breit. Schweiß lief ihm unter der Perücke über die Stirn und rann ihm immer wieder in die Augen, wenn er den Ball warf. Er konnte nur noch daran denken, die Gitarre für Mia zu gewinnen, riss sich endlich die Perücke vom Kopf und stopfte sie sich halb in die Gesäßtasche.

»Ryder«, sagte Mia und schloss dann schnell den Mund, wahrscheinlich weil sie begriff, dass sie seinen richtigen Namen nicht benutzen sollte, wenn er wieder aussah wie er selbst. »Du hast etwas vergessen«, fügte sie hinzu und berührte ihre Perücke.

»Ist schon gut.« Er holte tief Luft und richtete seine Aufmerksamkeit wieder auf den Korb. Er konzentrierte sich, zielte und diesmal traf er mit einem perfekten Wurf.

Der Mann, der das Spiel betrieb, reichte ihm eine der Gitarren.

Es waren die besten fünfzig Dollar, die er in seinem ganzen Leben je ausgegeben hatte.

Mia hüpfte auf und ab und umarmte ihn. Er hob sie hoch, wirbelte sie herum und gab ihr einen langen Kuss. Dann ließ er sie sanft wieder herunter und wollte gerade die Perücke wieder aufsetzen, als er ein Mädchen bemerkte, das mit ihrem Handy ein Foto von ihm machte und mit einigen anderen Mädchen tuschelte.

Es war zu spät. Er war entdeckt worden.

»Scheiße«, sagte Ryder.

Bevor er überlegen konnte, was sie tun sollten, presste Mia sich die Gitarre an die Brust, packte seine Hand und rannte los. Sie zog ihn durch die Menge auf die Kakofonie der Fahrgeschäfte zu, aber als er sich umdrehte, waren die Mädchen ihnen dicht auf den Fersen. Aus fünf Mädchen waren zehn geworden, die hinter ihnen herjagten und schrien: »Ryder, Ryder, oh mein Gott, es ist Ryder Brooks!«

Er war außer Atem, und er konnte hören, dass auch Mias Atem stoßweise ging. Wohin sollten sie laufen, um von einem Mob wegzukommen, der immer größer wurde, wie ein Schneeball, der einen Berg hinunterrollte?

»Lass uns einfach stehen bleiben«, schnaufte er. »Ich kann ein paar Sachen signieren und einige Fotos mitmachen, dann lassen sie uns in Ruhe.«

»Die lassen uns niemals in Ruhe«, antwortete Mia

und beugte sich leicht vor, um wieder zu Atem zu kommen.

Ryder begriff, dass sie recht hatte, und zwar nicht nur in Bezug auf diesen Tag.

Für immer.

Sie waren beide müde, aber er zog sie weiter. Er wollte diese wunderbare Freiheit wiederhaben, die er vor einer halben Stunde noch verspürt hatte. Wenn er es nicht schaffte, ein Rudel tollwütiger Teenager abzuschütteln, dann hatte Moses, sein Tanzlehrer, keinen guten Job bei ihm gemacht.

Er hielt an den Fahrgeschäften nach einem Ort Ausschau, an dem sie ihre Verfolger abschütteln konnten, aber vor jeder der Attraktionen stand eine Schlange. Sie saßen in der Falle. Er hatte schon fast aufgegeben, als er eine Seilbahn über ihnen entdeckte – von der aus man den Jahrmarkt von oben ansehen konnte. Wenn sie eine leere Gondel finden konnten, die gerade nah genug am Boden war, konnten sie hineinspringen.

»Hast du Höhenangst?«, fragte er und deutete mit dem Kopf auf die Gondel.

»Nicht so viel wie davor, mit anzusehen, wie irgendwelche Mädchen dir die Kleider vom Leib reißen.«

Er fand den Eingang und die Gondeln schaukelten langsam daraus hervor wie Blätter über einem Teich. Sie liefen zu einer offenen Kabine. Ryder hob Mia hoch und sprang dann selbst hinein. Die Kabine glitt am Draht entlang hinauf und zog sie langsam höher über den Jahrmarkt. Die Fans, die hinter ihnen herliefen, blieben unten auf dem Boden zurück und ruderten mit den Armen, als ob sie die Gondel erreichen könnten. Erst da bemerkte der Mann, der die Tickets verkaufte, was Mia und Ryder getan hatten, und begann zu schreien, dass sie bezahlen müssten.

Ryder, der sich immer noch mühte, wieder Luft zu bekommen, griff in seine Brieftasche und warf einen Hundertdollarschein auf den Boden. Statt in die Hände des Seilbahnbetreibers zu fallen, wurde er zu so etwas wie einer Reliquie, um die sich die Fans rissen.

»Die sind verrückt. Sieh dir an, wie sie versuchen, dieses Geld in die Finger zu kriegen, nur weil es von mir ist.«

»Stell dir vor, was passiert wäre, wenn du dein Shirt runtergeworfen hättest.«

Ryder rückte näher an sie heran, sodass er ihren Atem auf den Lippen spüren konnte. »Forderst du mich heraus?«

»Ich glaube, wenn du das tätest, würden wir echte Randale zu sehen bekommen«, antwortete Mia, deren Gesicht immer noch vom Rennen gerötet war.

»Was geschieht wohl, wenn ich dich küsse?«, fragte Ryder und nahm Mia in die Arme.

Sie quiekte. »Sie stellen sich dann vielleicht übereinander und bilden eine Leiter, um hier heraufzukommen und mich umzubringen.«

»Sie würden niemals an mir vorbeikommen. Niemand wird dir je etwas tun, solange ich in der Nähe bin.«

Als sie höher hinaufstiegen, bemerkte Ryder ein Rudel Presseleute, das ebenfalls unter ihnen herumlief. Anders als sonst kannte er die Leute nicht. Es waren wohl örtliche Nachrichtenteams mit Videokameras, die wahrscheinlich über den Jahrmarkt berichteten. Sie mussten das Ganze aufgenommen haben.

»Ich weiß«, entgegnete sie schließlich und ließ den Blick über sein Gesicht wandern.

Er war überwältigt, wie schön sie war. Selbst mit dieser blöden Perücke und der Brille war sie das schönste Geschöpf, das er je gesehen hatte.

»Außerdem haben wir gerade gegen ein weiteres Gesetz verstoßen«, fügte sie hinzu und kämpfte gegen ein Lächeln an.

»Das hätten wir nicht, wenn der Seilbahnbetreiber schnell genug gewesen wäre, um den Hunderter aufzufangen«, entgegnete Ryder. Ihr Lächeln weckte in ihm den Wunsch, ebenfalls zu lächeln. »Wir mussten abhauen. Ich bezahle auf der anderen Seite, und dieser Mann hat jetzt eine Geschichte, die er sein ganzes Leben lang erzählen kann.«

»Ich glaube, ich habe ebenfalls eine«, meinte Mia und musterte ihn eindringlich.

Er kuschelte sich an sie. »Wo die herkommt, gibt es noch jede Menge mehr.«

Der Knall einer Explosion erschreckte sie. Sie drehten sich um und sahen Feuerwerkskörper wie Kometen in die Höhe schießen.

»Es ist noch hell draußen«, sagte Mia. »Es ist noch viel zu früh für das Feuerwerk.«

»Ist es nicht«, widersprach Ryder und küsste sie. Er wollte keinen Moment dieser Fahrt verschwenden, es war vielleicht ihre letzte Chance an diesem Tag, um zusammen Ryder und Mia zu sein.

Das Donnern des Feuerwerks passte zu den Schlägen seines Herzens, während seine Lippen und seine Zunge mit ihren Lippen und ihrer Zunge spielten. Er presste sich enger an sie und jede einzelne ihrer Kurven machte ihn willenloser und verrückter. Das Feuerwerk ging über ihnen weiter, und das Licht hinter seinen Augen blitzte, während seine Lippen sich ganz den ihren widmeten.

Er hatte daran gedacht, einen Song für Mia zu schreiben, um seine Gefühle für sie auszudrücken, aber jetzt begriff er, dass ihr Kuss sein Song war, sein Versprechen.

Das war alles, was er jemals zu sagen haben würde.

Es war schon spät, als sie zurückkamen, und in der Arena war alles still, als sie sich in Ryders Garderobe schlichen.

Mia war noch immer völlig aufgedreht von ihrem Tag, von den scheinbar Hunderten von Küssen, die sie sich unterwegs erschlichen hatten, auf dem Weg vom Taxi über den Parkplatz und in jeder Nische, die sie in der Arena hatten finden können.

Dass sie den ganzen Tag zusammen verbracht hatten, zwang Mia, die Dinge genauer zu betrachten – sie *waren* in einer Beziehung, einer echten. Sie mochten der Beziehung kein Etikett aufgeklebt haben, aber Gefühle hatten keine Etiketten. Gefühle musste man erfahren, musste man zeigen.

Und Ryder hatte seine Gefühle gezeigt. Sie waren an diesem Tag vollkommen allein gewesen – abgesehen von der Horde verrückter Fans –, und er hatte in der Gondel keinen anderen Grund gehabt, sie zu küssen, als wäre sie das einzige Mädchen auf der ganzen Welt, als dass er es gewollt hatte. Keinen Grund, sie so zu küssen, dass das Feuerwerk am Himmel neben dem Feuerwerk, das ihre Lippen teilten, zu verblassen schien. Es war niemand da gewesen, für den er hätte angeben können. Seine Küsse waren nur für sie gewesen.

Ihr Körper sehnte sich verzweifelt danach, herauszufinden, was Ryder noch zu bieten hatte.

Ryder sah auf sein Telefon. »Es ist ein Uhr. Wir sollten wahrscheinlich ein wenig schlafen.«

Mia legte ihre Hand auf seine und strich mit den Fingern über seine Knöchel. »Ich bin nicht müde.«

»Wirklich nicht?«, fragte Ryder mit einem durchtriebenen Lächeln. »Was bist du, Rock-Göttin?«

»Dein«, antwortete sie und rutschte näher an ihn heran, so nah, dass ihre Nasen sich beinahe berührten. Sie glaubte wirklich, dass sie sein war. Dieses Wort verfestigte eine Entscheidung, die den ganzen Tag in ihr gewachsen war. Sie wollte wirklich die Seine sein, wollte sich ihm ganz schenken.

Im wahrsten Sinne der Bedeutung, sich jemandem zu

schenken, wenn es um einen Jungen und ein Mädchen ging, die einander liebten, denn sie war sich ziemlich sicher, dass sie Ryder Brooks liebte, und sie war sich ziemlich sicher, dass er genauso empfand.

Er strich ihr das Haar aus dem Gesicht. »Ich hätte wirklich als Erster den Namen Rock-Gott nehmen sollen«, sagte er, und sein Mund war nur Millimeter von ihrem entfernt. »Natürlich bin ich bereits einer, deshalb ist es kein besonders toller Codename.«

»Ich kann anfangen, dich so zu nennen, wenn du willst«, sagte Mia und rutschte noch näher an ihn heran, ihre Körper so eng beieinander, wie es in Kleidern möglich war.

Wie würde es sich anfühlen, wenn wir uns ausziehen würden? Bei dem Gedanken explodierte ihr Inneres in Millionen winziger Feuerwerkskörper.

»Meinen Namen von deinen Lippen zu hören ist alles, was ich jemals will.«

»Ryder.« Mia seufzte und schmeckte die Haut an seinem Hals.

»Mia«, hauchte er mit rauer Stimme in ihr Haar. »Danke für diesen Tag.«

»Der Tag ist noch nicht vorüber«, entgegnete Mia und lehnte sich zurück, um ihn anzusehen. »Irgendwie würde ich gerne etwas tun, mit dem meine Mutter definitiv nicht einverstanden wäre.«

Um seiner Antwort zuvorzukommen und mithilfe jedes Fitzelchens Mut, das sie besaß, schob sie die Hand unter sein Shirt. Seine Bauchmuskeln spannten sich unter ihrer Berührung an und versengten ihr die Hände.

Er zog sie zu einem Kuss an sich, und seine Zunge und seine Lippen stießen gegen ihre, bis sie keine getrennten Wesen mehr waren, sondern miteinander verbunden, als wären sie eine einzige Person. Ihre Körper hatten kein Ende, keinen Anfang, nur eine wunderschöne, köstliche Mitte, in der sie umherwirbelten und aufleuchteten wie eine der fliegenden Jahrmarktgondeln.

Ryders Hände wanderten ihren Rücken hinab und hinauf zu ihrer Brust, liebkosten sie über ihrem Shirt. Ein Hitzeschauer verzehrte Mia, als er sein Becken mit einer Wildheit an sie drückte, dass ihr Magen sich zusammenkrampfte und ihr Atem zu Rauch wurde. Sie konnte ihn auf sich spüren. Konnte spüren, dass er ebenso bereit war wie sie selbst. Ihre Hände konnten sich nicht schnell genug bewegen, ihre Lippen nicht leidenschaftlich genug küssen, und ihr Herz konnte nicht wild genug schlagen, so sehr wollte sie ihn.

Ihr tat alles weh, nicht vor Schmerz, sondern vor Begehren. Ryder schob die Hand unter ihr Shirt, und seine Finger waren so weich an ihrem nackten Bauch, dass sie aufkeuchte. Sie wollte, dass er sie berührte, alles an ihr. Sie schlüpfte aus ihrem Shirt, gierig danach, ihren Wunsch zu seinem Befehl zu machen.

Er trat zurück, um sie anzusehen, seine Augen blitzten auf, als er mit einem Finger außen an ihrer Brust entlangstrich und ihren weißen Spitzen-BH betrachtete.

Ihr Magen krampfte sich zusammen – ein wunderschöner Schmerz.

»Ich werde nicht Nein sagen«, stellte er fest, seine Stimme kaum mehr als ein Flüstern, »aber ich will sicher sein, dass du dir wirklich sicher bist.«

Es gab gar kein Wort dafür, wie sicher sie sich war, daher half sie ihm als Antwort aus seinem Hemd und drückte sich an ihn. Der Schock, Haut auf Haut zu spüren, machte sie atemlos und peitschte ihre Gedanken zu einem einzigen Begehren auf.

Ryder. Hier. Jetzt.

Sie drückte die Lippen auf seine nackte Schulter und genoss die Hitze seiner Haut. »Der Unterricht hat begonnen, Professor Brooks.«

Kapitel 20

Mia erwachte in Ryders Garderobe. Sie sah sich um, aber seine Seite des Bettes war kalt, die Badezimmertür stand offen, und seine Stiefel waren nicht neben der Tür.

Er musste eine frühe Probe gehabt haben und hatte sie nicht wecken wollen. Sie streckte sich genüsslich aus, fuhr sich mit den Fingern durchs Haar und über ihren immer noch nackten Körper. Ihr Äußeres fühlte sich genauso an wie zuvor, aber ihr Kopf und ihr Herz waren verändert.

Jetzt verstand sie endlich, was die große Sache am Küssen war. Was die große Sache an allem war. Die süße Seite an Ryder, die er vor allen anderen versteckte, kam im Bett zum Vorschein. Er war sanft und aufmerksam, bewegte sich langsam und genoss jeden Moment. Sein Blick auf ihrem Gesicht, seine Lippen, die immer wieder ihren Namen wisperten. Sie war auf seiner nackten Brust eingeschlafen und sein Geruch, sein Geschmack und sein gleichmäßiger Atem auf ihrer Wange waren ihr Schlaflied gewesen.

Das Klingeln ihres Telefons riss sie aus ihren Erinnerungen.

Da Ryder hatte gehen müssen, rief er vielleicht an, um ihr zu sagen, wie schön sie sei.

Sie lehnte sich vor, noch kaum wach, und drückte sich das Handy ans Ohr.

»Na, du«, sagte sie mit rauchiger Stimme.

»Mia! Wer hat dir beigebracht, dich so zu melden?«

Ihre Hände wurden so feucht, dass ihr das Telefon beinahe aus den Fingern rutschte, und sie hielt sich den Mund zu, um nicht aufzuschreien.

»Mia!«

Es war nicht Ryder; es war ihre Mutter. Ihre *Mutter*.

Sie hatte sich Sorgen gemacht, dass Mom die Veränderung in ihrer Stimme bemerken würde, nachdem sie geküsst worden war, aber was jetzt? Mia war nicht Mia, wenn sie in Ryder Brooks' Garderobe ihr Shirt auszog, wenn sie jetzt immer noch nackt in seinem Bett lag.

»Hey, Mama«, erwiderte Mia und versuchte, ihren Herzschlag zu beruhigen.

»Wo bist du? Was machst du gerade?«

Mia schaute sich um. Was konnte sie antworten?

»Ich zieh mich gerade an«, sagte sie. Das zumindest stimmte. Sie bückte sich und hob ihr T-Shirt auf, das sie am Abend zuvor auf den Boden hatte fallen lassen.

»Wo ziehst du dich an? Im Zimmer dieses Jungen?«

»Natürlich nicht, Mama«, antwortete sie und starrte auf das Telefon, während sie sich fragte, ob die Kamera eingeschaltet war. Wenn ja, hätte ihre Mutter nicht gefragt, sie hätte gebrüllt. Ihr Herz hämmerte so schnell, dass sie die Stimme ihrer Mutter kaum hören konnte.

Ihre Mom räusperte sich. »Ich rufe an, um dir zu sagen, dass du in das studienvorbereitende Programm der UCLA aufgenommen worden bist. Wir haben die Mail heute Morgen bekommen.«

»Toll«, sagte Mia, alles andere als begeistert. Die Welt außerhalb ihres Lebens mit Ryder hatte sich weitergedreht, so wie ihre Eltern das gewollt hatten, und es würde auf sie warten, wenn Mia in einer Woche zurückkam.

Eine Woche. Ihr lag ein Stein im Magen, ihre Kehle stand in Flammen. Sie wollte Ryder nicht verlassen.

»Du klingst nicht besonders erfreut. Das ist der Beginn von allem, auf das wir hingearbeitet haben.«

»Doch, ich bin es. Ich bin erfreut.« Mia wiederholte die Worte, die sie sagen sollte, aber ihr wurde ein wenig übel davon. »Ich bin einfach müde.«

»Bekommst du genug Schlaf? Ich will nicht, dass du abends viel zu lange wach bleibst ...«

»Es geht mir gut, keine Sorge.«

»Wie soll ich mir keine Sorgen machen, wenn du ständig mit diesem Jungen allein bist?«

»Ich bin nicht ständig mit ihm allein«, widersprach Mia, obwohl ihre Mutter wirklich besorgt sein sollte. Sie hätte mehr als besorgt sein sollen.

»Okay, okay«, lenkte ihre Mutter ein. »Dies ist eine freudige Nachricht. Ich weiß, dass dein Vater und ich streng mit dir waren, aber sieh dir nur an, wohin dich das gebracht hat. Du wirst uns noch sehr stolz machen.«

Mia schluckte; sie konnte nicht einmal antworten. Was sie letzte Nacht getan hatte, hätte sie überhaupt nicht stolz gemacht.

Aber sie hatte es so gewollt. Zu was machte sie das wohl?

Ihre Mutter verabschiedete sich mit ihrer gewohnten Ermahnung, *Mia solle ein braves Mädchen sein.*

Von wegen braves Mädchen; sie war nicht mal mehr eine Jungfrau.

Als Mia das Telefon auf den Nachttisch zurücklegte, fand sie eine Notiz von Ryder, er habe den ganzen Tag über Proben und Bandmeetings, würde sie aber später sehen. Obwohl er mit *Dein Ryder* unterschrieben hatte, fragte sie sich sofort, ob er ihr aus dem Weg ging.

Die Sicherheit, die sie in seinen Armen verspürt hatte, erschien ihr im Morgenlicht mit dem Echo der Stimme ihrer Mutter im Kopf wie eine Illusion.

Was hatte sie getan? Sie hatte ihre Jungfräulichkeit an einen Jungen verloren, den sie nach der nächsten Woche vielleicht nie wiedersehen würde. Wie hatte sie so verantwortungslos sein können?

Sie hatte die Initiative ergriffen und dann mit Ryder Brooks geschlafen. In was hatte sie sich verwandelt?

Nicht in jemanden, auf den ihre Eltern stolz sein würden. Nicht in die Tochter, die die Träume ihrer Eltern lebte.

Alles, was man ihr bisher beigebracht hatte, sagte ihr, dass sie in der vergangenen Nacht das Falsche getan hatte. Sie hätte warten sollen. Jetzt verstand sie das ein bisschen. Nichts band sie an Ryder, es gab keine Garantie.

Und da Ryder in einer Woche seine Nachprüfung machte, gab es sogar noch weniger Garantien.

Ryder hing mit den anderen Jungs im Bus herum, während sie auf dem Weg nach Madison waren, aber Mia lag in ihrer Koje. Sie hatte gesagt, sie müsse sich hinlegen, aber tatsächlich wusste sie nicht, wie sie sich in Ryders Gegenwart verhalten sollte.

Er war süß und fragte sie, ob sie irgendetwas brauche, ob sie wolle, dass sie leise wären, aber etwas in ihr hatte sich verändert, ließ sie alles hinterfragen.

Sie versuchte, ihren rasenden Puls unter Kontrolle zu halten, ihre ununterbrochenen Zweifel aufzuhalten, aber es hatte keinen Sinn.

In wen hatte sie sich durch Ryder verwandelt? Oder war sie immer so gewesen und hatte mit ihm endlich ihr wahres Ich ausleben können?

Diese Erkenntnis erschreckte sie. War sie so abgeschottet, so abgeschirmt gewesen, dass ihre Zeit mit Ryder sich normal angefühlt hatte? War die Mia vor Ryder die Falsche?

Draußen vor ihrer Koje klopfte jemand an die Wand.

Sie wusste, dass es Ryder war. Sie versuchte, sich mit ihren Laken zu bedecken, damit es so aussah, als hätte sie wirklich geschlafen, aber er öffnete den Vorhang, bevor sie fertig war.

»Ich wollte nur sehen, ob alles okay ist«, sagte er und blieb draußen stehen.

Er kam nicht herein, wie er das normalerweise getan hätte. Mia fragte sich, ob die Gedanken, die in ihrem Kopf herumschwirrten, sich irgendwie auf den Vorhang der Koje projiziert hatten. Sodass Ryder sie sehen konnte.

Ihre Verwirrung sehen konnte.

Mia nickte. »Ich war nur müde.«

»Von den Reisetabletten oder vom ...« Er lächelte und wollte gerade ihr Gesicht berühren, als er innehielt, die Hand sinken ließ und aufhörte zu lächeln. »Sieht so aus, als wäre dein Nachthemd aus der Wäsche zurück.« Er starrte darauf.

Sie sah an sich herunter, als wäre es keine große Sache, obwohl sie es absichtlich angezogen hatte. Sie hatte es sofort angezogen, als sie in ihrer Koje angekommen war.

Sie trug es zum Schutz, als Erinnerung an die Mia, die sie hätte sein sollen, und Ryder wusste das offensichtlich.

»Was ist wirklich los, Mia?«, fragte er und lehnte sich zurück.

Sie dachte darüber nach, es ihm zu sagen, aber wie konnte sie das erklären? *In dem für mich vorgesehenen Leben ist kein Platz für jemanden wie dich. Ich tue mit dir Dinge, die ich nie zuvor getan habe. Bevor ich dich kennengelernt habe. Mit dir bin ich jemand, der ich nicht sein sollte.*

»Nichts«, sagte sie und schaute weg.

»Du hast mich noch nie angelogen.« Seine Stimme war heiser. »Bitte, fang jetzt nicht damit an.«

Mia seufzte. Es war sinnlos, die Worte zurückzuhalten. Ryder kannte sie zu gut, die Mia, die sie sein sollte, und die Mia, die sie wirklich war. Sie konnte sich vor ihm nicht verstecken, und sie war sich ziemlich sicher, dass ihr das mehr Angst machte als alles andere.

Sie holte tief Luft.

»Fühlst du dich komisch wegen gestern Nacht oder so?« Er blinzelte.

Er redete so locker darüber, dass an ihrer Angst davor, ihren Bedürfnissen nachgegeben zu haben, etwas dran gewesen sein musste. Es war für ihn nichts Besonderes. Vielleicht war auch *sie* nichts Besonderes für ihn.

»Du nicht?«

»Wohl nur, wenn du es tust«, sagte er und sah sie von der Seite an.

»Ich bin mir nicht sicher, was ich fühlen soll«, entgegnete Mia mit zittriger Stimme. Sie wollte, dass Ryder sie in die Arme nahm und ihr sagte, dass alles gut werden würde. Gleichzeitig verstand sie, dass sie das selbst können musste, und doch war sie nicht in der Lage dazu.

Ryder senkte den Blick.

»Wie fühlst du dich?«, fragte Mia.

»Genauso«, sagte Ryder.

Ihre Lungen zogen sich zusammen, brannten wie ein Baum, der in Flammen stand, der ihren ganzen Körper zu Asche zu verbrennen drohte. »Denkst du nicht, dass das, was zwischen uns passiert ist, mehr verdient, als dass du dich genauso fühlst?«

»Ich meinte, ich fühle genauso...«

Mia presste die Lippen aufeinander und versuchte, gegen den Schmerz in ihrer Brust anzukämpfen.

»... für dich.« Ryder hielt inne und begriff, dass das nicht die richtige Antwort gewesen war. Er stieß die Hände in seine Taschen. »Was willst du von mir hören?«

»Das sollte ich dir nicht sagen müssen.« Aber wenn sie schon nicht wusste, was sie erwartete, wie konnte sie dann von Ryder erwarten, dass er wusste, was er sagen sollte?

Weil er mich seit letzter Nacht besser kennen sollte als irgendjemand sonst; er sollte spüren, was genau ich brauche.

»Es scheint, du bist wütend über irgendetwas«, versuchte er es erneut.

Mia reagierte nicht. Sie *war* wütend, aber nicht auf Ryder – auf sich selbst.

»Wir haben nichts Schlimmes getan, Mia.« Sein Kinn zitterte.

»Willst du damit sagen, dass es unwichtig ist? Denn so hört sich das an.«

Er seufzte und fuhr sich mit einer Hand durchs Haar. »Ich versuche nur, mit dir zu reden.«

»Ich bin nicht berühmt wie du. Ich mache so was nicht

die ganze Zeit.« Mia wusste nicht, woher ihre Worte überhaupt kamen. Als sie nicht hatten sprechen müssen, als es nur ihre Körper in der Dunkelheit gegeben hatte, war alles so einfach gewesen.

Jetzt ergab nichts mehr einen Sinn.

»Es ist nicht meine Schuld, dass ich berühmt bin«, sagte er schließlich.

Natürlich sagte er nicht: *Ich mache so was nicht die ganze Zeit*, denn genau das tat er. Sie war einfach irgendein beliebiges Mädchen für ihn. Na schön, wenn er darüber reden wollte, würden sie darüber reden.

»Und es ist nicht meine Schuld, dass ich *nicht* berühmt bin«, antwortete Mia.

Tatsächlich lief es genau darauf hinaus. Sie mochten das Gleiche empfinden, wenn sie in Ryders Garderobe allein waren oder wenn er auf dem Jahrmarkt eine pinke Gitarre für sie gewann oder wenn er ihren Hals küsste, aber sie waren nicht gleich.

»Ich finde immer noch, dass du nicht sauer sein solltest«, sagte Ryder.

»Warum nicht? Weil du es nicht bist?«, fragte Mia trotzig. »Ich bin nicht wie du. Bevor ich dich kennengelernt habe, habe ich noch nie etwas getan, das ich nicht tun sollte.«

»Ich dachte, du hättest es gewollt«, sagte Ryder.

»Davon spreche ich nicht.«

Ryders Gesicht verfinsterte sich vor Verwirrung. »Wovon redest du dann?«

»Ich bin anders, seit ich dich kennengelernt habe, ich bin ...«

»Der ›Bad Boy‹ hat einen schlechten Einfluss auf dich«, meinte Ryder und zwang Mia, ihm in die Augen zu sehen. Er wirkte bedrückt, abwesend. »Keine Sorge. Das hier ist bald vorbei.«

Mia wusste das, spürte die tickende Bombe der ihnen verbleibenden Zeit mit jedem Herzschlag, aber als sie die Worte aus seinem Mund hörte, wusste sie, dass ihre Zweifel gerechtfertigt gewesen waren. Er amüsierte sich mit ihr, solange er konnte, dann würde er sie wegwerfen. Genau wie er es mit unzähligen anderen Mädchen gemacht hatte, so wie sie es in den Zeitschriften gelesen hatte.

Sie zog die Ärmel ihres Nachthemds herunter. Sie hatte keine Ahnung, wie weit sie mit Ryder noch gegangen wäre. Was sie noch alles über sich herausgefunden hätte. Zumindest hatte sie jetzt ihr Nachthemd, das sie daran erinnerte, nichts zu überstürzen, vernünftig zu sein.

Das sie daran erinnerte, wer sie war. Dass sie eine Besucherin in seinem Leben war, damit sie sich nicht zu sehr fallen ließ.

»Sehr bald, in nur einer Woche«, sagte Mia, richtete sich auf und versuchte Ryder zu zeigen, dass sie mit jeder Zurückweisung fertigwerden würde, die er ihr vor die Füße warf, aber bei den Worten schmerzte ihr die Kehle.

»Schön zu wissen, dass du die Zeit im Blick behältst«,

erwiderte Ryder, schloss ihren Vorhang und ging weg, bevor sie noch etwas sagen konnte.

Sie wollte aufschreien, wollte ihn aufhalten, ihr blödes Nachthemd verbrennen, aber sie konnte nicht. Die Mia, die sie sein sollte, gewann an diesem Abend.

Die Mia, die sie die ganze Zeit über hätte sein sollen.

Kapitel 21

Ryders Telefon hatte in seiner Koje in *The One* stundenlang vibriert, aber er tippte immer wieder auf Ignorieren. Er wollte nicht nachschauen. Es waren wahrscheinlich Fotos vom Jahrmarkt, die die Presse in die Hände bekommen hatte.

Oder schlimmer noch, Videos von den Nachrichtenteams.

Es reichte ihm vollkommen, sich um fünf Uhr morgens damit auseinandersetzen zu müssen, wie sich Mia verhalten hatte.

Mia.

Selbst nach der Dusche haftete der Geruch von frittiertem Essen immer noch an ihm. Er schnupperte und fühlte sich auf den Jahrmarkt zurückversetzt, stellte sich Mia vor, mit Senf an der Wange, während sein alberner Schnurrbart herunterfiel, als er ihr den Senf vom Mund küsste.

Alles schien so einfach zu sein, während sie auf einem Heuballen gesessen und ihre Corndogs gegessen hatten.

Es hatte nichts anderes auf der Welt gegeben, nur sie beide, oder zumindest hatte er niemanden sonst bemerkt, und während dieser flüchtigen Stunde hatte auch niemand ihn bemerkt. Er hätte wissen müssen, dass *einfach* bei ihm nicht funktionierte.

Er hätte wissen müssen, dass die Gefühle, die er für Mia empfand, wenn er mit ihr im Bett war – als wäre er sein Leben lang verloren gewesen, bis sie ihn gefunden hatte –, vielleicht nicht reichen würden, wenn die Dinge kompliziert wurden.

Ryder machte bei *kompliziert* nicht mit. Das war deutlich geworden, so wie sie gestern auseinandergegangen waren, aber für Mia würde er sich vielleicht ein wenig mehr Mühe geben müssen. Zum ersten Mal in seinem Leben war er sich sicher, dass er jemanden gefunden hatte, für den er sich bemühen wollte.

Er war so überwältigt davon gewesen, wie schön sie in ihrem BH ausgesehen hatte, dass er dankbar gewesen war, als sie die Führung übernommen hatte. Aber als er dann ihr Einverständnis hatte, betete er jeden Zentimeter von ihr an – seufzte ihren Namen so viele Male, dass er ein Notizbuch damit hätte füllen können.

Sein Telefon summte wieder. Es hatte keinen Sinn, zu versuchen zu schlafen. Er schob es in seine Tasche, immer noch nicht bereit, sich mit der Sache auseinanderzusetzen.

Er schob sich aus seiner Koje und schaute aus dem getönten Fenster. Die Sonne ging auf und der Parkplatz füllte sich mit ihrem noch nicht ausgeladenen Kram. Er wusste nicht einmal mehr, in welcher Stadt sie waren, aber wenigstens hatten sie Iowa hinter sich. Im Bus war es still um ihn herum. Die Jungs schliefen noch. Mia schlief noch.

Er hätte ebenfalls schlafen sollen, wäre da nicht sein blödes Telefon gewesen. Es summte erneut in seiner Tasche. Er holte es hervor und schaute drauf. Das Display war voller Nachrichten von seinem Pressesprecher, die er in schneller Folge verschickt hatte. Alle sagten das gleiche: DRINGEND Stellungnahme erbeten, dahinter jeweils zunehmend mehr Ausrufezeichen. Er klickte auf die neueste Nachricht und fand folgenden Text: *Wenn du nicht bald antwortest, bringen sie morgen die Geschichte so, wie sie ist. Ich glaube, du willst vorher noch einen Kommentar abgeben.* Ryder klickte auf den Link unter der Nachricht und fand eine E-Mail von *TMZ*. Er erwartete, etwas über seine und Mias Eskapaden in Perücken zu finden, hoch oben über dem Jahrmarkt – sie beide in einem Augenblick ohne Komplikationen und einfach glücklich. Stattdessen fand er eine Schlagzeile, die ihm wieder und wieder ins Herz stach, wie ein Eiszapfen, bis nichts mehr übrig war.

RYDER BROOKS' ›MUTTER‹ ALLER GEHEIMNISSE.

Ein Foto von ihm und seiner Mom aus seinen Kindertagen und zwei einzelne aktuelle Fotos von ihm und ihr darunter.

Seine Mutter war schließlich doch zur Presse gegangen.

Sie hatte oft genug damit gedroht, aber er hatte nie gedacht, dass sie es tatsächlich durchziehen würde.

Er überflog die Story und bereitete sich auf weitere miese Lügen seiner Mutter vor, aber was er las, war noch schlimmer als erwartet.

Alle Kraft wich ihm aus Armen und Beinen und seine Sicht trübte sich. Diese Geschichte kam nicht von seiner Mutter.

Es war eine wortwörtliche Wiedergabe des Gesprächs, das er an dem Abend mit Mia im Bus geführt hatte. Sogar einschließlich des Satzes, *Einschlägigen Quellen zufolge sagt Brooks, er habe so viele Tränen wegen seiner sehr lebendigen Mutter vergossen, dass er dadurch gefühllos geworden sei – sieht aus, als wäre unser »Bad Boy« in Wirklichkeit ein »Sad Boy«.*

Sein Gesicht wurde heiß, sein Körper verkrampfte sich, und seine Knochen schienen zu schreien.

Mia hatte sein Geheimnis verraten.

Mia?

Deswegen hatte sie sich am vorigen Abend seltsam benommen, und sie hatte wahrscheinlich nur mit ihm geschlafen, damit sie das ebenfalls verkaufen konnte. Damit sie der Welt erzählen konnte, dass sie ihre Jungfräulichkeit an Ryder Brooks verloren hatte.

Wenn er das alles in einer Zeitung oder Zeitschrift gelesen hätte, er hätte das Blatt in Fetzen gerissen, aber es war auf seinem Telefon, deshalb klickte er den Artikel weg und schleuderte das Handy auf den Boden des Busses. Es sprang hoch, immer noch unversehrt. Das entsprach seinen Gefühlen nicht im Mindesten. Er hätte es am liebsten vom Dach eines Wolkenkratzers geworfen. Damit es wie ein Geschoss auf den Boden traf.

Mia hatte ihm das beigebracht. Dass die Geschwindigkeit eines Objektes exponentiell zunahm, proportional zur Höhe, aus der es herunterfiel. Dass der Aufprall von etwas so Kleinem wäre, als würde man einen Steinbrocken werfen, wenn es aus so großer Höhe fiel.

Mia. Wie hatte sie das tun können?

Er bückte sich, um sein Telefon aufzuheben. Es hatte keinen Kratzer davongetragen – dämlicher, unzerstörbarer iPhone-Case. Er stopfte es sich in die Gesäßtasche, die zusammengebissenen Zähne und die Beklemmung in seiner Brust machten ihm das Atmen schwer.

In seinem Kopf ging alles durcheinander, er konnte sich auf nichts konzentrieren. Er hatte ihr Dinge erzählt, die er noch nie jemandem erzählt hatte, und sie hatte sie verkauft.

Sie hatte ihn verkauft.

Sein vernichtetes Herz schien sich röchelnd wiederzubeleben, Wut und Verrat ersetzten nun Glück und Trost und alles, was Mia ihm gegeben hatte und von dem er nun wusste, dass es Lügen gewesen waren.

Sie war wahrscheinlich gestern nur mit ihm auf den Jahrmarkt gegangen, um ihn abzulenken, während die

Medien dieses Netz woben. Diese Geschichte, die nur ihn etwas anging, war jetzt da draußen in der Öffentlichkeit. Seine tote Mutter war durch die Götter der Klatschpresse wieder auferstanden.

Er rannte fast durch den Gang zu Mias Koje.

»Wach auf.« Er zerrte den Vorhang zurück, ohne anzuklopfen, riss ihn beinah von seinen Haken. Sie verdiente nicht, dass er noch höflich zu ihr war.

»Wie spät ist es?«, fragte sie, rieb sich die Augen und richtete sich auf. Ihr blödes Nachthemd ließ sie so unschuldig aussehen, aber er wusste, wer sie wirklich war. Genau wie alle anderen in seinem Leben war sie ein Vampir.

Eine Fälschung.

Ein *Parasit*.

»Ich stelle hier die Fragen«, sagte er und versuchte seine Atmung zu beruhigen. Es war nicht leicht. Es fühlte sich an, als käme Feuer aus seinem Mund und seiner Nase. Der Verlust des Versprechens, das Mia für ihn gewesen war, machte ihn zu einem Drachen, einem Monster, wie in einem Märchen, das rückwärts erzählt wurde. »Was zum Teufel ist mit dir los?«, fragte er, bevor sie etwas sagen konnte.

»Wie bitte?«

»Was zum Teufel ist mit dir los?«, wiederholte Ryder und hielt nach jedem Wort kurz inne. Er wollte wirklich eine Antwort haben. Die Mia, die er kannte, konnte dies nicht getan haben, also hatte er sie vielleicht gar nicht gekannt.

»Wovon redest du?« Mia lehnte sich nach hinten, von ihm weg.

»Ich sagte, dass ich die Fragen stelle.« Er klang wie ein Polizist aus den Fernsehsendungen, vor denen seine Mutter früher besoffen ohnmächtig geworden war, aber es war ihm egal. Hauptsache, er klang nicht wie er selbst, denn dieser Ryder und das kleine Fünkchen Hoffnung, das Mia in ihm entzündet hatte, dass er tatsächlich glücklich sein und geliebt werden könnte, war in dem Moment zugrunde gegangen, als er gesehen hatte, dass sie genauso schlimm war wie alle anderen.

»Du wirkst so wütend.« Mia wich noch weiter zurück und kauerte in der Ecke ihrer Koje. »Ich weiß, gestern Nacht war ich nicht in der Lage zu reden, aber jetzt bin ich es.«

»Hör auf, so zu tun, als läge dir etwas an mir«, sagte er. »Ich weiß, dass du mich total verarscht hast.«

»Ernsthaft, Ryder, wovon redest du?«, fragte Mia mit einem total verwirrten Gesichtsausdruck.

Sie war eine gute Schauspielerin, so viel stand fest.

»Ich kann nicht glauben, dass ich dir das auch noch zeigen muss. Du bist so ein Feigling.« Er hielt ihr sein Telefon entgegen.

Sie überflog die Story, und ihr Mund öffnete sich, als wolle sie etwas sagen, als wolle sie schreien, wolle atmen, irgendetwas tun, aber nichts kam heraus.

»Wie sind die da drangekommen?«, fragte sie schließlich.

»Weil du es ihnen erzählt hast«, zischte er.

Sie schüttelte den Kopf, so heftig, dass er dachte, ihr Kopf würde womöglich abfliegen. »Nein, nein, Ryder, das würde ich nie tun.« Sie versuchte, die Hand nach ihm auszustrecken, aber er trat zurück.

»Wie kannst du mich *schon wieder* belügen«, sagte er mit lauter werdender Stimme. »Ich habe dich erwischt und du lügst immer noch.«

»Ich habe dich nie belogen. Ich würde dich nie belügen.«

»Welche andere Erklärung gibt es?«, fragte er. Sein Zorn zerstreute sich gerade so weit, dass der winzigste Strahl eines *Vielleicht* hindurchspähte.

Hatte sie eine andere Erklärung? Denn wenn nicht, hatte er wirklich niemanden in seinem Leben, dem er vertrauen konnte.

Wenn nicht, hatte er absolut niemanden in seinem Leben.

»Ich weiß, das sieht übel aus, aber Ryder, ich bin's«, sagte sie und versuchte, ihn dazu zu bringen, ihr in die Augen zu sehen. »Ich würde dir das niemals antun.«

Er wollte ihr glauben, aber wie konnte er? In der Nacht neulich waren nur er und sie in der Küche gewesen. Vielleicht hatten die Jungs es mit angehört, aber die würden so etwas niemals tun. Sie mochten ihn heftig nerven, und er mochte sie in den Wahnsinn getrieben haben, aber so etwas würden sie ihm nicht antun.

Wie konnte Mia nur?

Weil er ihr nicht wirklich etwas bedeutete – sie hatte ihre vorgetäuschte Beziehung missbraucht, um nah genug an ihn heranzukommen und ihn zu benutzen.

Genau wie alle anderen.

Er hatte gedacht, Mia sei der beste Mensch, den er kannte. Er hatte sich geirrt.

»Man kann niemandem vertrauen«, sagte er. Das hatte er immer geglaubt, vor Mia, und nun kamen die Worte wieder hoch. Er nahm ihr sein Telefon weg.

»Du kannst mir vertrauen«, versicherte sie ihm. »Du bedeutest mir etwas. Ich weiß, ich war letzte Nacht verwirrt, aber das bin ich jetzt nicht mehr. Meine Gefühle für dich sind alles, was zählt...«

Ryder verdrehte so heftig die Augen, dass er dachte, er hätte sie sich verstaucht. »Ich will nichts von deinen vorgetäuschten Gefühlen hören.«

»Du glaubst mir wirklich nicht?« Mias Stimme hatte eine wütende Schärfe, die Ryder nicht ignorieren konnte.

Welches Recht hatte sie, sauer zu sein?

»Nein«, schäumte Ryder, »das tue ich wirklich nicht. Wie viel haben sie dir gezahlt? Ich wette, es hat deine Mama wirklich stolz gemacht. Mein Geld war wohl nicht genug.«

»Ich kann nicht glauben, dass du das sagst, nach allem, was zwischen uns passiert ist...« Sie brach ab, ihr Gesicht gerötet, ihre Augen feucht.

Warum verstellte sie sich weiter? Nur, um ihm noch mehr wehzutun?

»Da war nichts zwischen uns. Da *ist* nichts zwischen uns.« Seine Kehle und sein Herz schmerzten von dieser Lüge, als er den Bus verließ und auf den Parkplatz trat.

Mia rief ihm nach, aber er musste weg von ihr, musste weg von ihnen allen.

Unglücklicherweise konnte er nirgendwo anders hin.

Kapitel 22

Mia saß draußen vor dem Bus auf dem Bürgersteig. Sie hatte versucht, Ryder nachzugehen, aber er war schon weg gewesen. Und welchen Sinn hätte es auch gehabt? Er glaubte ihr ja doch nicht. Wie konnte er ihr nicht geglaubt haben? Sie rieb sich die Augen. Die Sonne schien auf die Busse und Wohnwagen, die wie eine eigene kleine Welt auf dem Parkplatz standen. So hatte sich das zwischen ihr und Ryder ebenfalls angefühlt – wie *ihre* eigene kleine Welt. Was für ein Witz. Wenn sie ihm etwas bedeutete, hätte er ihr geglaubt.

Wenn er sie liebte, hätte er ihr geglaubt.

Was bedeutete, dass er das nie getan hatte.

Tränen brannten ihr in den Augen – ihr dummes endokrines System setzte Hormone in ihrer Okularregion frei. Eine Träne kullerte ihre Wange hinunter und tropfte ihr vom Kinn. Es half nicht, es wissenschaftlich zu betrachten. Ryder hatte sie zum Weinen gebracht.

Sie presste die Handballen gegen die Augen und versuchte, die Tränen zurückzuhalten.

Nachdem sie darüber geschlafen hatte, war sie bereit gewesen, mit Ryder zu reden, mit Ryder zusammen zu sein, aber jetzt wollte sie nie wieder auch nur ein Wort mit ihm wechseln.

Er konnte nie mehr zurücknehmen, was er zu ihr gesagt hatte – *Da war nichts zwischen uns* –, sie fragte sich, ob er nur auf den richtigen Vorwand gewartet hatte, um das zu sagen.

»Schlafwandelst du?«

Mia wischte sich über die Augen und sah auf. Vor ihr stand Paige, eins der Mädchen von *Cherry*, *S2Js* Vorband. Sie hielt eine Tasse Kaffee in der Hand. Mia hatte seit dem Tag ihrer Ankunft nicht mehr mit Paige gesprochen, aber wenn Mia den Gerüchten glauben sollte, war Paige Miles' Exfreundin.

Mia hasste Gerüchte.

Sie hatte gedacht, Highschool-Gerüchte wären schlimm, aber die waren nichts im Vergleich zu Boyband-Dramen.

Mia wiederholte im Geiste immer wieder das Wort *Exfreundin*. War sie das jetzt auch? Konnte man eine Exfreundin sein, wenn man gar nicht gewusst hatte, dass man eine Freundin war – wenn der dazugehörige »Freund« das Wort nie wirklich ausgesprochen hatte?

»Hallo?« Paige wedelte mit der Hand vor Mias Gesicht. »Schläfst du noch?«

»Was?«

»Du trägst deinen Pyjama«, erklärte sie. »Ich dachte, du schlafwandelst vielleicht.«

»Oh, das ist mir gar nicht aufgefallen.« Mia verschränkte die Arme vor der Brust und starrte geradeaus. Ihr blödes Nachthemd... Egal. Es war ihr egal, wer sie jetzt darin sah.

»Ist alles okay?«, fragte Paige.

Mia hätte sagen können: *Ja, super,* und Paige wäre weitergegangen. Es war nicht so, als hätten sie jemals wirklich miteinander geredet, aber Mia hatte sonst niemanden zum Reden gehabt.

»Nein«, sagte Mia und fühlte, wie ihr Gesicht heiß wurde. Die Tränen traten ihr in die Augen, aber zumindest fielen sie nicht. »Ist es tatsächlich nicht.«

Paige lachte. »Du bist wirklich ehrlich.«

»Das spielt keine Rolle, wenn einem niemand glaubt.« Mia seufzte.

»Das sind aber tiefschürfende Gedanken um fünf Uhr morgens.«

»Glaub mir, es war nicht meine Entscheidung, meinen Tag mit einem Streit zu beginnen.«

»Was ist passiert?«, fragte Paige und legte den Kopf schief.

»Ryder«, antwortete Mia. Sie wollte nicht mehr sagen. Paige hatte die Geschichte noch nicht gelesen. Das würde sie zwar noch, aber Mia wollte trotzdem nicht diejenige sein, die sie erzählte.

Außer den dummen Klatschblättern waren da auch noch alle anderen Dinge, an die Mia immerzu denken musste. Dass Ryder sie vielleicht *doch* benutzt hatte.

Dass er die Story vielleicht selbst verkauft hatte, um einen Vorwand zu haben, mit ihr Schluss zu machen.

»Ärger im Bad-Boy-Land?«, fragte Paige und setzte sich neben sie.

Mia zog die Knie an und legte das Kinn darauf. »Ja, mehr als Ärger.«

Ihre letzten beiden Begegnungen waren noch hitziger gewesen als ihre allererste. Vielleicht war das so, wenn Leute sich trennten. Mia wusste es nicht. Ganz besonders wusste sie nicht, wie Leute sich trennten, wenn sie nicht einmal wirklich zusammen gewesen waren.

»Er ist launisch«, sagte Paige und nahm vorsichtig einen Schluck von ihrem Kaffee.

Mia nickte, obwohl es mehr war als das. Ryder hatte verletzt und zornig gewirkt, aber sie hatte auch Schmerz in seinen Augen gesehen – weil er schon so viele Male enttäuscht worden war, dass er jetzt praktisch darauf wartete.

»Er ist kein sehr guter Zuhörer, wenn er sauer ist«, sagte Mia schließlich, weil sie Paige nicht erzählen wollte, wie Ryders Lippen gezittert hatten, während er darauf gewartet hatte, dass sie etwas sagte. Obwohl sie nur noch daran denken konnte.

»Kein Junge ist das«, antwortete Paige, »aber Ryder hat seinen Spitznamen nicht bekommen, weil er alten Damen über die Straße geholfen hat.«

»So ist Miles wohl an seinen Spitznamen gekommen, hm?«

Paige schaute weg.

»Tut mir leid«, sagte Mia und wandte den Blick ab. »Ich hätte ihn nicht erwähnen sollen.«

»Ist schon gut. Ich meine, ich sehe ihn jeden Tag. Ich kann es ertragen, seinen Namen zu hören.«

»Natürlich«, sagte Mia und begriff, dass Paige vielleicht erheblich stärker war, als sie ihr zugetraut hatte. Sie konnte zumindest einem Jungen gegenübertreten, mit dem sie zusammen gewesen war, und damit hatte Mia selbst ganz offensichtlich ein Problem.

»Und Miles hat ebenfalls seine Launen. Viele Männer haben das. Mädchen auch. Du zum Beispiel scheinst im Moment nicht sehr glücklich zu sein.«

Mia brachte ein trockenes Lachen heraus. »Guter Punkt.«

»Er ist jetzt vielleicht wütend oder so, aber Ryder war noch nie besonders umgänglich, bevor du in sein Leben getreten bist.«

»Wie meinst du das?«

»Er hat sich verändert – du hast ihn verändert.«

»Das ist nur gespielt«, tat Mia Paiges Bemerkung ab.

Paige kniff den Mund zusammen und starrte sie an.

Verflixt. Vielleicht hatte Ryder recht. Vielleicht konnte man ihr wirklich nicht trauen. »Er hat sich nicht wirklich verändert«, sagte Mia und versuchte, ihren Ausrutscher zu überspielen.

»Wenn das der Fall ist, kann er super schauspielern. Alle reden darüber. Er ist netter zum Glamour-Kommando, den Bodyguards und der Crew. Er bedankt sich sogar bei den Leuten vom Catering.«

Das hatte sie nicht erwartet, aber es war der Ryder, den *sie* kannte. Mia kämpfte gegen ein Lächeln an. »Du machst Witze.«

»Nein, du hast etwas mit ihm angestellt. Selbst wenn es im Moment nicht gut aussieht, du hast ihn zum Besseren verändert.«

Mia lehnte sich zurück. Das, was Paige beschrieben hatte, war nicht passiert, während Mia in Ryders Nähe gewesen war. Es hatte nichts mit ihrer vorgetäuschten Beziehung zu tun oder mit seiner Schauspielerei. Das waren echte Reaktionen, die er nicht für irgendjemanden spielte. So benahm man sich, wenn man wirklich glücklich war.

Hatte sie Ryder glücklich gemacht? Würde sie zugeben können, dass er das Gleiche mit ihr gemacht hatte, jetzt, da sie wusste, wie traurig er sie machen konnte?

»Ich glaube, es ist zu spät«, sagte Mia.

Paige ließ den Kaffee in ihrer Tasse kreisen. »Ich hoffe nicht. Im Namen aller auf der Tournee solltest du ihm noch eine Chance geben. Wenn er schon übel war, bevor du kamst, wird er ohne dich unerträglich sein.«

»Und vielleicht, weil du tatsächlich *auch* willst, dass er glücklich ist?«, blaffte Mia. Sie war sich immer noch nicht sicher, ob sie Ryder verzeihen würde, aber sie konnte es sich auch nicht verkneifen, ihn zu verteidigen.

»Klar«, sagte Paige, »das auch.«

»Ich glaube nicht, dass ich schon so weit bin, dass ich mit ihm reden kann«, gab Mia zu.

Paige stand auf und streckte die Hand aus. »Wie wäre es dann, wenn wir dir erst mal ein paar Klamotten besorgen?«

Mia wartete nach der Show vor Ryders Garderobe. Es kam ihr nicht richtig vor, drinnen zu warten, und es kam ihr noch weniger richtig vor, in seinem Bett zu warten. Es war erstaunlich, wie schnell sich Dinge zwischen zwei Menschen ändern konnten. Wie *Hass* zu *Vergnügen* werden konnte, *Vergnügen* zu *Sympathie*, *Sympathie* zu *Liebe* und *Liebe* wieder zu *Hass*. Beziehungen waren wie eine Achterbahn mit kaputten Sicherheitsbügeln.

Wenn man dann noch das Rampenlicht hinzufügte, war es noch schlimmer. Ryder hatte in einem Punkt recht gehabt: Die Medien konnten alles verändern.

Heute war sie herumgelaufen und hatte mit der Crew gesprochen, dem Glamour-Kommando, den Bodyguards und dem Catering-Team, und alles, was Paige gesagt hatte, stimmte. Ryder *hatte* sich verändert, war tatsächlich jemand, mit dem sie jetzt gern zusammenarbeiteten. Mia hatte ihn verändert.

Sie hatte Angst davor gehabt, zu was für einer Person sie mit Ryder geworden war, aber im Laufe des Tages begriff sie, dass das geschah, wenn man jemanden traf, der einem etwas bedeutete. Er veränderte einen. Er machte einen besser. Die alte Mia mochte ein braves Mädchen gewesen sein, aber sie war nicht glücklich gewesen, nicht frei, nicht sie selbst.

Ryder hatte das bei ihr zum Vorschein gebracht.

Sie hatte sich an diesem Abend die Show angesehen, aber anders. Sie stand diesmal nicht direkt hinter der Bühne, sondern in der Menge, sodass Ryder sie nicht sehen konnte. Statt das Gefühl zu haben, dass Ryder nur für sie sang, verstand sie, dass er wirklich allen gehörte. Er *war* ihre Marionette, ihr Spielzeug, ihr Hofnarr.

Warum sollte er *nicht* gedacht haben, dass sie ihn verraten hatte? Für alle anderen war er etwas, das man benutzte, ein Gegenstand, warum also nicht auch für sie?

Sie musste ihn dazu bringen, das zu verstehen. Er hatte Zeit gehabt, Abstand zu bekommen, sodass er ihr vielleicht bereits glaubte oder zumindest eher dazu bereit wäre.

Die Jungs kamen in den Flur, der an ihre Garderoben angrenzte. Mia blieb stehen. Sie wollte weglaufen, um Ryders zornigen Worten aus dem Weg zu gehen, aber sie würde es nicht tun. Die Mia, die sie jetzt war, würde um Ryder kämpfen. Die Mia, die sie jetzt war, wusste, dass es sich lohnte, für das zu kämpfen, was sie zusammen waren.

Sie beobachtete, wie sein Blick über sie hinwegwanderte und seine Augen schmal wurden.

Sie zwang sich zu atmen.

Eine Gruppe von Fans belagerte die Jungen. Die Bodyguards drängten sie zurück und alle bis auf Ryder liefen zu ihren Garderoben. Ryder blieb zurück und redete mit einem relativ kleinen Mädchen mit blondem Bob. Sie war in jeder Hinsicht das Gegenteil von Mia, und Mia konnte den Gedanken nicht ignorieren, dass hinter der Entscheidung wahrscheinlich Absicht lag.

Mia rang darum, still stehen zu bleiben, aber ihre Beine fühlten sich wie Wackelpudding an. Die Zuversicht, die sie noch Sekunden zuvor verspürt hatte, ihre Gewissheit, dass Ryder ihr glauben würde, schien mit einem Schlag fort zu sein.

Sie hatte gedacht, Reisekrankheit sei die schlimmste Art von Übelkeit, die sie je erlebt hatte, aber sie kam nicht einmal ansatzweise an das hier heran.

Sie beobachtete weiter, wie die beiden miteinander redeten. Ryder war immer noch nicht auf Mia zugekommen. Er hatte sie gesehen und unterhielt sich stattdessen mit einem Groupie.

Sie fühlte sich, als hätte sie Säure geschluckt.

Wieso stand sie immer noch da? Wieso befand sie sich noch in derselben Stadt und demselben Staat wie Ryder Brooks? Er war offensichtlich fertig mit ihr. War es vielleicht von Anfang an gewesen.

Statt auch nur noch eine weitere Sekunde abzuwarten, lief sie auf Paiges und Abbys Garderobe zu. Zumindest konnte sie dort die Nacht verbringen. Morgen würde sie sehen, wie sie nach Hause kam.

Kapitel 23

Die Crew belud die Fahrzeuge, bevor sie nach Chicago aufbrachen. Um Ryder herum war alles unverändert. Die Roadies packten ihre Ausrüstung ein, die Trucker koppelten die Anhänger an Zugmaschinen, die Busse ließen die Motoren warm laufen, aber er war verändert.

Noch vor einem Monat hätte er dieses Groupie-Mädchen mit in seine Garderobe genommen, und die Crew hätte wie verrückt an seine Tür geklopft, um ihn herauszuholen, damit sie fertig packen konnten. Stattdessen saß er allein vor dem Bus auf dem Parkplatz.

Alles hatte sich verändert, als er Mia kennengelernt hatte.

Und jetzt hatte es sich ohne Mia wieder verändert.

Er hatte gewollt, dass sie sich genauso schrecklich fühlte wie er. Aber als Mia davongelaufen war, hatte er begriffen, dass es ihm ganz und gar nicht gut ging, wenn Mia sich wegen ihm elend fühlte.

Tatsächlich fühlte es sich entsetzlich an.

Er schickte das Mädchen mit einem Autogramm weg und trank, bis er einschlief.

Es wäre leicht für ihn gewesen, seine Sorgen in den Armen dieses Mädchens zu vergessen. Sie war süß, und als Fan hätte sie wahrscheinlich alles getan, was er wollte, aber Ryder hatte die leichten Eroberungen satt.

Er vermisste Mia.

Es machte ihn wahnsinnig, dass er sie vermisste. Sie hatte ihn verraten. Wie konnte er ihr das jemals verzeihen, ganz gleich, wie sehr er sich nach ihren dunklen Augen sehnte, nach ihrem wissenden Lächeln und ihrer Freude an Karteikarten.

»Ich hab gehört, dein Mädchen verlässt uns«, rief Miles, der in der Tür von *The One* stand.

Die anderen Jungen waren bereits im Bus, und genau deshalb war Ryder draußen: um allein zu sein.

Es war, als hätte Miles ein Ortungsgerät, um dann aufzutauchen, wenn er am meisten nervte.

»Hm?«, fragte Ryder und hoffte, dass er weggehen würde.

Miles stieg aus dem Bus. »Paige hat mir erzählt, dass Mia nach Hause fliegt. Auf dem Weg aus der Stadt setzen wir sie irgendwo ab; sie hat einen Flug gebucht und alles. Ich habe euch gestern Morgen gehört, aber mir war nicht klar, dass es so ernst war.«

»Vergiss es«, sagte Ryder, weil er nicht in der Stimmung war, die Sache noch einmal aufzuwärmen, erst recht nicht mit Miles.

Sie geht fort? Er war wütend, aber das würde bedeuten, dass sie für immer weg war.

Miles blinzelte.

»Was?«, fragte Ryder.

»Du siehst total fertig aus, Mann. Bist du okay?«

Ryder fuhr sich mit den Händen durchs Haar und zwang sich zu atmen. Innerlich fühlte er sich völlig fertig; das Mädchen, das er dazu benutzt hatte, um Mia zu vergraulen, hatte offensichtlich besser funktioniert, als es seine Absicht gewesen war.

»Du hast recht, ich bin nicht besonders gut drauf«, antwortete Ryder. So viel konnte er Miles gegenüber zugeben, aber mehr nicht. Obwohl es sich innerlich anfühlte, als würde er zu Staub zerfallen.

Miles kam zu ihm und baute sich vor ihm auf. »Willst du darüber reden?«

»Mit dir?«, zischte Ryder mit einem spöttischen Lachen. »Danke, aber nein danke, 00-Schnarchnase.«

»Ein 007-Scherz, zum Schreien komisch. Ich dachte einfach, dass du für mich da warst, als ich bei Aimee Hilfe brauchte, also bin ich hergekommen, um für dich da zu sein.«

»Geh und belästige Trevin, deinen Homie«, erwiderte Ryder. »Habt ihr zwei keine Verlustängste, wenn ihr mehr als fünf Minuten getrennt seid?«

Miles zuckte mit den Schultern. »Wie du willst. Wenn du Mia auch so behandelt hast, verstehe ich, warum sie wegwill.« Er ging auf den Bus zu.

»Wie soll ich ihr denn verzeihen?«, brüllte Ryder Miles nach.

»Ich dachte, du wolltest nicht darüber reden«, antwortete Miles, ohne sich umzudrehen.

»Will ich auch nicht«, sagte Ryder und trat mit dem Stiefel gegen einen Kieselstein.

Miles seufzte und kam zurück, dann setzte er sich neben ihn. »Ich höre dir zu«, erklärte er, »aber ich will eine volle Woche, ohne dass du dir blöde Namen für mich ausdenkst.«

Ryder warf ihm einen schiefen Blick zu.

»Fünf Tage?«, probierte es Miles.

»Drei«, stimmte Ryder zu.

»Das ist die Sache wert. Also, was ist passiert, Casanova?«, fragte er und schlug ihm auf den Rücken.

»Du hast gesagt, ohne blöde Namen.«

»Für dich, nicht für mich«, erwiderte Miles mit dem Lächeln, bei dem die Groupies gaga wurden.

Ryder brachte ein dumpfes Lachen zustande, bevor er erzählte, was Mia getan hatte. Er zeigte Miles auf seinem Handy die Story, die gerade live gegangen war. Er hatte sich nicht die Mühe gemacht, einen Kommentar an *TMZ* zu schicken. Zum Teufel mit denen, zum Teufel mit allen. Was spielte es noch für eine Rolle, was irgendjemand dachte, wenn jemand, der ihm wirklich etwas bedeutet hatte, ihn so schäbig behandelt hatte?

»Was könnte es sonst für eine Erklärung geben?«, fragte Ryder, während Miles las. »Wir waren an dem

Abend allein im Bus. Ich habe das sonst niemandem erzählt.«

»Deine Mom ist gar nicht tot?«

»Darum geht's nicht.«

»Darüber *werden* wir später noch reden«, sagte Miles. Er gab einen Laut von sich, eine Art *Hmmmm*. »Du weißt, dass Lester die Busse per Video überwachen lässt?«

»Was?«, rief Ryder.

»Du hast nach einer anderen Erklärung gefragt, Kumpel, und es gibt eine.«

»Du glaubst doch nicht, dass er es war, oder?«

Miles warf ihm einen langen Blick zu. Er brauchte nicht zu antworten.

Natürlich war es LJ gewesen. Er versuchte immer, das Verständnis der Fans für Ryder zu fördern, damit sie sich besser in ihn einfühlen konnten. In einen Jungen, der wegen seiner Mutter weinte, konnte man sich hervorragend einfühlen.

Seine Haut wurde kalt; sein Hals war wie zugeschnürt. Wie hatte er nur Mia beschuldigen können? Wie hatte er ihr nicht glauben können?

»Du hast ernsthaft nichts von den Kameras gewusst?«, beharrte Miles. »Die hat er anbringen lassen, nachdem er herausgefunden hatte, dass ich Aimee in den Bus geschmuggelt habe. Du solltest wirklich mehr mit uns abhängen«, fügte er hinzu.

»Das merke ich mir für die Zukunft«, murmelte Ryder.

Scheiße. Die Schuldgefühle, die in seinen Eingeweiden

wie Säure brodelten, weil er geglaubt hatte, dass Mia ihm so etwas hatte antun können, verwandelten sich in Hitze, in sengende Wut. Er ballte die Hände zu Fäusten und drückte so fest zu, dass seine Fingernägel Striemen auf den Innenseiten seiner Handflächen hinterließen.

»Wie konnte LJ mir das antun?«

»Warum tut er überhaupt das, was er tut?« Miles zuckte mit den Schultern. »Wegen des Geldes.«

Es war außerdem genau das, worauf ihre Fans sich stürzen würden, und LJ war nichts wichtiger, als ihre Fans bei Laune zu halten, selbst auf Kosten der Band.

Auf seine Kosten.

»Sie hat gesagt, dass sie es nicht war, und ich habe ihr nicht geglaubt.« Ryders Stimme brach. Er schüttelte den Kopf und versuchte, die Glut in seinem Gesicht und in seinen Augen zu ignorieren.

Mia, die wunderschöne Mia. Er war derjenige gewesen, der sie enttäuscht hatte, nicht umgekehrt.

»Heulst du, Mann?«

Der alte Ryder hätte Miles gesagt, dass er sich verpissen solle, aber was hatte das für einen Sinn?

»Nein, aber ich könnte es glatt«, gestand Ryder. Er hatte keine Tränen mehr vergossen seit dem Tag, an dem seine Mutter ihn der staatlichen Fürsorge übergeben hatte. Danach hatte er sich geschworen, dass er nie wieder jemandem erlauben würde, ihm wehzutun. Er würde sein Leben nur für sich und für niemanden sonst leben, und das hatte auch super funktioniert, bis Mia gekommen war.

Mia.

Ryder spürte, dass Miles den Arm hob, als wolle er ihn umarmen, er hielt aber inne und schob die Hand stattdessen in seine Tasche.

»Kluge Entscheidung«, brummte Ryder.

»Die brauche ich noch. Mit der Hand halte ich das Mikro.« Miles lehnte sich ein Stück von ihm weg. »Heulst du jetzt echt?«

»Scheiße, Miles, ja, ich heule.«

»Ich hätte nie gedacht, dass ich den Tag noch erleben würde.«

Ryder drehte sich um, sodass Miles seine glänzenden Augen sehen konnte. »Du solltest die wahrscheinlich in einer Flasche auffangen. Die sind selten, wie Einhörner.«

Miles seufzte. »Da du mir nicht erlaubst, dich anzufassen, möchte ich dich wissen lassen, dass ich dich im Moment im Geist umarme.«

Ryders Schultern sackten nach unten. »Ich erlaube es dir im Geiste.«

»Das wird schon wieder.«

»Nein, wird es nicht. Mia geht weg. Ohne sie werde ich niemals glücklich sein. Ich werde ihr niemals sagen können, wie viel sie mir bedeutet. Dass ich sie *liebe*.« Als das Wort über Ryders Lippen kam, zerriss es ihn förmlich. Er wollte Mia das sagen, ihrer Haut, ihrem Haar, nicht einem Parkplatz voller *Seconds to Juliet*-Scheiß.

Miles presste die Lippen aufeinander. »Klingt so, als müsstest du ein bisschen auf den Knien herumrutschen.«

»Ich weiß nicht, ob auf den Knien rumrutschen noch reichen würde«, entgegnete Ryder, stand auf und ging auf die Arena zu.

»Entschuldigst du dich jetzt? Wir sollen in fünf Minuten aufbrechen.«

»Nein«, brüllte Ryder über seine Schulter, »zuerst ramme ich unseren fetten Scheiß-›Manager‹ unangespitzt in den Boden.«

Ryder fand LJ bei den Leuten vom Sound, wo er den Transport des Soundsystems regelte.

»Leslie«, donnerte Ryder, »wir müssen reden.«

LJ kam herangewatschelt. Er war verschwitzt und außer Atem von dem kurzen Weg. »Ich habe dir gesagt, dass du mich nicht so nennen sollst«, gab er zurück.

»Ich würde dir sagen, dass du mich nicht ausspionieren und mein Leben an die Klatschpresse verkaufen sollst, aber dafür ist es jetzt wohl zu spät, oder?«

LJ blinzelte. Er versuchte, Paroli zu bieten, aber Ryder sah, dass er leicht zurückwich. »Das hast du mir nie gesagt«, entgegnete LJ und leckte sich die Lippen. Ryder sah sein Auge zucken. LJ wusste, dass er erwischt worden war.

»Es stimmt also? Du warst es. Die Mutter-Geschichte kam von dir?«

»Es kommt alles immer von mir«, sagte LJ und senkte

die Stimme. »Weißt du, wie man dafür sorgt, dass eine Band berühmt bleibt? Man macht sie berüchtigt.«

»Aber bei diesem Geheimnis geht es nicht um die Band – es geht um mich. Um mein echtes Leben. Meine Mutter«, antwortete Ryder und kämpfte gegen einen Kloß im Hals. Er war hier, damit LJ sich mies fühlte, nicht andersherum.

»Du bist derjenige, der überhaupt erst die Lügen erzählt hat«, schnaufte er. »Außerdem musste ich etwas tun, um von dem Freundinnen-Quatsch abzulenken. Ich habe das für dich getan, Ryder. Die Mädchen wollen sich vorstellen, sie wären deine Freundin. Sie wollen nicht, dass jemand Reales ihren Platz einnimmt.«

»Jemand hat aber ihren Platz eingenommen.« Oder *hatte* es zumindest.

»Genau. Hinter den Kulissen kannst du tun, was immer du willst, aber du musst es privat halten. Das macht Beziehungen ohnehin viel einfacher.« Er zwinkerte ihm zu. »Und was immer mit Mia vor sich geht ... im Ernst, die ist doch nichts für dich. Ich denke, allein dass sie früher abreist, zeigt das.«

Ryder spürte Feuer hinter den Augen, aber er zwang sich, die Hände in die Taschen zu schieben. Er wollte LJ unangespitzt in den Boden rammen, jetzt noch mehr, da er so etwas über Mia gesagt hatte, aber er war es nicht wert. »Du bist noch finsterer drauf, als ich dachte.«

»Willkommen im Musikgeschäft.«

Ryder begriff, dass *S2Js* Musik nicht das war, was ihn

so gestört hatte, auch nicht die anderen Jungs. Es war LJ, das, was LJ immer aus ihm zu machen versuchte.

»Was immer ich dir versprochen habe, wenn ich solo unterwegs sein sollte, ist gestorben«, sagte er.

»Das solltest du nicht wollen, Ryder«, antwortete LJ und riss seine Fischaugen auf. »Ich kenne noch mehr Geheimnisse. Dein fehlender Highschoolabschluss, dass Mia nur so getan hat, als wäre sie deine Freundin – und das sind nur die, die mir spontan einfallen.«

»Dann erzähl sie alle. Was schert mich das? Mia und meine Musik waren alles, was mir etwas bedeutet hat, und du hast beides ruiniert.«

»Ich habe mit Mia nichts gemacht.«

»Du hast recht«, stimmte Ryder zu. Seine Brust war wie zugeschnürt. »Das war ich. Ich habe Mia wehgetan. Wie konnte ich nur denken, sie hätte …« Er brach ab. LJ brauchte seine Bekenntnisse nicht zu hören, sondern Mia. »Nur jemand so Schreckliches wie du konnte so etwas tun.«

Ryder rannte zurück zu den Bussen.

Er musste mit Mia reden. Er musste jetzt mit ihr reden.

Als er zurückkam, fand er nur noch *The One* vor, der restliche Parkplatz war leer. Trevin stand vor dem Bus und verrenkte sich praktisch den Hals.

»Alter, wir haben überall nach dir gesucht. Wir sollten vor zwanzig Minuten losfahren. Wir haben einen Zeitplan, weißt du?«, sagte er, seine Stimme war atemlos.

»Ich bin hier. Du kannst deine Hunde zurückpfeifen.«

Ryder schaute sich auf dem Parkplatz um, obwohl klar war, dass die übrigen Busse fort waren. Mia war also bereits auf dem Weg zum Flughafen.

Er hatte sie verpasst. Sein Jähzorn hatte ihn wieder in die Scheiße geritten. Er hätte sie suchen und sich überhaupt nicht mit Lester abgeben sollen. Konnte er jetzt einfach zu ihr gehen? Wie würde er sie auf dem Flughafen überhaupt finden?

Es war wahrscheinlich ohnehin zu spät. Er hatte es megamäßig vermasselt. Selbst auf den Knien herumzurutschen, wie Miles es vorgeschlagen hatte, würde nicht reichen. Er musste sich etwas anderes einfallen lassen.

»Vielleicht könntest du in den Bus steigen«, schlug Trevin vor.

»Gib mir einen Moment, ja?«, bat Ryder und fuhr sich mit den Händen übers Gesicht. Er tat so, als brauche er Luft oder die Zeit, um die er gebeten hatte, aber in Wirklichkeit brauchte er Mia.

Hatte er sie für immer verloren?

»Was ist los?«, fragte Trevin und legte den Kopf schief.

Ryder seufzte. »Hat dein bester Freund es dir nicht erzählt?«

Trevin starrte ihn an, die Augen voller Sorge. Den gleichen Ausdruck hatte er in Miles' Augen gesehen. Manchmal vergaß er, dass er tatsächlich eine Geschichte mit diesen Jungs hatte, die ihn mit ihnen verband und den Kleinscheiß unwichtig werden ließ, wenn die Kacke wirklich am Dampfen war.

»Mia ist gegangen«, gab er zu.

Trevin schüttelte den Kopf und legte Ryder eine Hand auf die Schulter. »Das tut mir leid.«

Ryder ließ Trevins Hand liegen. Es war wirklich das Einzige, das ihn an der Stelle festhielt, an der er gerade stand. Er würde Mias Bus niemals einholen, aber er verspürte dennoch den Drang hinterherzulaufen, um es zumindest zu versuchen.

Trevin sah ihn nachdenklich an. »Wir haben drei Stunden Fahrtzeit, um herauszukriegen, wie wir sie zurückholen können.«

»Wir?«

Trevin zuckte mit den Schultern. »Das ist das Mindeste, was ich für den Typen tun kann, der meinem besten Kumpel geholfen hat. Außerdem tut sie dir gut, Mann.«

»Ja, das tut sie wohl.«

»Die Tatsache, dass wir uns seit mehr als fünf Minuten unterhalten, ohne dass du mir sagst, dass Miles und ich endlich heiraten sollten, reicht mir als Beweis.«

»Aber ihr solltet wirklich darüber nachdenken«, meinte Ryder und gestattete sich ein Lachen.

»Wow, sieben ganze Minuten«, sagte Trevin und schaute auf sein Telefon. »Ein neuer Rekord.«

»Es ist einfach so, dass ihr zwei einander so glücklich macht«, antwortete Ryder und schlug Trevin auf den Rücken.

»Es gibt nur ein einziges Paar, über das wir im Moment reden müssen, und das sind du und Mia. Komm, es sind noch drei andere Typen in diesem Bus, die uns beim Brainstormen helfen können.«

Ryder stieg hinter Trevin die Stufen von *The One* hinauf, und zum ersten Mal seit langer Zeit war er froh, dass die Welt ihn und die vier anderen zusammengebracht hatte.

Kapitel 24

Glücklicherweise war Mia in der Lage gewesen, binnen einer Stunde nach ihrer Ankunft auf dem Flughafen einen Flieger zu erwischen. Unglücklicherweise hatte sie einen Zwischenstopp in der Stadt, in der *S2Js* nächstes Konzert stattfand.

Sie waren auf jedem Fernsehmonitor zu sehen, der nicht die Ankünfte oder Abflüge anzeigte, und Ryders Gesicht erinnerte sie daran, wie dumm sie gewesen war. Mit gesenktem Kopf ging sie auf ihr Gate zu. Sie musste es nur durch den O'Hare Airport schaffen, dann würde sie in einem Flugzeug auf dem Weg nach Hause sitzen und konnte das alles hinter sich lassen.

Sie konnte Ryder hinter sich lassen.

Sie wünschte wirklich, sie müsste das nicht tun, aber er hatte nicht einmal versucht, sie zum Bleiben zu überreden. Nicht, dass sie geblieben wäre.

Stimmt's?

Sie war sich nicht mehr so sicher. Die alte Mia hätte es definitiv nicht getan, aber sie war jetzt die neue Mia, oder zumindest würde sie es sein, bis sie in das Flugzeug nach Hause stieg.

Ihre Zeit mit Ryder hatte sie immerhin gelehrt, dass ihre Eltern in einem Punkt recht gehabt hatten: Besser, du tust, was du tun sollst, als das, was dein Herz will. Wenn man tat, was das Herz wollte, wenn man es öffnete, wurde es gebrochen. Das Herz sollte nur dazu da sein, Blut zu pumpen und einen am Leben zu erhalten. Es sollte nicht das sein, *wofür* man lebte.

Sie fand ihr Gate und ließ sich in einen der Sitze fallen. Sie schloss die Augen und versuchte zu vergessen, was sie tun würde, aber ihre Trance wurde von Stimmen unterbrochen, die auf den Sitzen direkt hinter ihr wisperten.

Sie hoffte, dass sie nicht über sie sprachen. Sie brauchte keine zusätzlichen Erinnerungen an ihre Zeit mit Ryder. Sie hatte alle Erinnerungen, die ihr emotionales Herz verkraften konnte.

Sie öffnete die Augen, drehte sich um und sah zwei Mädchen in ihrem Alter. Sie starrten sie an, dann wandten sie den Blick ab.

Sie hatten sie wahrscheinlich in den Klatschblättern gesehen. Was für ein echter Glückspilz sie war, jetzt würde sie überall, wo sie hinging, als Ryder Brooks' Freundin erkannt werden – wieder und wieder daran erinnert werden, dass sie das nicht länger war. Dass sie es vielleicht nie gewesen war.

Sie schauten auf ihre Handys und dann wieder auf Mia.

Mia hätte sie ignorieren können, aber wenn sie das tat, hätte sie sie gewinnen lassen. Hätte die Maschinerie, die ihre und Ryders Beziehung zerstört hatte, gewinnen lassen. Wäre die alte Mia gewesen, die erlaubte, dass alle außer ihr gewannen.

»Kann ich euch helfen?«, fragte sie stattdessen, wie Ryder es getan hätte.

Ryder.

Er hatte ihr offensichtlich ebenfalls einige Dinge beigebracht.

»Sorry«, sagte eines der Mädchen. »Aber das bist du doch, oder?« Sie drehte ihr Telefon um, und Mia erwartete, die Aufnahme von ihr und Ryder zu sehen, wie sie in das Restaurant in St. Louis gingen, oder ein Foto vom Jahrmarkt in Iowa oder das weniger als schmeichelhafte Jahrbuchfoto von ihr, an das die Presse irgendwie herangekommen war.

Die meisten Leute konnten ihre Fotos nach einer Trennung löschen. Ihr würden wildfremde Menschen an Flughäfen und wer weiß wo sonst noch diese Fotos unter die Nase halten.

Aber als sie auf das Display schaute, war dort kein Foto, dort war ein Video, in dem sie in Ryders Garderobe *I Will* sang.

»Wo hast du das her?«, fragte sie und erkannte ihre Stimme kaum, als die Worte herauskamen.

»Das steht auf YouTube«, sagte eins der Mädchen.

»Es ist überall«, fügte das andere Mädchen hinzu.

Mia sah genauer hin. Es hatte bereits fünfhunderttausend Klicks.

»Du solltest es dir von Anfang an ansehen«, sagte das erste Mädchen.

»Wir haben es schon mindestens fünfmal angeschaut«, ergänzte das zweite Mädchen mit einem halben Grinsen.

Mia berührte den Bildschirm, zog die rote Linie zurück auf Anfang und wartete.

Da war Ryder, der im Gang von *The One* stand. »Trevin, halt sie gerade, Alter«, sagte er in die Kamera.

Das Bild wurde schief, dann wieder gerade und Ryder räusperte sich. Er hielt eine Karteikarte mit dem Wort ICH hoch. Dann WILL, dann vier weitere Worte in schwarzen Großbuchstaben: EUCH MEINE FREUNDIN VORSTELLEN.

SIE IST, stand auf der nächsten Karte, DAS UNGEWÖHNLICHSTE UND KLÜGSTE UND UMWERFENDSTE MÄDCHEN, DAS ICH JE KENNENGELERNT HABE.

ICH, fuhren die Karten fort, HOFFE, DASS SIE ES IN ERWÄGUNG ZIEHT, MIR ZU VERZEIHEN. ICH HABE EINEN ZIEMLICH GROSSEN FEHLER GEMACHT, EINEN DER GRÖSSTEN, ALS ICH IHR NICHT VERTRAUT HABE. SIE SOLL WISSEN, DASS ICH DIESEN FEHLER NIE WIEDER MACHEN WERDE, FALLS SIE MIR DIE CHANCE DAZU GIBT.

»Ich vermisse dich, Mia«, fügte er schließlich hinzu,

und die Karten lagen wie Schnee vor seinen Füßen. »Es tut mir leid. Bitte, komm zu mir zurück.« Er hielt eine letzte Karte hoch.

ICH LIEBE DICH.

Nach einem Schnitt zeigte das Video Ryder, der Gitarre spielte, und sie, wie sie *I will* zu singen begann – an dem Morgen in der Garderobe, der erst zwei Wochen her war. Sie gab dem Mädchen das Telefon zurück.

Das Herz, von dem sie geschworen hatte, dass es von jetzt an lediglich physisch sein würde, schien stotternd zum Leben zu erwachen, zur Liebe zu erwachen. Zu *Ich liebe dich auch*.

»Danke, dass du mir das gezeigt hast«, sagte Mia.

»Du solltest ihm verzeihen«, meinte das erste Mädchen.

Mia sprang vom Sitz auf und rannte los, durch das Terminal. Sie hatte ihm bereits verziehen.

Sie rannte aus dem Flughafen, sprang in ein Taxi und wies den Fahrer an, ins United Center zu fahren. Dann schaute sie auf ihr Handy. Die Jungs würden in der Probe sein. Es wäre ihr egal gewesen, und selbst wenn sie mitten in ihrer Show gewesen wären, sie wäre trotzdem auf die Bühne gelaufen und hätte Ryder Brooks vor allen Leuten wie verrückt geküsst.

Sie war seine Freundin. Er war ihr Freund, und wenn er keine Angst davor hatte, das die ganze Welt wissen zu lassen, dann hatte sie ganz sicher auch keine Angst. Seine Worte waren das Versprechen, auf das sie gewartet hatte.

Als sie die Arena erreichte, sprang sie aus dem Taxi

und bezahlte. Erst da wurde ihr klar, dass sie ihr Gepäck im Flughafen zurückgelassen hatte. Sie lachte. Sie flog vielleicht nicht nach LA zurück, aber ihr Nachthemd tat es.

Die alte Mia tat es. Wenn Ryder der Welt zeigen konnte, wer er wirklich war, dann konnte sie das auch.

Sie eilte durch den Haupteingang der Arena, und die Klimaanlage bescherte ihr eine Gänsehaut zusätzlich zu der, die sie bereits von Ryders Video hatte. Sie lief durch die Arena und ihre Schuhe quietschten auf den frisch gewachsten Böden. Schließlich zog sie die Türen zum Erdgeschoss auf und fand die Jungen auf der Bühne, mitten in einer Probe von *Not Tonight*, und Moses stand links in der Kulisse.

Sie konnte es gar nicht erwarten, dass der Song endete und sie Ryder sagen konnte, dass sie ihm verziehen hatte. Sie musste ihn wissen lassen, dass sie wieder da war. Für jetzt und für immer. Sie musste ihn wissen lassen, dass er nicht länger allein sein würde.

Sie musste wissen, dass sie auch nicht länger allein sein würde.

Sie rannte durch den Gang, ihre Haare tanzten auf ihrem Rücken, und das Echo ihrer Schritte erfüllte die menschenleere Arena unter dem lauteren Sound der Musik. Mia kletterte auf die Bühne.

Als Ryder sie bemerkte, kam er auf sie zu und hörte auf zu singen. Die Jungen hörten auf zu tanzen. Die Arena um sie herum war still bis auf den Background-Track.

»Du hast das Video gesehen«, sagte Ryder, bevor sie sprechen konnte.

Sie war froh, denn sie war ein wenig sprachlos. Sie wusste nur, dass sie ihn jetzt küssen musste. »Ich glaube, die ganze Welt hat es gesehen«, brachte sie heraus. Sie war atemlos vom Laufen und von ihm und von allem.

»Gut«, antwortete er, »ich will, dass alle wissen, was ich für dich empfinde.«

»Und es zählt nur, dass ich dich endlich gehört habe«, gab Mia zurück, und dann küsste sie ihn, und ihre Lippen verschluckten seine fast in einem langsamen, tiefen Kuss. Ihr Herz wurde in diesem Moment zu etwas, das viel mehr als physisch war, ihre Gefühle wurden zu etwas, das die Wissenschaft nicht einmal ansatzweise erklären konnte – das sie vielleicht nicht einmal in einem Song würde ausdrücken können. Sie wusste nicht, was die anderen auf der Bühne taten. Sie konnte nur sich selbst in Ryders Armen spüren, seine Lippen auf ihren, sein Atem vermischt mit ihrem. Der Ort, nach dem sie sich immer sehnen würde.

Er lehnte sich ein wenig zurück, um sie anzusehen. »Ich gehöre wirklich dir, Mia«, erklärte er mit glänzenden Augen, »von jetzt an, solange du mich haben willst.«

Sie ergriff seine Hand. Man mochte sie ihr Leben lang gelehrt haben, vorsichtig zu sein, brav zu sein, aber jetzt wusste sie, dass es viel wichtiger war, den großen Sprung für die Liebe zu wagen.

»Proben wir, oder küssen wir hier?«, fragte Miles mit einem Lächeln.

»Wenn du und Trev die Dinge endlich offiziell machen wollt, dürft ihr euch uns auf jeden Fall anschließen«, sagte Ryder und ließ seine Lippen erneut über Mias wandern. »Das werde ich nie müde zu proben«, flüsterte er an ihrer Wange.

Sie konnte nichts anderes tun, als seinen Kuss zu erwidern.

Epilog

*R*yder ging in der Philips Arena in Atlanta an der Reihe von Garderobentüren entlang: Miles Carlisle, Will Frey, Ryder Brooks, Nathan Strong, Trevin Jacobs, Paige und Abby Curtis und schließlich: Mia Reyes.

Es waren fast zwei Wochen vergangen, und er glaubte nicht, dass er jemals das Gefühl der Erregung verlieren würde, wenn er ihre Garderobentür sah. Man sollte meinen, dass ihn das jetzt, da sie nicht länger ein Zimmer zu teilen brauchten, traurig machen würde, aber das Gegenteil war der Fall. Er war irrsinnig stolz auf sie, dass sie sich ihre eigene Garderobe verdient hatte – dass sie sich einen Platz auf der Tournee verdient hatte.

Ryder spielte Gitarre, während sie sang, und bisher war es ein totaler Hit.

LJ stand immer noch tief in seiner Schuld für das, was er getan hatte, aber es war ein Anfang, dass er Mia als zusätzliche Vorgruppe ins Programm aufgenommen hatte. Außerdem lag es in LJs eigenem Interesse. Die Reaktion auf das Video, das Ryder gepostet hatte, war überwältigend gewesen, und das nicht nur wegen der Karteikarten. Die Leute liebten es; sie liebten Mia. Genau wie Ryder es von dem Moment an gewusst hatte, als er sie zum ersten Mal hatte singen hören. Mia war ein Star. Sie leuchtete so hell wie das goldene Schild, das jetzt an ihrer Tür angebracht war, wenn nicht noch heller.

Er klopfte.

»Verzieh dich«, antwortete sie.

Das versetzte ihn zurück zu dem Tag, an dem sie sich kennengelernt hatten. Das war das Erste gewesen, was er zu ihr gesagt hatte, anstatt mit Worten zu antworten, hatte sie mit diesem besonderen Lächeln, diesen besonderen Augen und schließlich diesem besonderen Kuss reagiert.

Er klopfte erneut.

Sie zog die Tür mit einem Seufzen auf. »Ich gebe im Moment keine Autogramme.« Sie lächelte etwas verlegen.

»Du bist erst seit weniger als zwei Wochen auf Tour und schon jetzt bist du eine Diva.« Er lachte.

»Ich habe von den Besten gelernt.« Mia zwinkerte. »Außerdem kenne ich dein Klopfen, plus, du bist total pünktlich.«

Ryder trat in ihre Garderobe. »Wir fügen uns beide wohl gut in unsere neuen Rollen ein.«

Mia trug noch immer Make-up von der Show am Abend, aber sie hatte einen Bademantel an. Er mochte den Bademantel wirklich. Er war weiß und flauschig, und der Gürtel um ihre Taille hing so tief wie ein Pendel, das ihn ebenso hypnotisierte, wie sie es tat.

»Ja, in deiner Rolle als aufmerksamer Freund bist du großartig«, sagte Mia und küsste ihn auf die Wange.

Sie ging zum Tisch in der Mitte des Raums und setzte sich. Er setzte sich zu ihr und öffnete seinen Laptop.

»Ich hätte nie gedacht, dass ich meine Zeit nach einer Show damit verbringen würde, an einem College-Aufsatz zu arbeiten.«

Zumindest versteckte er es nicht länger vor den Jungs. Sie wussten alles. Er hatte sich mit ihnen an einen Tisch gesetzt und ihnen mit Miles' und Trevins Hilfe von all den Lügen erzählt, einschließlich der Lügen über seine Mutter. Er versprach, dass er zumindest während der Welttournee sein Bestes geben würde, nicht mehr zu lügen.

Er hatte sogar auf den Brief seiner Mom geantwortet. Er hatte ihr noch immer kein Geld geschickt, aber sie sollten sich das nächste Mal treffen, wenn er wieder in New York City war. Er hoffte, dass er auch bei dieser Gelegenheit Mia an seiner Seite haben würde.

»In letzter Zeit ist eine Menge passiert, das ich nie für möglich gehalten hätte«, erwiderte sie mit einem dieser pulsbeschleunigenden Lächeln.

»Nein, Mia«, beharrte Ryder und schlang seine Hand um ihre. »Was zwischen uns passiert ist, war unausweichlich.«

Mia sah ihn herausfordernd an. »Es ist so was von

heiß, wenn du die Vokabeln aus deinem Wörterverzeichnis benutzt.«

»Ich habe vor, jede einzelne zu benutzen«, entgegnete er, hob ihre Hand an die Lippen und drückte auf jeden Knöchel einen Kuss, »ohne Ausnahme.«

Sie seufzte. »Das wird eine lange Nacht.«

Bei dieser Aussicht durchströmte ihn ein warmes Gefühl an all den richtigen Stellen. »Versprochen?«

Sie lachte und kramte einen Schmierzettel und ihr Mäppchen hervor. »Welche Farbe?«

»Rosa natürlich«, sagte er und zog ihren Stift aus seiner Gesäßtasche.

»Wusste ich's doch, dass du ihn genommen hast!« Sie schlug in gespieltem Zorn auf den Tisch.

»Ich glaube, der Kaugummigeruch bringt mir Glück; ich musste ihn einfach behalten.«

Ihre Mundwinkel formten ein Lächeln. »Das würde ich definitiv nicht im Bus vor den Jungs erwähnen.«

»Na ja, wenn du mit uns fährst«, entgegnete er und zog die Augenbrauen hoch, »werde ich sowieso zu beschäftigt sein, um zu reden.«

Mia beugte sich zu ihm vor, ihre Stimme heiser. »Ich schätze, dann ist es ein Glück, dass du die Nachprüfung schon bestanden hast.«

Ryder hatte nicht einfach nur bestanden. Er hatte mit Bravour bestanden.

Er hatte seinen Abschluss und konnte mit seinem Leben alles machen, was immer er wollte, sobald die

Welttournee vorüber war. Vielleicht Berklee – sie arbeiteten immer noch an seiner Bewerbung –, aber vielleicht auch etwas anderes; die Möglichkeiten waren berauschend. Das hatte er Mia zu verdanken, das und zahllose andere Dinge, die er nicht einmal in Worte fassen konnte.

»Nicht nur ein Glück.« Er hielt inne. »Monumentales Glück.« Er beugte sich vor, um sie zu küssen.

Ihre Lippen waren so weich wie der Kaugummigeruch. Genauso rein und so wahr und so süß, und sie gehörten ihm.

Mia schob ihn weg und leckte sich die Lippen. »Du kannst mit diesen Vokabeln aus dem Wörterverzeichnis so viel Süßholz raspeln, wie du willst, aber nur weil du mich nicht mehr für meine Zeit bezahlst«, fügte sie hinzu und schob den Mund dicht an sein Ohr, »bedeutet das nicht, dass wir sie nicht damit verbringen können, rumzuknutschen.«

Mia verdiente sich jetzt mit der Tour ihr eigenes Geld. Sie war für den Sommer unter Vertrag, aber Ryder war sich ziemlich sicher, dass sie, sobald sie das Leben eines Rockstars zu schätzen lernte, bis zum Schluss mit ihm weiterreisen würde. Er hoffte, dass ihre Eltern damit einverstanden sein würden. Ihr jetzt, da sie bewiesen hatte, dass ihr Hobby tatsächlich ein Beruf sein konnte, vielleicht einen eigenen Nachhilfelehrer besorgten, damit sie die Highschool zu Ende machen konnte.

Ryder hatte neben Mia gesessen und ihre Hand gehalten, als sie ihre Eltern angerufen und ihnen mitgeteilt hatte, dass sie ausprobieren würde, wie weit sie mit der Musik vielleicht kommen würde. Dass sie sich zusammen mit Ryder in Berklee bewerben würde.

Ryder hatte die Worte ihrer Mutter nicht gehört, aber es war klar, dass Mia, was auch immer ihre Mutter sagte, endlich tat, was sie tun wollte.

Allein der Gedanke, dass sie die Mia war, von der er immer gewusst hatte, dass sie sie sein konnte, weckte in ihm den Wunsch, sie erneut zu küssen. Er beugte sich vor, voller Verlangen nach diesen Kaugummi-Lippen.

»Hey«, tadelte sie ihn sanft, schob ihn beiseite und zeigte auf seinen Laptop, »vorher schulden Sie mir einen kompletten Absatz, Mister.« Er drückte ihre Hand und begann zu tippen. Er wusste, dass er ihr in Wirklichkeit sehr viel mehr schuldete als das.

Ophelia London
Backstage – Ein Song für Aimee

352 Seiten, ISBN 978-3-570-31188-2

Sie sind die heißeste Boyband seit One Direction: Die fünf Jungs von Seconds to Juliet sind der Traum eines jeden Fangirls. Und unerreichbar. Doch dann treffen Miles, Ryder, Trevin, Will und Nathan auf fünf Mädchen, die ihre Welt für immer verändern ...

Miles Carlisle ist der Traum jeden Mädchens. Er sieht super aus, hat einen süßen, britischen Akzent und seine Boyband Seconds to Juliet ist megaberühmt. Aimee Bingham schwärmt für den besten Freund ihres großen Bruders, seit sie denken kann. Doch Miles hat sie nie wahrgenommen. Bis sie im Sommer drei Wochen mit der Band auf Tour geht. Auf einmal ist Aimee auf Miles' Radar. Haben Miles und Aimee eine Chance, die große Liebe zu entdecken?

www.cbj-verlag.de